燕赵文艺名家丛书·文学

刘家科 著

品鉴文汇

刘家科文艺评论集

河北出版传媒集团
河北教育出版社

图书在版编目（CIP）数据

品鉴文汇：刘家科文艺评论集 / 刘家科著.
石家庄：河北教育出版社，2025.3. -- （燕赵文艺名家
丛书：文学）. -- ISBN 978-7-5545-9091-1

Ⅰ . I206.7-53

中国国家版本馆 CIP 数据核字第 20255TD196 号

燕赵文艺名家丛书·文学

品鉴文汇——刘家科文艺评论集
PINJIAN WENHUI——LIU JIAKE WENYI PINGLUN JI

作　　者	刘家科
出 版 人	董素山
选题策划	汪雅瑛
责任编辑	王东芳　王雪平
特约编辑	赵鑫雅
装帧设计	郝　旭
出版发行	河北出版传媒集团

河北教育出版社 http://www.hbep.com
（石家庄市联盟路 705 号，050061）

印　　制	石家庄名伦印刷有限公司
开　　本	787 mm×1092 mm　　1/16
印　　张	20.5
字　　数	273 千字
版　　次	2025 年 3 月第 1 版
印　　次	2025 年 3 月第 1 次印刷
书　　号	ISBN 978-7-5545-9091-1
定　　价	108.00 元

序言

文化兴则国家兴，文化强则民族强。燕赵文化源远流长、博大精深，形成了慷慨悲歌的燕赵精神，孕育了灿若星河的文艺名家。他们立时代之潮头、发时代之先声，传承着河北文艺的优良传统，书写和记录着人民的伟大实践，为河北文化事业的繁荣发展做出了巨大贡献。

星河灿烂，艺道日新。为了继承和发扬老一辈文艺名家的宝贵精神，发挥好他们在文艺创作道路上的"传帮带"作用，推动文艺繁荣发展，河北省坚持以习近平文化思想为指导，组织实施了文艺名家推出工程、中青年文艺人才"秀林计划"、文艺后备人才"春苗行动"、文艺名家情系河北"故乡创作计划"，通过每年为文艺名家出版专著、召开研讨会、成立工作室等方式，支持名家开展创作、发展事业，鼓励名家收徒传艺、扶携后辈，勉励新一代文艺工作者见贤思齐、接续奋斗，努力形成河北文艺事业长江后浪推前浪的生动局面，构建"老中青梯次衔接、省内外交相辉映"的人才格局。

作为文艺名家推出工程的重要内容，省委宣传部会同省文联、省作协开展了"燕赵文艺名家丛书"的编辑出版工作，按照"一人一书"的原则，为我省文艺名家出版作品集或个人专著，集中展示文艺名家的创作历程、奋斗精神和创作成果，强化文艺名家的行业引领效应，带领人才成长、带动文艺事业发展。首批文艺名家包括张峻、尧山壁、封秋昌、蔡子谔、刘小放、边国政、梅洁、刘家科、何玉茹、傅剑仁、谈歌等11位著名作家，以及边发吉、旭宇、郑一民、铁扬、孙德民、曹贤邦、刘瑞新等7位著名艺术家。

择一事，终一生。这18位著名作家、艺术家，是河北文艺发展的实践者和见证人，代表着一个时代的文艺水平和精神。他们用一生的文艺实践，走出了一条扎根时代、扎根人民的创作之路；他们用无愧时代的精品，绘就了欣欣向荣的文艺画卷；他们用发自内心的真诚和热爱，传递了生生不息的文艺薪火。全省广大文艺工作者要以名家为榜样，不忘初心、牢记使命，不负时代、不负人民，创作更多思想精深、艺术精湛、制作精良的优秀作品，热忱描绘新时代新征程的恢宏气象，书写生生不息的人民史诗，奋力攀登新时代文艺新高峰！

编委会

2024年9月

目 录

我的三个『十年』

——一个文学梦的枯萎与复活

　　我的第一个十年是从 1978 年 7 月 20 日开始的。那天我以"老三届"高中毕业生的资格，获准参加了全国统一高考。其实，我没有上过高中，初中也仅念了一年，能轻易混入"老三届"，是因为高考政策对我们这些被"文革"耽误了的一代放得较宽；那一年我已是干了十年庄稼活的农民，在录取率极低的情况下能考上大学，主要得益于我始终钟爱的文学。

　　我从小就做着一个文学梦。这个梦做得很长，当了十年农民也没有醒过来。1970 年在海河工地上，难以承受的超负荷劳动使我萌生了一个奇怪的想法：参加"海河创作"，借此逃离工地。于是我在十冬腊月的工棚里，连续十几天深夜的苦熬，出笼了一篇反映根治海河的短篇小说。就因这篇小说，我离开工地参加了衡水地区组织的海河创作学习班。此后，我陆续在地区报刊上发表了一些小作品。"文革"后期时兴公社办高中，我便因这点"文名"被聘为高中民办教师。以我的学历，只能教高中的语文和政治，而且也只能是现学现教，为此我自学了高中文科的课程。那次高考，我数学只得了 6 分，而文科成绩突出，且总分超出了规定的分数线，有幸被河北师范学院汉语言文学系录取。当时我想，我因文学而考上大学，大学也会圆我那个文学梦。此后我更视文学如生命。

大学四年是文学的四年。刚刚解冻后的祖国迎来了文学的春天。《人民文学》《诗刊》等文学刊物相继复刊，震动中国文坛的文学新作接连面世。我似乎天天为文学而激动着。我如饥似渴地学习文学史、文学理论、文学经典著作，大量阅读那些新复刊的文学期刊，挤时间进行文学创作。我发誓要把那个文学梦变为现实。可是四年下来，我收获的不是文学创作，而是对文学的逐渐清醒的认识和对文学创作的失望。我发现，用学到的文学理论去指导自己的创作，反而写不出东西来了。一度苦恼之后，我转而投入作家作品的研究，写起文学评论文章。1988年，我回过头来整理自己的评论文字，发表过的文章也有两大本，这就是后来出版的文学评论集《朝夕拾穗》和《窄堂碎语》，而文学作品却一篇都没有发表。这标志着我的那个文学梦的枯萎和破灭。

1988年秋天，我进入第二个十年。从这个秋天起，我把文学评论也放弃了，这一放又是十年。我决心远离文学，全身心地投入自己的本职工作。那年秋收后，我把老家种了八年的承包地退还集体，全家搬到城里居住，再也用不着当那个"一头沉"了，干本职工作更加精力集中。然而，放弃了文学，却丢不了文学给我的创作理念，放弃了承包地，却扔不了农民的实干精神。我的本职工作干起来，却总是保持一种创作的心态，不愿走老路，更不愿偷工减料。我因此屡屡得到上级的青睐，先被提拔为副科，随后又破格提拔为副县，1991年又任命我为地委副秘书长兼研究室主任。此后我带领全室同人走工厂、下农村、搞调研、写文章，向下了解社情民意，向上提供决策参考。我从一个崭新的角度切入社会，这让我领略了文学之外的世界、文学背后的世界以及文学得以存活和生长的世界。

1990年，我被安排到故城县北官庄村蹲点，在那个穷困偏僻的村子里一待就是一年。我天天和村里人吃住生活在一起，俨然一个农民。除生我养我的那个村子，我第一次如此长久地生活在一个村庄里；除故乡的村民，我第一次和农民建立起如此亲密质朴的关系。北官庄三年滴雨未下，三年颗粒未收，但不论轮到哪家管饭，都会让我吃到意想不到的饭菜。那年冬天的一个傍晚，我到一个八十岁的独居老太太家吃饭，老人家竟给我烙了一张白面饼，炒了一碗豆芽菜。我说什么也不吃，可是老人双手颤颤巍巍地端着那个放着饼和菜碗的盖垫儿说："你不答应，俺就端到半夜也不放下。"我含着眼泪吃下那顿饭。后来我才知道，那天中午村干部派饭时想隔过她家，她说什么也不同意，下午就去了八里外的女儿家借来两碗白面和生好的一捧豆芽。当时我从地区水利部门争取了一点扶贫款，正在给这个村子打两眼深机井。老太太得知此事，定要借我吃派饭的机会表达她的谢意。其实，扶贫是我蹲点的主要任务，我只是在正常工作，而老人却为此过意不去，这让我十分惭愧。一年中，我抽各种机会和村民谈心，且用我那台小录音机录下了所有谈话内容，那几盘带子多少年后我仍不时找出来一遍一遍地听，让自己长久地沉浸在当年难以忘怀的情景之中。

1995 年到 1996 年，我在深州挂职两年。在那里我除交了一批农民朋友，又与各类企业的干部职工建立了深厚的友谊。无论蹲点或挂职，都与我调查研究的本职工作紧密相连。我从这些能推心置腹的朋友那里获得了大量的社会信息，得以从不同的侧面透视我们所处的这个社会。这期间，我写了大量调研笔记，在《红旗》《农民日报》《决策研究》《理论与实践》《理论月刊》等内外报刊发表几百万字的调研文章。1998 年春天，我利用休假的时间整理这些文章，发现我写这些东西时会时不时冒出一些形象思维的东西，甚至化入一些文学典故和章句，使这些调研和理论文章有了更多的可感性和可读性。这似乎也与我那已经放弃了的文学有关。

多少年后，我再细细琢磨，又有发现。我之所以每到一处都那么执着地了解社会和民生，不仅是我本职工作的需要，而且是我未能完全丢弃的作家的社会责任和良知在起着潜移默化的作用。

1998 年 8 月，我被派往日本参加为期一个月的人力资源培训班。由此我进入第三个十年。这是我第一次出国，是我有生以来离开祖国到异域生活时间最长的日子。地域概念、空间概念、时间概念和生活理念的同步转换，我的大脑由长期繁杂紧张加疲于应付的状态，一下子转到对过去的思考与追忆。从那时起，我沉溺于写回忆故乡的文章。我用在日本市场上买的铅笔在没有格子的白纸上写着，一行又一行，一张又一张，一叠又一叠，写了一大摞。回国之后又接着写，虽然恢复了原来工作的繁杂和紧张，但见缝插针写作，不放过一点一滴的时间。为什么写这些东西？没想过。写了这些东西干什么？不知道。只是写了放起来，又写了再放起来。直到2002 年春天，在北京某大学教文学的同学发现了我写的这些东西，便挑了几篇并推荐到《文艺报》，3 月 30 日的《文艺报》用专版发表了我的六篇散文，并配了评论。此后，我就在《人民文学》《十月》《中国作家》《散文选刊》《文艺报》《人民日报》《河北日报》等报刊陆续发表散文。到2006 年，这些散文由河北教育出版社结集出版，名为《乡村记忆》。这时我才意识到，从1998 年开始的这个十年，我又把放弃的文学重新拾起来了，且进入了一种从没有过的被创作激情推着前进的年代。

　　2007 年 10 月，《乡村记忆》获第四届鲁迅文学奖（此前我已获全国“五个一工程”奖、冰心散文奖、河北文艺振兴奖等）。在鲁迅故里，由中国作协和中央电视台组织的第四届鲁奖颁奖晚会上，中央电视台记者在领奖台上采访了我，当问到我为什么要写这样一本书的时候，我突然冒出了并非早已准备好的几句话：当时代的信息穿透尘封的记忆，我惊异地发现，那些存活于我的旧生活的细节和皱褶里的眼神，依然闪烁着诉说的欲望。于是我精心拣拾和整理那些生活细节，让他们把过去告诉现在和未来……

　　这或许就是我三个“十年”的最后收获吧。它是属于生活的，也是属于文学的；是属于过去的，也是属于现在和将来的。它已经打上了这个时代的印记。

壹

诗，到底是什么

——追忆诗人姚振函

2015 年 4 月 28 日，姚振函走了。

走了的姚振函留下了他的诗，也留给我关于诗的思考。

诗，到底是什么？

姚振函在的时候，始终没有回答过我的这个问题。

姚振函走了，我却在恍惚中听到了他的回答。

冥思苦吟不是诗，妙笔生花不是诗，"为赋新词强说愁"不是诗。诗，是诗人被现实生活撞击之后那种自然喷发和流淌的激情。

在河北省枣强县南吉利村出生的姚振函，是个小儿麻痹后遗症患者——蹒跚的脚步，歪斜的身子，但有着坚强的性格和聪慧的大脑。他以优异的学习成绩飞出了南吉利村，飞出了枣强县，飞出了河北省，飞入北京大学中文系。毕业后，他到农场锻炼，到某县文化馆工作，到本地区物资局上班。特殊的身体条件，特别的生活历练，特有的文化气质，他却从没有想过文学创作，从没有过写诗的欲望，更没有过当一个诗人的奢求。

但是，突然有一天，四十岁的姚振函却有了有生以来第一次写诗的冲动。于是，他写出了他的第一首诗：《清明，献上我的祭诗》。不久，这首诗竟发表在 1979 年 3 月的《诗刊》上。就是这首诗，让姚振函一脚踏入诗坛，此后不久，姚振函以扎实的诗的脚步，徜徉于政治抒情诗的境域，成为中国诗坛一个声名鹊起的新诗人。

在姚振函诗集《土地和阳光》的后记中，他这样回忆自己初次写诗的情景："我学习写诗的时候，正是我们祖国经历了一场动乱之后。对昨天的思考和对明天的憧憬，使我忘记了自己的低能和浅薄。我无以按捺自己的感情，急于表达自己强烈而复杂的感受，于是我选择了诗。"

第一首诗之后的六年间，姚振函发表了三百多首诗，获得了河北省文艺创作奖和河北省首届文艺振兴奖，而此时的姚振函仍没有以诗人自居。在他的第一本诗集《我唱我的主题歌》的"诗人小传"中，姚振函自叹："体弱而畸，然对诗感情日笃，有时又怀疑写诗是一种人生误会。没有办法。"

近三十年后，《人民文学》主编、诗人韩作荣在南方召开的一次诗歌研讨会上说："我们研究中国新乡土诗的发展，不要忘了一个人，这个人就是姚振函，他对乡土诗的贡献值得我们给予足够的重视。"

姚振函从政治抒情诗起步，几年后转入乡土诗的创作。对于这种题材的转换，姚振函自己说："农村的这种深刻的变革，对从小生长在冀南农村而至今仍然工作在那里、生活在那里的我，是一股强大的冲击波。我喜悦，我激动，我无法抵御生活的诱惑。正是生活把我的创作注意力吸引到我所熟悉的农村，我的诗歌创作开始了由政治抒情诗向农村诗的转移。""诗歌创作必须听命于时代，听命于生活。"

那么，从生活的角度看，诗，到底是什么？

姚振函用他的诗歌创作实践告诉我：

折射生活不是诗，揭示生活不是诗，埋头生活不是诗，超脱生活不是诗。诗，是诗人灵魂出窍时带出来的生活。

1987年2月，姚振函写出了一组诗，题目叫《感觉的平原》。这组诗及此后三年内写的同类型的诗，标志着姚振函农村诗创作高潮的到来，也可以说是姚振函诗歌的高峰期。

这些诗是怎样写出来的？在这些诗里，诗与生活的关系是一种怎样的状态？

姚振函在诗集《感觉的平原》自序的开头就这样说："1987 年 2 月的一天。夜深了。在北京虎坊路甲 15 号五层楼上的一间居室内（当时他被《诗刊》借调做编辑），我铺开稿纸，写下了一首诗的题目：《在平原上吆喝一声很幸福》。此后的一两天里，我又接连写成几首，凑成一组，总题为《感觉的平原》（又名《感觉在平原上》）。

"我之所以看重这些诗，是因为它们使我回到了真实，回到心灵深处潜藏着的那些人生经验。在我写这些诗的时候，童真开始复活，我宁静地回味着那些久远年代的几乎忘却的情状。"

"那些久远年代的几乎忘却的"生活，其实就潜藏在姚振函的心灵深处，被心灵之门关在里边，长年过滤、沉淀、发酵、蒸馏，而这心灵之门一旦开启，它们就作为诗的形态流溢而出，成为世俗世界的一道风景。

陈超在评论这些诗的文章中写道："姚振函为现代中国乡土诗'发明'了一套写作方法，可以到专利局立个户头了——反思想、反修辞、反诗眼、反易感、反阐释。""他从反诗开始，到达纯诗。他放弃了诗所言，专注于诗本身。"

我以为，陈超的所谓"诗本身"，就是诗人灵魂开窍时带出的那种在内心潜藏了多年的生活本身。

诗人牛汉为《感觉的平原》专门给姚振函写过一封长信，信中有这样的话："我想作者（姚振函）不知道经历过多么艰难的跋涉与思考，才回归到生他养他的这片生命和诗的大平原净界，不能仅仅看作是回归到故乡故土，而是进入了一个比故土更广阔的另一个大平原。这个大平原，是姚振函的大平原……"

我以为，牛汉的所谓"生命和诗的大平原净界""比故土更广阔的另

品鉴文汇 刘家科文艺评论集

一个大平原""姚振函的大平原",都是故乡故土的大平原生活在姚振函心灵中孕育多年而形成的,所以是"净界",是"另一个"。

诗人的最高成就,大都与自己的童年有关。姚振函之所以写出《感觉的平原》,是因为那一刻他的"童真开始复活",是因为他唤醒了"那些久远年代的几乎忘却的情状"。

然而,任何诗人的童年生活都不可能无休止地写下去。《感觉的平原》之后,姚振函放下农村诗,开始了其他题材的诗歌创作。六年之后,他出版了一本叫作《时间擦痕》的诗集。这本集子虽然也收入了小部分乡土诗,但主要的新诗是乡土以外的生活。

成年之后,以至工作之后的城市生活,虽然也是诗人亲历的生活,虽然也有大量的宝贵的生活素材,但它与童年生活不能相比。这种生活虽然也可储存和潜藏于心灵深处,但它孕育出的诗歌,却很难有那种"净界"的空灵。

在《时间擦痕》中作为"自序"的《畸形的诗人》是一首绝好的诗。姚振函把自己畸形的身体比作一棵"庞大悲剧构架"的树:"诗句如躯干/弯弯曲曲支撑着灵魂""微笑是有重量的/每行走一步便是一步塌陷""脚步错落有致地拉长着不幸/被戳痛的是土地/被感动的是土地/土地是唯一的知情者/常常暗中落泪""仅仅想象力正常/因此他比别人痛苦三倍""时代包围着他/像包围所有的人"。

这样的诗尽管让人叫绝,但与《感觉的平原》不在一个精神层面。

之后的这些诗,之所以很难与《感觉的平原》相比,根本点在于二者的诗与生活的关系不在一个层面。我们不能怪罪姚振函"移情别恋"(姚振函自说),一般诗人都会这样的。

20世纪90年代,《时间擦痕》之后,姚振函开始了更大跨度的"移情别恋",大约十年间,他放下诗,而沉醉于散文创作。我臆测,姚振函大概因为再三尝试之后,感觉他再也无法超越自己树立的《感觉的平原》

那根标杆，才开始到散文领域耕耘，以期换来另外的收获。于是有了姚振函的《平静之美》《自己的话》两本散文集。

姚振函的散文写得真实而智慧，使他的文学成就有了新的组成部分。然而，他自己对此并不满意，他说："自己终因血脉里缺乏深厚的散文基因和创作上资源准备得不足，手中那书写散文的笔，往往力不从心，捉襟见肘。"

于是，他"这才开始觉察到自己生命里和诗歌先天的血缘关系，从而再回转身来，重新拥抱亲爱的诗歌"。

这种"重新拥抱"，是在 2000 年 1 月退休之后。

退休后的姚振函，不用再去上班，不用再去开会、参加活动，作为一个老人，无牵无挂，无欲无求，无拘无束，慢慢回归到生命本身。他每天到生活小区外边的马路牙子旁，和一群不同身份的老年人在一起说话聊天。这种生活使他创作了一批"马路牙子上的诗"。

看看这些诗的题目吧：

《忽然成了老年人》

《一下子想到自己的年龄》

《先我逝去的同龄人》

《我返老还童了吗》

……

看了这些诗，我突然有了一些感悟：

用生命打拼不是诗，用生命创造不是诗，用生命探求不是诗，用生命礼赞不是诗。诗，是依附于特定生活现实的生命本身。

那么，生命本身是什么？

在姚振函"马路牙子上"的诗里，我们可以看到它的影子："我只需

要一点点阳光 / 照进我狭小的窗户 / 我只需要一点点绿色 / 安慰我醒来的眼睛 / 我只需要一点点雨水 / 淋湿我珍藏的种子 / 我只需要一点点爱情 / 唤回我失去的青春 / 这个世界很大很大 / 我只需要一点点，一点点"。

——这是生命本身与自然的最简单的关系。

"忘记从什么时候开始了 / 我发现，我忽然成了人群中 / 属于老年的那一部分 / 喊我爷爷的一天比一天多 / 走在大街上 / 环顾周围的人们 / 都比我年轻"。

——这是生命本身与时间的最简单的关系。

"我心中有一个名单 / 记下我们村子东头三条胡同内 / 先我逝去的同龄人""这些人多因患病而死 / 除了一个悬梁自尽的 / 一个吃老鼠药的 / 一个奸杀幼女被枪毙的 / 这些人死后埋在村子周围的土地上 / 现在已腐烂成土地的一部分 / 而活着的我还偶尔想起他们"。

——这是生命本身与死亡最简单的关系。

"写诗的人 / 被自己写的诗感动 / 如同花朵 / 被自己的美丽感动 / 如同天空 / 被自己的高度感动 / 被自己写的诗感动 / 这是写诗这种劳动 / 给予诗人的 / 最贵重的酬谢"。

——这是生命本身与自身的最简单的关系。

2005 年，姚振函在河北省召开的一次诗会上，发表了自己关于诗的新观点——为自己写诗。他说，自己一直认为，"为自己写诗"这个命题即使不是绝对真理，也应该有相对的真理性。记录、回味自己的诗意感动，难道不是一个人的生命所需要的吗？

> 我大略认为，"生命本身"就是把社会附加到生命上的一切习俗、功利、欲望、争斗等等都剔除掉，只剩下一个纯粹的生命。生命纯粹了，那么它本身就是诗。

大概到了 2010 年，姚振函的生命里程开始加速。他先是自己走着时而去我办公室聊聊天，后来只能是我用车接他到我办公室坐一坐，再后来他只能用那辆破三轮车到家门外的广场上放放风，再后来他就卧床不起了。

姚振函在病床上待了大约四个年头。

开始，姚振函在病床上读书、写作，他把病床当作生活基地。那首《在床上读书写作》的诗中写道："在床上 / 读书，写作，或者思考 / 有生活气息 / 起码，比在桌子 / 离生活近一些"。

在这样的生活基地上，诗人姚振函如何体验生活、如何捕捉灵感，他捉住的那些诗是什么样的？《揪住诗》中这样写："诗，往往让人捉摸不定 / 它像一个影子从眼前闪过 / 似有似无 / 似梦似幻 / 这时就要当机立断 / 出手要快 / 以迅雷不及掩耳之势 / 揪住它滑腻的脖子和腮 / 不让它跑掉，漏网 / 然后用文字的绳索 / 结结实实把它 / 捆绑起来"。

在《代表身体感谢》这首诗里姚振函说："感谢疼 / 感谢胀 / 感谢麻 / 感谢酸、乏、痒、闷、喘等等 / 总之是感谢所有让我痛苦、难受 / 活着没劲、度日如年 / 看什么也不顺眼的感觉 / 正是你们让我知道 / 我原来还有一个叫作身体的财富 / 我还有五脏六腑、心血管、脑血管 / 胆固醇、肝功能、乙肝六项 / 血脂、血糖、血黏稠度等等等等 / 正是你们让我开始正视、看重、敬畏 / 顶礼膜拜自己的身体"。

这是对即将逝去的生命的呼唤！这种呼唤本身就是诗。

姚振函把这样的诗都编进他在病床上主编的自己的诗文集。

编好那本叫作《平凡的词》的诗文集之后，有一天，姚振函住进了市医院的重症监护室。我去看他时，他处于无意识状态。我只能静静地站在床边看着他，一句话也说不上。我想，我的好朋友、一个杰出的诗人将要逝去——

几天之后，姚振函醒过来了。他感谢医生，医生说："我能为你治病感到很荣幸，你是有名的撕人。"（本地土语把"诗"读作"撕"）姚振函撒娇地说："俺是活人，不是死人！"

姚振函已经写完了他的诗，也编完了他最后一本诗集，他终于放心地走了，那是 2015 年 4 月 28 日。

在 2015 年 6 月 17 日，正是姚振函走了的第七七四十九天，我写了这篇追忆他的文字。

作为了解他的同乡和好友，我没有缅怀他的生平事迹，没有写他生前的坦白、正直、聪慧、善良，没有记述我们之间那些值得永久珍视的友情和故事，而是以他为例，讨论了半天"诗到底是什么"的问题。

我想姚振函是不会感到意外的。

2015 年 6 月 17 日

张志民诗歌的艺术风格

谈到个人爱好，张志民说："我主张诗要质朴、自然一些。"就像他在《念贾岛》那首诗里表达的："花好不在叶儿娇"。读张志民三十多年来的诗作，给人最深的感受的确是质朴、自然。然而他的质朴、自然又有一种"后劲"，恰如容易上口的醇酒，使人体味到质朴、自然之外的深厚，这又应了他一句话："俗并不等于'浅'。"

一

张志民诗歌艺术风格的质朴，根基在于其诗情的真朴。

张志民在"与农村的孩子一起滚爬"中度过了自己贫寒的童年之后，十二岁就参加了革命队伍。在战争的炮火中，在党和人民的哺育下，他成长为一个革命战士，同时，也被"生活的涌浪"推到了诗歌"这个岸上"——他的诗是由革命斗争生活所激发，并随着革命斗争生活的脚步写下的。

伟大的土改运动中，他用诗为穷苦农民诉苦（《王九诉苦》《死不着》等）；抗美援朝战场上，他用诗为"最可爱的人"作传（《金玉记》等）；合作化时期，他用诗描绘新农民的侧影，构造"社里的人物"画廊（《社里的人物》《村风》等）；三年经济困难时，他用诗去发掘"我们英雄的人民，为着祖国的荣誉，就是在勒紧裤带的日子里，也仍是挺直腰杆"的精神（《西行剪影》等）……张志民曾说："一个无产阶级的诗人，只有和人民跳着同样的脉搏，有着共同的命运，才能爱人民之所爱，憎人民之所憎"，"真情，只能来源于作者的生活感受"，而"没有真情，就没有诗"。这些话恰恰道出了他真朴诗情的一般内涵。

为人民而写，抒人民之情，努力使自己的诗"为广大人民乐于接受"是张志民建立自己艺术风格的立脚点。由此出发，他把那种火热的真朴之情，以劳动人民（特别是北方农民）特有的朴实抒情方式表达出来，使诗情达到一种源流和谐一致的质朴。叙事长诗《死不着》这样写穷苦孩子死不着的父亲被财主逼卖妻子的情景："我娘一见把脸搂／鲜血成行往下流。／我爹在墙上撞脑袋／我拉着驴尾巴不让走。"死不着的母亲就要被买主的"黑毛驴"驮走时，一家三口各自难以抑制的复杂感情，就这样通过"我娘"的"搂脸"、"我爹"的"撞脑袋"和"我"的"拉驴尾巴"这些特别方式，极简洁又极生动地抒发出来，给人撕肺裂肺之痛感。这纯粹是北方农民式的抒情。

张志民的诗善于提炼典型情节，长于用白描传神写情，他把这二者和谐统一起来，使其诗风的质朴深深打上了"我"的印记，试读他的一首短诗：

> 新修的水库放水了，
> 人人欢呼拍手笑，
> 老拐爷为啥没拍手？
> 他背过脸儿不敢瞧……
>
> 哪是不敢瞧？
> 分明泪珠掉，
> 心想：社会主义早来二十年，
> 怎能够，为抬"龙王"摔折了腰……
>
> （《老拐爷》）

这首诗有一个精炼简短的情节：走上合作化道路的农民们，集体修筑的水库竣工了，放水之日，万众欢呼，但是老拐爷却一旁暗自流泪，原来此情此景使他想起了二十年前抬"龙王"求雨而摔折腰的情形。这情节有鲜明的大背景，即幸福光明的集体化新农村；与此相联系，又暗示出另一个背景，即苦难愚昧的旧中国农村。老拐爷的眼前所见与心中所忆分别植根于这两个背景。背景之间，情理联系极紧密，时间跨度却很大。这种大的跨度把要展开叙述而又难以展开的情节包容进去，让读者从短小的诗中领略尽量大的空间和时间跨度，又将从大的联想、想象的"面"上所生的激情浓缩在这简短的"点"上。这样从"背过脸儿不敢瞧"到"心想——"的抒情，既有层次感，又在某种程度上达到了叙事诗中那样强烈的抒情效果。

在他的诗里，白描手法得到了创造性的运用。诗人发挥白描效果的简洁朴实，以增强抒情诗的简练质朴；运用白描写意传神的功能，以增强抒情诗的含蓄。他在创作中常常提炼某些典型的情节入诗，如《到咱屋里坐一坐——路遇老人的话》一诗写老人向过往的同志倾吐山里人的心曲："从前山里人不好客，……风吹雨打草房漏／一张羊皮全家裹／娘俩一条被／爷俩一双鞋……"这抒情性的白描，正是配合山中老人热情邀过路同志到家做客，又生怕邀不去而向过路同志诉说旧社会山里人不好客的原因这样的典型情节的。他的诗中的白描还往往配合诗中情节因果关系的展示。白描形象把这种因果联系揭示得朴实生动又含蓄有力，从而加强了诗的思辨力和诗情的深度。"十亿张嘴一齐说：当初若听了／——马老的话／何至于：／一碗稀饭仨人喝！"（《致马寅初先生》）这是用典型的白描形象揭示因果链中"果"的严重性，激发对"因"的深入思考。"看那奇特的体形／并不像是／表示终止的'句号'／倒像是一串／——'逗点'……"（《祖国，我对你说……》）这是白描和比喻结合，用语经济，不着颜色，抓住要害，整体形象（形神俱备）

出来了，形象本身昭示了因果联系的延续性，使人的思绪从既有的果延伸到可能会发生的果。"中国要富强！／我们不能再／枕着良田／——'瓜菜代'／中国要富强！／我们不能再／守着长江／——没水喝！"（《青春颂》）这是白描和对比的结合运用，白描形象本身的矛盾尖锐性和概括性，就显示其中蕴含的社会问题的因果关系的独特性和深刻性。这类白描手段虽形式多样，甚至有的已不是一般概念的白描，但它们有共同的特点，将情理寄托于形象，以形象强化情理，深入而浅出。

抒情诗并不是拒绝一切情节，而要看情节的简练程度和容量大小；抒情诗不是拒绝一切描写手段，而是要看某种描写手段能否有效地为抒情服务。张志民诗的提炼情节，运用白描就成了其质朴风格形成的重要因素。有人认为这样做是忽视了诗的抒情性，但上面的粗略分析则说明他是致力于抒情的，只不过所追求的是一种特别方式而已。尽管可以从效果上说，这种抒情方式有某种欠缺，但是既然它已具备自己的抒情个性，那么抒情就有它独到的着力点。

张志民也有酣畅的直抒胸怀的诗作，如政治抒情诗《擂台颂》《祖国颂》《青春颂》等。这些诗不乏飞腾的想象和大胆的夸张，但其质朴之气仍渗透于字里行间。在《祖国颂》中，诗人有这样热情的呼喊："让火车的笛声／——去为祁连山领唱！／让轮胎的花纹／去印制沙漠的衣裳！／让我们的条条道路／都变作神箭／——射向我们的理想！"说是"豪情胜过长江水"也并非为过，但所选用的语言、捕捉的形象及形象个体之间的联系，都是朴实的：火车—轮船（汽车），祁连山—沙漠，笛声—领唱，花纹—衣裳，道路—神箭。由此可知，这类诗的特色是新而不奇，开阔而不迷茫，并能从新鲜、开阔中透出质朴之气。

诗情的个性和抒情的特性相统一，二者相辅相成地构成了其风格质朴的内在规定性——不浮华、不朦胧，单刀直入，然而并不显俗。

二

张志民诗歌艺术风格的自然是以其质朴为前提的，尽管诗的自然可以容纳华美，但其诗的自然并不包括华美。

首先是他的诗写得毫不费力，如信手拈来，却能深含韵味。"进了村子不用问 / 大小石头都姓孙 / 孙老财一手把天地盖。/ 穷小子死了没处埋。"（《王九诉苦》）如此自然流走的诗句俯拾皆是，而整首诗写得极自然的地方也很多。举一首"自赏诗"为例："这边娃儿吱吱叫 / 那边小女叫吱吱。/ 惊见痴儿无惧色 / 原来无知胜有知。"（《知觉》）在是非颠倒的魔掌下，"原来无知胜有知"寓意多么深刻，感情多么浓重！然而这却像是随手拈来的材料，顺口哼就的诗。

其次是自然成趣。绘形传神生动而诙谐的，如写边区战士的纯真、率直："粗脖、红脸 / 捶桌、跺脚 / 肚里有啥 / 脸上瞧：/ 不拐弯 / 不抹角 / 竹筒子 /——倒胡椒！"（《吵》）刻画心理幽默而确切的，如写农村姑娘的恋情："春梅在当院纳鞋帮 / 谷糠落在她头发上"，她"搬条板凳去望一望"，却是"登上板凳她没直腰 / 脸儿一红又下来了"，而"为啥针扎指尖儿破 / 定是心尖儿'走了火'谷糠像是青哥有意洒 / 落满头顶不嫌多"（《扬场》）。描写新风俗的，如《对对子》，风趣中寄深思。勾勒场景的，如《初恋》，含蓄中洋溢风趣……而有的诗则能将几个特点自然融于一篇，如《听房》，写了解放初农村新婚之夜听房的情景，其中写道："星光闪闪月牙儿亮 / 一帮小伙子来听房。/ 左听右听没动静 / 难道新人早入梦？/ 嫂嫂扒窗瞧 / 婆婆抿嘴笑：/ '傻小子们听什么？/ 小两口浇园还没回来！'"此中人物的举止神态及由此流露的心理活动，在这特定的场景中，极轻松自然地得到诗意的表现：眼前景是"傻小子"们敛声屏息在"左听右听"，而景外景则是新郎新娘大大方方在月下浇园！真可谓情趣横溢。诗人自然涉笔成趣，毫无粗俗油滑之感。

再就是自然中的严谨。

第一，语言的提炼。以群众口语入诗，掌握既不失其本色，又要提炼纯净：不颠倒词序，顺乎口语习惯；不罗列修饰语，保持口语的单纯明快；不增其直感色彩，保持口语朴素。像"捏个花边像银链滚／捏个鱼儿水上漂。／一排饺子一行花／都夸二嫂手艺巧"（《水饺》），就是典型例子。吸收古典诗词语言的精华，掌握雅俗结合：炼字为避生僻，多采用活于今人口上的字，如"躬身敲海磬／举臂扣天环／月在手上托／云在脚下缠"（《登天池》）；炼句求对称美而不受声律束缚，如"为啥不把身世讲？／只为忘掉那旧琴音：／万丈琴弦泪沤断／昨日的琴声不忍闻"（《访琴手》）；采词务求色彩的单纯、朴实，避免辞彩绚丽；等等。语言提炼法度谨严，因而诗句自然朴实又简练严谨。

第二，新诗体式的探索。新诗体式的探索大体可分三个阶段：

其一是自由诗和民歌的结合体（主要见于《村里的人物》《村风》等集子）。诗人取民歌韵律的明快、格调的清新、语言的简练诸因素与自由诗句式、用韵和结构的灵活性因素进行融合创造，形成了这样的体式：语言简练、朴素、活泼，句式匀称而有变化，节奏明快，结构单纯。具体分又有两类：一类是以二句一节的民歌体为基本形式，吸收自由体的因素而成。它以不定数的两行一节的诗节组成，讲究整齐中的错落，即节内两句的字数对称，而节与节间长短不一；押韵讲究规则中有变化，有的诗上下句相押，句句入韵，有的诗每节后一句入韵，即隔句韵，有时还借助于长短诗节的安排来调配韵的疏密、节奏的缓急，如《喜春爷》即属此类。另一类是以自由体为基本形式，吸收民歌因素而成。它多是由四句或六句一节的若干诗节构成；节内句子长短不等，而节与节对称，连相对诗节中相对位置的句子也大体对称。一般为隔句韵，有时句句入韵，节内长短句子的安排，起调配韵脚疏密、节奏缓急的辅助作用，《挑菜》《有什么话儿只管说》就属此类。——这阶段是张志民诗歌艺术风格成熟的阶段。

其二是在这种新体式基础上，吸收古典词曲重章叠韵、工散结合等因素，使其更具定型性的结晶（主要见于《西行剪影》）。这种更具定型性的体式也有一些不同的类型，我们拿较典型的四节一首的诗来看。这类诗的四个诗节又分为两种，同种的两节行数相等，两节相对应的诗行的句型、字数、节奏、用韵大体对称。四个诗节有三种组合方式：（一）ABBA 式（相同的字母代指同种的诗节，下同），中间两节对称，开头结尾两节遥遥相对，如《包钢一瞥》《雨后草原》等；（二）ABAB 式，隔节相对，如《夜过河套》《伊宁街》等；（三）AABB 式，前两节对称，后两节对称，如《吐鲁番奇景》《毡房作客》等。其中，ABAB 式出现的频率高。这种体式的诗句有工句和散句之分，工句类似旧体诗中的宽对，散句则自由活泼形态多样，工、散穿插结合，更增添了这类诗通俗中见文雅、自然中显严谨的特色。——这阶段是其风格进一步发展、丰富的阶段。

其三是有意放松外在形式的约束，而着力加强诗的内蕴的逻辑力，使诗的形体随内在旋律的自然流走而达到水到渠成。1979 年的《那一天——想起一九四九年十月一日》中，诗人满怀激情地回忆自"那一天"起，祖国和人民所走过的曲折路程，其中有欢歌，也有苦痛，有阳光明媚的春暖，也有阴霾蔽空的冬寒，有健壮步伐的迈进，也有回旋和盘桓，而几经磨难后终于迎来了第二个春天！此时此刻，追忆的感情是浓重的，而思绪是明晰的；内容则富思辨力和哲理，意在催人奋发向前。诗的结尾一段这样写："那一天呵那一天／那一天是我们的／——出发点／那一天是我们的／——起跑线！／只能跑／——不能站／把泪化成火／把血铸成剑！／该烧的烧／该砍的砍！／救国只有干干干！／一滴汗珠——／胜过万吨空谈……"在这里，复沓是那么必要，接力赛般的传递承接又那么自然，而于那"不得不止处"的结句更是恰到好处，韵味深长。以这样的若干诗节组成的全诗，旋律明快自然而又具备一种内在的逻辑力。读张志民这类诗作（主要指新时期的作品）使人感到这不定型的"体式"，犹如山中泉水，钻岩缝，过草滩，走深涧，入大流，水到渠成，有一种自然含蕴的法度。——这阶段是其风格长足发展的阶段。

从以上三阶段诗体形式的探求，看到张志民不断给他自然的风格注入新的内容，使自然与严谨的结合常处于一种发展变化中；他不囿于既得的成就，不以同一形式作习惯性的重复，而是在不断更新中使自己的艺术风格在发展变化的生活内容中随时寻找到使用力量的支点，从而获得不息的生命。

张志民诗歌艺术风格的自然不仅是质朴的自然，而且是提纯之后的自然，是寓风趣和严谨于其中的自然。这种自然是艺术提炼和艺术熔铸的结果，包含着诗人的苦心经营和精心雕镂，只是不露"刀斧"之痕罢了。

三

张志民非常注重诗的社会效果，力主"为广大人民乐于接受"，而今天我们的人民中"虽然有相当数量的知识分子，但和整个人口来说，还少得可怜"，因此他将"雅俗共赏"作为诗作的追求目标，"尽量做到初通文墨的工农可以读，大学教授也感到有点意思"。创作实践的结晶是让我们看到了其风格的质朴自然下面的深厚。具体感受的深化与否是诗深厚与浅薄的根本。

张志民和人民跳动着同样的脉搏跨入生活的激流，又从漫长的历史长河中看待特定的生活，从而把具体的生活感受扩展到对于过去、现在和未来的真善美与假恶丑的综合思考，使简洁的诗蕴含丰富而深刻的社会内容。这是感受的深化，是伴随着诗的整体构思而逐步明确和深入的，其关键是用辩证的方法选取构思的焦点。正是选取这焦点的准确性，增加了诗的感情和思想的容量。对立统一法则被诗人自如地运用为剖析生活现象的解剖刀，用它去探求和掌握现实生活一般的内在规律性和这内在规律性的个别表现及其外部形态，从而以形象的外部形态表现内在的规律性的东西。限于篇幅，这里仅就《祖国，我对你说……》构思焦点的选取来作一简析。张志民在祖国十岁诞辰时，满怀豪情写了《祖国颂》，而当祖国二十岁诞辰时，诗人则困于"文革"的牢狱，"笔——不准写 / 口——不准张"（《周总理呵，就在我们身旁》）。祖国三十岁诞辰时，诗人思如潮涌，感慨万端，竟至拿起笔来不知该为祖国三十岁诞辰"献上一支 / 怎样的歌"。但诗人抓住了自己最核心的感受，即"笔呀，是那么沉重 / 心呵，是那么热烈"。于是"沉重"和"热烈"的辩证结合自然成了这首诗的构思焦点。"沉重"是因为诗人"看到了祖国的苦痛"，"热烈"是因为诗人同时"看到了祖国的希望"，于是诗人从祖国"苦痛"的历史追忆中发现了祖国的"希望"在苦难中顽强生长的强大生命力，"人们呼唤——'敬爱的周总理！' / 就是呼唤——民主与科学！"诗人又从可喜的现状中看到"那杯历史苦酒"对今天人们"解热、清心"的必要性，因而"祖国要兴旺发达"就必须彻底砸碎束缚着大脑的任何枷锁，让这个"并不缺少能源"的"发明火药的国度"中的人民，获得民主与科学的解放，放出他们那无限的"热核"。诗人正是通过正反两方面辩证的"沉思""苦索"，在"啼血"吟咏和"热烈"呼唤中，完成他"未来正在招手 / 胜利还需争夺"的主题的。

　　张志民的诗长于写人，他笔下的人物多是引人深思的形象，这也是其诗具有深厚感的重要因素之一。这类人物的特点在于他们都是人们熟悉的人，他们的事迹是为人们所熟知的，但在张志民的笔下，这些人身上闪着革命的哲理光彩。边区的那个游击队战士，用自己的生命换一声给游击队"报警"的枪响（《三个游击队员》）……一个看似从容的"换"字包含了多么深刻的革命人生观！这样的人物与特定的时代联系得那么紧，让人不由自主地跟着这样的人物形象走进生活的激流、历史的深处。

鲜明的爱憎，强烈的感情，深沉的思考，与人民水火与共、息息相通的生活实践，使诗人在歌唱幸福时并不丢开与幸福相连的痛苦，在抒发苦痛时，也不曾忘记深埋于苦痛中的光明；赞颂美的同时鞭挞丑，揭露恶的同时发掘善……因为诗人深知历史就是在对立统一的斗争中不断演进的。他的诗尽管"没有外表的炫耀"，但"充满了并非突然呈现的内在光彩"（果戈理语），这就是张志民诗的深厚。

张志民立足于现实主义，主张诗应该"记录""时代生活"；坚持革命的功利主义，力争让诗赢得广大人民；坚持长期的艺术探索，力主求真求美都要有"我"的特色，这对于他诗歌艺术风格的形成起到了主导性的作用。自然，任何一种艺术风格都是诗人主观诸因素及其客观诸因素综合性的自然契合的结晶，但是无产阶级诗人作为先进阶级的成员，应该而且可能主宰自己艺术风格发展的方向，比较明确地，而不是盲目地寻找到最宜发挥自己的思想高度、生活积累和艺术才华的着力点，去创造自己独特的艺术风格。张志民诗歌艺术风格诸因素之间的关系给我们的重要启示正在于此。

1982 年 5 月

诗人虽逝诗长存

20世纪80年代初，我因发表关于张志民诗歌艺术风格的长篇论文，结识了仰慕已久的著名诗人张志民。那时我刚过三十岁，张志民已年近花甲，不想我们遂成忘年之交。此后，在与他的面晤交谈和书信来往中，我对他的敬重和仰慕之情日益加深。

在20世纪40年代成名的诗人中，张志民的创作旺盛期是最长的。那时，他以杜鹃啼血式的长诗《王九诉苦》和《死不着》步入诗坛，特别是那个不屈反抗封建压迫的独特艺术形象"死不着"的创作成功，使他在解放区新诗群中脱颖而出。就是在今天，"死不着"这个形象所负载的精神，在中国文学的典型人物之林里，也仍然具有被不断重新解读的价值。此后，在中国社会演进的每个时期，张志民都以充沛的激情、新颖的形式和深沉的思考，推出他的一系列新作。特别是改革开放以后，他的诗歌创作更保持了扎实而旺盛的状态，相继出版了《祖国，我对你说……》《死不着的后代们》《梦的自白》《大海·苍天·人世》等十多部诗集，直到逝世前几年，他仍不断有《活着的姿态》《昨夜星辰》等重要的作品问世。人民文学出版社出版的《张志民诗百首》，就是一本回顾诗人一生诗作的精编本。从这本诗集中，我们也许可以找出这位立足于祖国大地的不倦歌者的心灵轨迹。

从诗人的一生创作中，我们可以看到，除了他独有的诗人禀赋和天分之外，张志民始终是站在唯物史观和平民百姓的立场来观察社会的变化和生活的变迁，从未见他脱离脚下的土地和身边的百姓，去作那种言不由衷或歪曲生活的抒情。正如谢冕先生所述:"张志民是中国大地的儿子,他身上流淌着中国农民的血液。"也正是由此,他内心具备了不曾动摇的使命感和探索精神。他在诗歌反映生活现实、表现时代精神、影响社会生活等方面的探索,脚步扎实,成果丰盈。而在新诗艺术形式的探索方面,他更是矢志不渝,毫无懈怠。在与他的接触中,我还特别感觉到张志民始终不曾停滞地进行着内心和人格的修炼。回观诗坛,在漫长的探索过程中,有的诗人彷徨动摇了,有的诗人改弦易张了,有的诗人松懈满足了,有的诗人知难而退了,而张志民始终朝着那个既定的方向和目标永不停歇地跋涉。

在五十多年的诗歌创作实践中,张志民形成并不断深化着他的艺术风格。就拿那首脍炙人口的《秋到葡萄沟》来说:"秋到葡萄沟/珠宝满沟流/亭亭座座珍珠塔/层层叠叠翡翠楼/轻些走!/'玫瑰紫'刚刚吃醉酒/且留神!/小心'马奶子'蹭身油!……"我以为,他的诗有着真情基础上的质朴之风、自然之美、厚重之味。诗人从民歌中吸收汇拢用于新诗的艺术成分,将古典诗词中重章叠韵、工散结合等诸多醇美因子萃取再生。同时,又在前二者的基础上有意放松外在形式的约束,着力加强诗的内蕴逻辑力量,使诗的形体随内在旋律的游走而臻于水到渠成。在张志民的诗中,内容与形式的辩证统一都有其自身的特点。它的内容和形式都具有相对独立性,二者的结合是两个具有独立性的主体的结合,是互相适应,互为表里,而不是相互干扰,相互排斥。它的艺术形式的外壳比较坚实,比较稳定,对内容的约束具有一定张力。其内容具有主导作用,但那是在形式的大框架内的主导,只有促使其形式达到完善的要求,而没有推翻其现有形式的企图。

张志民的诗作内涵深刻,但他却坚持让自己的诗"雅俗共赏"。正如他自己所说:"尽量做到初通文墨的工农可以读,大学教授也感到有点意思。"一般认为,"俗"就容易"浅",而张志民却正是使自己的诗,在通俗的同时具备了"深刻"和"浑厚"。深刻的体验、鲜明的爱憎、强烈的感情、深沉的思考与通俗的语言达到水乳交融,尽管"没有外表的炫耀",但"充满了并非突然呈现的内在光彩"(果戈理语)。

张志民的诗歌创作背后有着坚实的理论支撑,他的这些诗歌理论,又为其丰硕的创作成果所印证。张志民关于新诗的论述,不像某些理论家的那种高谈阔论,也没有某些批评家那种隔靴搔痒式的指摘,它是诗人从自己创作实践中总结出来,又回到创作过程中经过检验的真知灼见。其代表就是1991年出版的《文学笔记》一书中的《诗歌创作浅谈》。他在这篇文章中论述了诗歌创作中的"六大关系"。我们如果把他的论述还原到他的诗歌作品中去对照分析,就更能体会到这种论述的力度,也更能感受到其作品大师般的造诣。

在张志民逝世十六周年时,为了纪念这位著名诗人,我在《张志民诗百首》出版之际写下一些对张志民诗歌创作及理论的个人见解,希望能够抛砖引玉,让更多后学关注这位诗人留给我们的宝贵遗产,为中国新诗的繁荣和发展做出新的贡献。

《王学明诗词选》序

　　读过王学明先生的诗词书稿，脑子里就冒出几个关键词：生活足迹，情感脉络，心灵寓所。

　　所谓生活足迹，那是说从这些诗词看到了学明先生近几年的生活轨迹。细想有这样几个层面：一是生活时空的转换。济南重庆南昌洛阳石家庄，井冈三峡天台驼梁白洋淀，春花秋月夏雨冬雪四季交替，写生作画读书讲学穿插互补，无论哪处山水风物，哪种生活场景，都会激起他的创作欲望，都留下了可资珍藏的诗作。二是生活印痕的留存。高邮那"山江春色"，皖南那"万里画廊"，赣州的"万竿竹下向阳居"，壶口的"黄云漫漫天门开"，都让他置身其间，融入其中，那种鲜明的印痕带着诗的浪漫和色彩进入了他的生活档案。三是生活感悟的生发。在李清照故居他有"风骚岂止男儿事"的感叹，在朱砂冲哨口他有"血沃高崖化杜鹃"的想象，六十抒怀他有"悠悠岁月不知长"的体会，戊子迎春他有"胸中日日有东风"的情怀，生活给他以无私的馈赠，他还生活以多样的色彩。由此可见，学明先生的诗词是他真实生活的产物，而生活是他诗词不竭的源泉。

　　说到情感的脉络，似乎空洞抽象一些，但我依然看到了那些很实在的内容。学明先生诗中有大爱，有真爱，我首先看到了那种博大的山水之爱。在天台，他要"抽取孤峰一支笔，为君泼墨写苍天"；在驼梁，他能"白雪深处看牧马，夜宿穹庐星月间"；在衡水湖，他感叹"四美今逢归去晚，一湖明月一船诗"；在白洋淀，他要趁"日暮风清游客去，船头倦卧送余晖"。他走进山水，山水也走进他的心里，祖国山水的壮美与多情都渗透到诗行中。其次，我看到了那种人性之爱。《大爱悲歌》的悲悯，《中秋夜梦逝友》的缅怀，《咏张进良》的怜慕，《村内觅踪》的惆怅，都是人性之爱的不同内涵。第三，我看到了那种性灵之爱。他爱昆虫，爱花卉，爱禽鸟，爱石头，他从那些小生物甚至那些没有生命的石头之类中，找到与人的心灵相通的触点，从一点切入，便成为很美的诗篇，而那些诗篇，便充满着诗人的性灵之爱。学明先生的诗告诉我们，情是诗的生命，而爱则是情的主心骨。

我说学明先生的诗是他心灵的寓所，那也是有特指的，可用六个字概括：寻境、审美、鉴真。所谓寻境，即在寻求一种环境，一种心境，一种境界，而三者是相辅相成的。如《游衡水湖苇荡深处闻鸟语》："蒲苇湖中别有天"是一种特定的环境；"我卧窠巢君住厦"是作者此刻的心境；"相安不扰乐年年"则是一种人生境界。与自然界之鸟相安不扰、相安相乐是充满善与爱，充满安与静，充满平淡与高远的境界。所谓审美，即在发现美、捕捉美、辨析美，三者是递进的。如《早春喜雪》："欣看田种玉"是发现了春日雪景中的美——春日雪后，隐约可见麦苗的碧绿，宛如"雪田种玉"。诗人用"田种玉"三字把自己发现的这种美捕捉定格，进而想象"明日"丰收的遍地"黄金"。由种玉到收获黄金是想象的延伸，又是审美的递进。所谓鉴真，即拨开浮象，探求根源，把握本质。如《咏钱》："使鬼差神""一分难俊杰""万贯败元勋"都是浮象，"风光名利"之心是根源，而其本质则写在"坟"上，所以要让"众生代代识碑文"。寻境、审美、鉴真是酝酿和创作的过程，在这个过程中，诗人把自己美的心灵浸润其中，从而使诗成为最理想的寓所。

学明先生年逾七十，但宝刀不老，激情不减。读他的诗词，就被他那种生活的热情所感染，为他睿智的思辨所启发，也把自己那种惰性和暮气一扫而光。感谢学明先生，感谢他那些充满生命活力的诗作。

2013 年 1 月 6 日

《买海居诗词集》序言

　　王学明先生在他的《买海居诗词集》即将出版的时候，把书稿送来，嘱我为这部集子写个序言。当晚，我津津有味地品读着这些作品，不觉已到深夜。学明先生的诗词很耐读，对我产生一种不忍释卷的魅力。那么这种魅力从哪里来？这又引起我久久的思索。

　　掩卷回想，我似有所悟，这些作品的魅力大致可以概括为六个字：真情、美思、高格。

　　所谓真情，并非仅限于一般的真情实感，而是指作品中渗透着作者的真性情。读这样的作品，可以真切感受到作者真实的喜怒哀乐，独到的思虑感悟，独有的爱憎臧否。总之一句话，就是可以看到诗词作品中处处都有一个独具个性的"我"。诗人张志民对诗中的"我"有过这样的表述："有人把它称作'个性'，不管叫什么吧！总之，是别人不能代替的。'我'来自作者的生活实践和艺术实践，它很可能并不见诸什么经典，但比任何经典，更属于作者自己，成为作品的生命。"这里强调的"我"的个性，在学明先生的诗词作品中，有着独具的内涵，这大致包括：来自生活的真实感受，独特鲜明的人生意趣和启人心智的思想感悟。

　　学明先生是画家，而非专职的诗人。它的诗词作品大都是随着自己生活的脚步和绘画的实践有感而发，随手写就的。这种来自生活的真情实感，既让人感到亲切，又有打动人心的力量。比如那首《白杨赞》："不争松柏凌云势，乐在平川淡泊生。凤骨纵无龙蟒劲，昂然直立也峥嵘。"又如那首《题黄均老师画竹》："常于草纸栽寒竹，为爱清风傍小溪。自有拨云擎日手，何须出处论高低。"前者借赞美平凡的白杨树来表达自己的人生志趣，后者借师友酬唱来称许别人的生活理想，二者有异曲同工之妙。

最能表现学明先生人生意趣的是那首《拙作〈买海居诗选〉出版后寄友人》："三十六年唯一卷，缘由无意做骚人。登山偶得千秋句，览史同悲万古尘。采菊归来堪入画，折梅吟罢即成春。此中苦乐君知否？诗佐刘伶醉若神。"你看，他本"无意做骚人"，却恰恰成了诗词作家；他并非"为赋新词"而登山，却因"登山"得了"千秋句"；他"览史"生悲，"采菊"入画，"折梅"吟诗，饮酒"若神"，此中滋味自品自赏。应该说，学明先生的诗词是他作为画家与诗人生存现状的实录，是他心灵历程的实录，是他人生追求的摹写，而渗透其间的真情实感和人生意趣便跃然纸上。

学明先生并非两耳不闻窗外事的文人墨客，而是关注社会和人生的有志之士。他有深厚的学养，又善于观察思考，这就造就了他对社会生活的洞察力。他往往能在抒发真情实感和人生意趣的同时，对社会发展的规律作出精辟的概括和揭示。一首《梦断〈玉树后庭花〉》，用百行的篇幅叙述了历史上陈、隋两朝相继灭亡的过程，揭示了封建王朝从兴盛走向败亡的历史规律，作出了一系列哲理性的概括。读这首诗，让我再次反复回味杜牧《阿房宫赋》最后那句话："秦人不暇自哀，而后人哀之；后人哀之而不鉴之，亦使后人而复哀后人也。"《梦断〈玉树后庭花〉》这样的诗不仅再次艺术地揭示了宝贵的历史经验，更重要的是它对今天有着意味深长的启迪。它让我们想到，任何先进的政党，如果丢掉了自己先进的本色，都可能被纳入千古之律，而遭灭亡之灾。

凡文学创作都肩负着一个神圣的使命，那就是"求真"。小说要反映社会真实，散文要说真话，诗词要抒真情。学明先生深得文学之三昧，他坦然敞开自己的胸怀，坦露自己的志趣，披露自己的感悟，提炼自己的思想，在作品中呈现一个有个性、有感情、有思想的活脱脱的"我"，使诗词作品具备了产生魅力的基础条件。

所谓美思，就是作品中有美的形象和美的构思，并形成了美的意境。这是诗词作为文学作品的本质所在，也是诗词作品艺术魅力所在。学明先生是有艺术思想的画家，他以画家的眼光和手段，来敏锐地捕捉诗的形象，精心营造诗的意境，使他的诗词具有一种绘画美，从而形成了鲜明的艺术特色。

说到学明先生诗词的绘画美，首先应该注意到的是他诗词中的线条美。线条是绘画的一大要素，也是诗歌绘画美的一大要素。世间万物各有其形，而每个物体的形状，都是用线条勾勒出来的。绘画的线条直接诉诸读者的视觉，而诗歌描绘中的线条则是诉诸读者的想象，形成想象中的视觉。因此，诗歌中的线条美依托于形象美。学明诗中的形象鲜活、生动、传神，它传达给读者的形象线条往往是动态的、多变的，带着韵律的痕迹的。"断岸嶙峋上触天，脱缰万马动千山"（《三峡》），是竖线与横线的交接。竖线触天，令人仰止；横线贯地，引人极目。纵横交接构成三峡的险峻气势，具有强烈的动感。"暗香浮动施寰宇，琼骨横斜托碧空"（《咏梅》），是虚线与实线互衬。"暗香浮动"使人想象香气浮动的曲线，使虚变实；"琼骨横斜"使人联想满赘蓓蕾的梅树虬枝的斜线被浮动的香气缭绕，实虚相映，构成一幅富有动感的画面。作者 1991 年 9 月写于高邮的《江南春》在体现线条与韵律上很具典型性："绿草长堤白鸭，平坡细雨牛娃。欲醉闻香下马，炊烟船上人家。"头句"绿草"与"长堤"，前者为纤细的线条，后者为粗壮的线条；二句"平坡"与"细雨"，前者是静态的横线条，后者是动态的竖线条；三句"闻香下马"是向下急动的线条；四句"炊烟"是向上缓动的线条。这些或粗壮或纤细，或纵或横，或曲或直，或急或缓的线条构成一幅大背景，而白鸭、牛娃、马匹、木船则是活动在其中的景中之物，轮廓鲜明，点缀自然，线条和韵律充溢其中，给人以美的享受。

其次要看到学明词诗中的色彩美。色彩美是我国古典诗歌的一个传统，诗歌不仅要"绘形",而且要"绘色"地反映丰富多彩的生活。诗人应该对色彩有敏锐的感觉,也应善于通过文字将生活的色彩诉诸读者的想象。学明在这方面的追求也是执着的。"白菜青盐粗米饭,瓦壶天水菊花餐"(《访郑板桥故居》),是用几种淡淡的色彩描绘郑板桥清苦的生活、高雅的意趣,以衬托他竹骨兰心;"狂草应题丹壁上,烈醇愿醉白云中",是用两种浓浓的色彩,把作者游嶂石岩时两种感受托出,相互映衬,引人深思。学明诗的色彩与音响相配合,往往能赋予诗的色彩以生命。"月洒鳞波点点金,舟光嶂影夜沉沉。笛声入峡惊涛路,千古诗人唱到今。"(《江轮待发》)前两句色彩浓重而给人以静寂之感,第三句"笛声入峡"使其顿获生气。"雾嶂封山雨意浓,林空苔滑水淙淙。身同诸岫承天露,愿化云中第一峰。"(《雨中登山》)"雾嶂封山""林空苔滑",何等沉闷的色彩,何等沉寂的气氛,但加上一个"水淙淙"就改变了这幅画的色调,使之增添了动感和亮色。

线条和色彩的运用是基础,而在此基础上的构图则是关键。构图不好,诗中的画就缺少诗意,构图有创意,诗中之画才能有诗魂。绘画中的构图讲究"经营位置""置阵布势",讲究宾主、远近、高低、虚实、繁简、藏露、呼应等等,以求用完美和谐的结构集中地表现主题思想。诗中的构图等同此理。学明的诗很注意构图的角度,即所谓"经营位置"。如《登天都峰》写天都峰的"险"和"殊",选取峰上的四种景物,从四种不同的角度来表现:"桃自瑶池落,鱼从雾海浮。仙人依佛洞,松鼠跳天都。"一"落"一"浮",一"依"一"跳",构成一幅完整的立体画,将其"险"、其"殊"描绘得淋漓尽致。再如《登峨眉山》,诗的构图很有层次:"遒劲松姿苔覆秀,翠微岳色雾中妍。万尊千寺香云起,一阁双桥圣水旋。"从一二句看,是由近及远,从三四句看,是由远而近。一句和四句内,都是由上而下(由松到苔,由阁到桥到水)。二句和三句内都是由内到外(由岳到雾,由寺到云)。作者似乎身在山外,把峨眉山描绘得非常具体、真实,而不是虚无缥纱,从而冷静客观地引出"自有灵犀通佛道,超凡何必敬神钱"的主旨。

线条、色彩伴以韵律和声响,借巧妙的构图吟出诗中之画,寓以诗人独特的情与志,是学明诗词绘画美的基本内涵。作为画家的学明与作为诗人的学明,往往是"诗情画意同时涌现"(学明语),这是他的优势。他正是运用和发挥了这一优势,使诗词作品产生了深厚的艺术魅力。

所谓高格,就是高品位。正像一位评论家说的:"诗人站在人生的大地上,他比一般人站得高,看得远,望得深;他能告诉读者一些想看而看不到的东西,看到而不觉察的东西,觉察而不理解的东西,理解而没有深深吸入心灵的东西。"诗人的真正价值就在这里。学明先生深谙此理,他始终作着这样的努力。具体表现在这部集子中,就是选材严,立意高,开掘深。

这部诗稿共六部分内容,依次是"游踪吟草""登临感赋""师友酬唱""异域寄情""咏叹抒怀""长歌怀古"。每一部分的诗作,选材都很严谨,既没有嬉戏轻佻之诗,又没有空疏狂妄之词。同时,每篇都很讲究立意和开掘。如《咏梅》,这首诗的最后两句:"惟愿众芳能效汝,傲寒独领万花丛。"古往今来,以梅为题的诗词很多,几乎是将梅花的品质挖掘完了,应该是很难写的题目。但作者抓住一点,翻出新意,就是从"众芳"的角度提出问题,希望它们都能向梅花学习,不畏严寒,带来冬天的万花竞放。又如《参观徐悲鸿纪念馆重见〈立马图〉》,诗的最后两句是:"老友乌骓待吾访,暂栖壁上未腾空!"作者于中学时代在天津看过徐悲鸿先生画马原作展览,由此走上水墨丹青之路。所以在这里他称徐悲鸿画的"立马"为"老友",并把"立马"人格化,说它之所以未从壁上腾空而去,是因为它在等待"老友"的造访。既道"老友"之谊,又传立马之神,把徐悲鸿绘画艺术的神奇和他给自己人生道路的影响,一笔并写两面地表现出来。又如《望江南·雨中独谒张煌言先生墓》下半阕说:"青峰聚,正气满乾坤。于岳张祠三鼎足，湖山有幸系忠魂，岂止醉游人！"作者由正在拜谒的民族英雄张煌言墓，联想到与此成鼎足之势的另外两位民族英雄——岳飞和于谦，顿时觉察到此地因"青峰聚"而"正气满乾坤"；进而领会到此地因能埋葬三位民族英雄的"忠魂"而"湖山有幸"。那么，这里湖光山色的美景"岂止醉游人"，不更是教育、激励人的地方吗！作者由此将读者引领到一个更高更新的境界。这就是"比一般人站得高，看得远，望得深，给人一些想看而看不到的东西，看到而不觉察的东西，觉察而不理解的东西，理解而没有深深吸入灵魂的东西"。

真情、美思、高格，三者互相渗透，相辅相成，形成了王学明先生诗词明朗而含蓄的艺术风格。风格即魅力，学明先生诗词的魅力说到底，就是来自他这种艺术风格。望学明先生努力深化这种风格，像他那首《六十抒怀》中说的，"栽就梧桐鸣凤凰"。我愿继续听到更加独特的凤鸣之声。

2004 年 1 月 24 日

诗意美的理想载体

    在中国新诗史上，徐志摩的诗是写得极美的。他以那少有的才华和敏锐的触角，以他对自然和生活细致入微的体察、丰富的想象和新奇的比喻，形成了那特有的捕捉形象和创造意象的手段。运用这种手段创造的形象很自然地成为志摩诗中诗意美的理想载体。读他的诗，你会自觉不自觉地钟情于诗中那迷人的形象。解析徐志摩诗歌，尤其是那些抒写情爱和大自然之美的诗歌，从中发现和认识其形象的内涵及特色，不仅有助于提高我们的欣赏水平，对新诗创作也不无借鉴意义。

    徐志摩诗歌中的形象，首先给人的是那种可视可听可触可嗅可亲近的印象。诗歌形象的塑造，和叙事类作品不同，它要求以最凝练的语言构成最富诗意的形象；和绘画作品不同，它要求以想象的线条和色彩构成鲜明的诗中之画；和音乐作品不同，它要求以具有节奏感的文字材料达到诉诸读者听觉的效果；和雕塑作品不同，它要求以无形的语言转换出有形的物象，甚至使之具有触觉感。这样的要求，平庸的诗人是难以做到的，就是天才的诗人也难以兼而有之，而徐志摩的诗却能达到前所未有的境界。《再别康桥》是徐志摩的一首代表作，其诗意形象具有极强的可感性。"那河畔的金柳／是夕阳中的新娘／波光里的艳影／在我心头荡漾。／软泥上的青荇／油油的在水底招摇／在康河的柔波里／我甘心做一条水草！／那榆荫下的一潭／不是清泉，是天上虹／揉碎在浮藻间／沉淀着彩虹似的梦。／寻梦？／撑一支长篙／向青草更青处漫溯／满载一船星辉／在星辉斑斓里放歌。"在诗人眼里，那河畔夕阳中的柳条被镀上了一层富丽妩媚的金色，在微风中轻轻摇摆，婀娜多姿的影子倒映在水中，仿佛一位艳美的新娘，而新娘的艳影在水中荡漾，也在诗人心中荡漾；那柳荫下波光潋滟的清泉，是天上的彩虹，而诗人那"彩虹似的梦"却也沉淀在那清清的泉底！于是诗人乘着一叶满载希望的小舟，逆流而上，向着青草萋萋的小河深处，击拍欢歌，去寻那彩虹般的梦。这首诗中的形象，线条清晰，色彩鲜明。可视可感，而且使人如临其境，欲与诗人同乘那一叶小舟撑篙漫溯。

《她是睡着了》是徐志摩诗中写得最美的一首。"她是睡着了——/星光下一朵斜欹的白莲/她入梦境了——/香炉里袅起一缕碧螺烟。/她是眠熟了——/涧泉幽抑了喧响的琴弦/她在梦乡了——/粉蝶儿，翠蝶儿，翻飞的欢恋。/停匀的呼吸：/清芬渗透了她的周遭的清氛/有福的清氛/怀抱着，抚摩着，她纤纤的身形！/奢侈的光阴！/静，沙沙的尽是闪亮的黄金/平铺着无垠/波鳞间轻漾着光艳的小艇。/醉心的光景：/给我披一件彩衣，啜一坛芳醴/折一枝藤花/舞，在葡萄丛中颠倒，昏迷。/看呀，美丽！/三春的颜色移上了她的香肌/是玫瑰，是月季/是朝阳里的水仙，鲜妍，芳菲！/梦底的幽秘/挑逗着她的心——纯洁的灵魂——/像一只蜂儿/在花心恣意的唐突——温存……"在这首诗里，诗的形象除了可视可感性之外，那就是可触可嗅可亲近的鲜明特点。在诗人眼里，睡着了的"她"是"星光下一朵斜欹的白莲"，这是静态的形象；梦乡中的"她"则追着"粉蝶儿，翠蝶儿，翻飞的欢恋"，这是动态的形象；"她"那"停匀的呼吸"以特有的清芬渗透着周围的空间，而这被清芬渗透的氛围又怀抱着抚摩着她纤纤的身形，这是以动来衬托她静的形象；"她"那在梦中被挑逗的灵魂，像一只蜜蜂在花心里时而恣意的唐突，时而惬意的温存，这是由静生发出来的动的形象。在这千姿百态的形象变幻中，我们似乎已看到了那斜欹的睡莲，听到了幽抑的涧泉，嗅到了那有福的"清芬"，触到了那嫩嫩的"香肌"，感受到花心里那只蜂儿恣意唐突的振幅。

徐志摩诗歌形象的另一个特征是，鲜明的节奏和优美的韵律使形象具备了真正的个性和抒情内涵。抒情诗是诗人情绪的直接抒写，而情绪的进行有着它符合自身规律的波状的形式，或者先抑后扬，或者先扬后抑，或者抑扬相间，从而形成诗的节奏。节奏是诗的外形，没有节奏就没有真正的诗。在某种意义上说，诗意形象是节奏的产物；而节奏是塑造诗意形象的材料。在徐志摩的诗中，鲜明的节奏和具有个性的形象是互为条件，相辅相成的，没有那样鲜明的节奏，不可能创造出那种有个性的形象；没有那种有个性的形象，诗的节奏也不可能那么鲜明，那么显得必不可少。在那些诗作中，先扬后抑的节奏，传递给我们的是那种沉静的形象美；先抑后扬的节奏，传送给我们的是那种热烈的形象美。读一读他1923年冬写的那篇《盖上几张油纸》一诗，你会真切地感受那鲜明、舒缓的节奏。那缓缓的不断波动推进的叠唱（词的叠唱，句的叠唱，段落的叠唱），把那个雪中坐在阶沿悲咽的妇女的形象给唱得立体化、个性化了。这首诗的基调是属悲苦惜贫的，是志摩儒者精神和人道主义的具体表现，此诗的序云："那天第一次下雪，天气很冷，有几位朋友带了酒来看我，他们走近我的住处时，见一个妇人坐在阶沿上很悲伤地哭，他们就问她为什么。她有些点神经错乱，她说她的儿子在东山脚下躺着，今天下雪天冷，她想着了他，所以买了几张油纸替他盖上。她叫他，他不答应，所以她哭了。"于是引来诗人的歌吟："一片，一片，半空里／掉下雪片／有一个妇人，有一个妇人／独坐在阶沿。／呼呼的，呼呼的，风响／在树林间／有一个妇人，有一个妇人／独自在哽咽。"这是诗的开头两节，也是诗的结尾两节。中间若干节的节奏与之相似。这样每节内的每一个上下句，都是先扬后抑，而诗节之间节奏都是重复的。从诗的整体上看，节奏是平缓推进，先扬后抑的，从而创造了一种沉静的氛围，塑造出一个沉静的形象，把读者引入沉静的思考，读者似乎被这种"沉静"浸透了全身。

如果再读一读他那首《灰色的人生》，你便会有截然不同的感受。那抑扬相间、先抑后扬的节奏，把一个热情激昂地反对周围黑暗世界的"我"的形象，一步接一步地推向激情汹涌的浪巅：

> 我想——我想开放我的宽阔的粗暴的嗓音，唱一支野蛮的大胆的骇人的新歌；
>
> 我想拉破我的袍服，我的整齐的袍服，露出我的胸膛、肚腹、肋骨与筋络；
>
> 我想放散我一头的长发，像一个游方僧似的散披着一头的乱发；
>
> 我也想跣我的脚，跣我的脚，在巉岈似的道上，快活地，无畏地走着。
>
> …………
>
> 我只是狂喜地大踏步地向前——向前——口唱着暴烈的，粗伧的，不成章的歌调；
>
> 来，我邀你们到海边去，听风涛震撼太空的声调；
>
> 来，我邀你们到山中去，听一柄利斧饿伐老树的清音；
>
> 来，我邀你们到密室里去，听残废的，寂寞的灵魂的呻吟；
>
> 来，我邀你们到云霄外去，听古怪的大鸟孤独的悲鸣；
>
> 来，我邀你们到民间去，听衰老的，病痛的，贫苦的，残毁的，受压迫的，烦闷的，奴服的，懦怯的，丑陋的，罪恶的，自杀的——和着深秋的风声与雨声——合唱的"灰色的人生"！

从诗歌形象给读者的直接感受和印象本身去分析，是对形象的初步认识；从节奏和韵律与形象的关系去分析，是在相关因素的对照中对形象的深入一步的认识；而只有把形象放在诗本身创造的意境中去分析，才能得到形象内涵与特色的全面深刻的认识。诗中的形象是诗意形象，是诗的意境的土壤上生长着的形象。诗人一方面是炼意，另一方面是捕捉寄托诗意的形象和景物。意与境相契合，意与象相融汇，才可能创造意境。那么徐志摩诗歌中的形象是怎样与诗意相结合的？是怎样与特有环境相结合而成就了意境的？引1925年作的《残诗》为例：

怨谁？怨谁？这不是青天里打雷？

关着，锁上；赶明儿瓷花砖上堆灰！

别瞧这白石台阶儿光滑，赶明儿，唉，

石缝里长草，石板上青青的全是莓！

那廊下的青玉缸里养着鱼，真凤尾，

可还有谁给换水，谁给捞草，谁给喂？

要不了三五天准翻着白肚鼓着眼，

不浮着死，也就让冰分儿压一个扁！

顶可怜是那几个红嘴绿毛的鹦哥，

让娘娘教得顶乖，会跟着洞箫唱歌，

真娇养惯，喂食一迟，就叫人名儿骂，

现在，您叫去！就剩空院子给您答话！……

诗人看到旧世界已经崩溃，不仅是在物的方面的崩溃，而且人与人之间的关系也发生了质的变化。但诗人看不到未来社会新的萌芽，看到的只是残酷黑暗，此诗的意就是对已行将崩溃的残酷黑暗社会的诅咒和那种无可奈何的情绪。这种诗意与花瓷砖、白石阶、石松、凤尾鱼、鹦哥等形象相结合，使这些本来很美的形象变得那么灰暗、龌龊，毫无生气（瓷花砖上堆灰，白石阶上全是莓，凤尾鱼翻着白肚鼓着眼，鹦哥只能对着空院子叫）。这就是意境中生长着的形象。而与之相反的是，有些本来很丑的形象，由于诗意的点化，却转换成了很美的形象。《再休怪我的脸沉》中这样写："我要那洗度灵魂的圣泉／洗掉这皮囊腌臜／解放内里的囚犯／

化一缕轻烟，化一朵青莲。"在《四行诗一首》中这样写："忧愁他整天拉着我的心 / 像一个琴师操练他的琴。"在这类诗中，我们感受到形象的双重性，一是客观上的丑，二是主观上的美，二者成为矛盾的结合体，体现着诗人复杂的浓浓的情思。

1999 年 2 月

求"新"求"深"与想象

《农民文学》这两年发表了很多有质量的诗歌，我从所读到的部分诗中看到了诗作者们的共同追求：求"新"，求"深"。

诗的"新"首先表现于形象的新，新的形象是作者的真情实感与合理想象的结晶。

姚振函的《青纱帐》想象是丰富的，而且基于作者对生活的独特感受，所以形象是新鲜的，内涵是深刻的。

想象的成功不仅在于大胆，而且在于适度。《垄睡》（于金廷，1982年3月号）这样写一个女农民在责任田里睡觉："铺垄沟，枕垄帮"，"双手扳着垄帮"，"土地紧贴着她的胸膛"。作者试图以这样的形象揭示农民对新政策的热爱和唯恐得而复失的疑虑，但这里的想象无论如何，也难以使人对一个仰面躺在垄沟里，枕着并双手扳着垄帮的女人产生美感。作者用意不能说不新，但是想象的失度把它的"新"给破坏了。在这方面，李松涛的《土地，没有受伤》是成功的一例，他写一个生产队长，往年"这五大三粗的庄稼人呵，累苦了土炕，闲腻了手掌"，而今"他带着尘土的脚步，像梭子织起了一张丰收的网"，想象由此放开，说今天农民的劳累可以借"一个长长的哈欠"所创造的"千顷田野麦熟的芬芳"中去品味，他们的憧憬可以让"向上向上"闪闪而飞的萤火虫去告诉"眨眼的星星"，至此想象的翅膀突然一收，成就了一个新而深的主题——"中国的土地，没有受伤"。这里的成功在于想象是有分寸的。

诗的想象既需要跳荡，又需要清晰的轨迹。诗人的想象无论多么高远，多么新奇，都应有让人体会得到的内在轨迹（这可以从诗的比喻的一致性中体现），否则，就极易造成朦胧或怪僻，虽"新"，难被人承认，虽"深"，难被人理解。田士行的《我是农民》就其想象主体来说是明晰的，"他把青年农民比作一个食堂的学徒工，把风雨、春天、秋天放在炒勺里，为社会制作精美的食品"（《编辑手记》），这想象是新颖的。但细细读来，作者想象的轨迹有不清楚的地方。例如"秋天的原野是一口沸腾的大锅"，而我是"一家食堂的学徒工"，我"把炒勺敲击得叮当直响——"，此处"大锅"和"炒勺"这两个喻体的本体各是什么？二者是怎样的关系？它们与"我"怎样联系？有如沉雾中之感。并不是说诗的想象忌讳大幅度的跳荡，恰恰相反，诗的想象往往以跳荡的幅度之大和轨迹的婉转清晰为佳，诗人邵燕祥在《鸡鸣》中随着晨鸡一遍二遍的鸣叫飞腾着想象：

> 从这村叫到那村的鸡鸣，
>
> 叫醒窸窸窣窣拾粪的脚步声，
>
> 叫醒空隆空隆的风箱声，
>
> 叫醒辘轳井边辘轳的响动，
>
> 叫醒家家户户的炊烟争着上升，
>
> 叫醒那随风飘动的
>
> 煮毛豆、煮花生、煮大枣、煮南瓜的清新的气息，
>
> 叫醒那一屉屉香喷喷的蒸馍。

在秋分的清凉里热气腾腾。至此，诗人的想象突然越过时间和空间的无数站点，从现实一下子跳入千里迢迢的梦境：

最后，从千里迢迢的梦境，唤回那大半生逃荒的老人——

接着又从梦中返回现实：

揉揉眼睛，看屋里屋外，一切都是实实在在的……

诗人通过清晨的鸡鸣之声，从今天想到昨天，从这里想到那里，从现实想到梦境，从梦中返回现实——尽管大幅度跳荡，但内中必然联系的线索却极分明，能够自然地牵动读者的思绪反复飞腾，使人备受感染，绝无杂乱、迷蒙之感。所以在此，诗的"新"是鲜明的，诗的"深"是实实在在的。

诗的想象的延伸不应该都是单向的，即使很短的小诗，也以具备想象的纵横开阔为好。这样能让诗开拓读者思想的疆土，活跃读者的思维力。安立威的《燕子》具备这一特点。"我"发现了在"我还不知道"时燕子就悄悄垒起的"精妙的小窝"，因而"我"的思绪飞回当初"第一滴春雨润湿的泥土 / 第一缕春风吹拂的绿"，这是从眼前之物反方向的想象；"当然也弄不清 / 你反常的逗嬉 / 是为了加入鸡鸭的大合唱而欢喜 / 还是窥探我常去河边洗衣的秘密"，这又是从追溯返回眼前，看到燕子的行迹，而进行正方向探寻这行迹的目的；以上一反一正都是开，下面是合：

哦，在幸福的庭院里，
居住着你的美满：
在美满的穴巢里，
即将增生一对嫩翼。

这是诗思的凝结，又是诗思的再度开启。使读者反过头来再去思索、想象，使人由这些有限的意象联系到许多许多的意象。《农民文学》中这样的短诗还不多，而多数是由一点向一个方向生发出去，延伸的线或长或短，大都是直的。这些诗从某种角度说，把求"新"、求"深"的渠道垒得太直、太窄了些，难得回旋和伸展。

诗的生命在于"新"，没有"新"，"深"就失去了存在的前提；诗的价值在于"深"，没有"深"，"新"也没大用处；二者互为条件，相辅相成。

而它们又必须得力于作者基于真实的生活感受的大胆而合理的、飞腾而适度的想象，方能成就自己。

1984 年 6 月

《寸心集》序

　　家斌生于 1949 年，长我两岁。我们从小一块儿玩耍，一块儿上学，中学毕业后又一块儿回乡务农，恢复高考后我们又是同年考入同一所大学的汉语言文学系。他是我家兄兼学兄。我们同读一本书，同作一篇文，谈天说地，品诗论词，话题所至，每欲穷幽极微。他的世界观、人生观、文学观，乃至他对诗歌的一些思想观点，我都非常了解，就像他了解我的一样。

　　家斌是一个非常执着的人，对生活、对事业、对文学创作，都很执着。因此，他对自己所闻所历，每每都要做深入的观察和思考，既要从本质与规律上分析，又要从形象与特征上来把握。这或许就是刘勰说的"酌理以富才，研阅以穷照"的功夫了。家斌所作诗歌的思想性，大概就得益于此。翻开这本诗集，大致浏览一遍，便会看到随着作者人生历程的推进，每个时期，每个阶段，每一历史关节点的社会风云、国家大事、人生百态，都在某些诗歌中有所反映。"文革"中的苦闷和彷徨，"文革"后的欣喜和沉思，恢复高考时的踌躇满志，改革开放后的勤勉与奋进，都寄托于诗的形象，而形象所蕴含的思想是深沉的。他往往能从一些微妙的自然现象中触发自己的灵感，又常常是借助于特殊的形象寄托自己的思想感情。如 1979 年3 月写的《观杨树迟发有感》就是这样的："三月已尽枝未绿，杨柳淡妆犹有悸。都说草木本无情，为何迟迟若深思？"诗后注曰："虽拨乱反正，仍心有余悸是也。"见杨柳迟发而触动自己对社会现状的思考，借杨树在特定年份的异状揭示社会现实的深层矛盾，可谓发人深省。

家斌又是一位感情丰富的人。感于事，成于思，动于情，发而为诗，是常有的事。诗以情为本，而情以象为载体。用鲜明的诗意形象抒发真挚的情感，是家斌诗歌的鲜明特征。第一，他的诗歌都是有感而发，绝无无病呻吟之作。正因为是世事触动了心灵，而心灵承载了世事的内涵，发而为诗便为一种真挚自然的倾吐，极易引起读者的共鸣。第二，他的诗歌善于把独特的感受寄托于朴实自然的形象，极少直白地呼喊。正因为他始终注重形象思维，才使诗的意象充分吸纳情感的汁液，极易唤起读者鲜活的记忆。第三，他的诗歌或追求那种恬淡雅致，或追求那种痛快淋漓，绝少那种故作高深或玄妙的毛病。1979年的《春节感赋》、1978年11月的《杂感》、1996年的《母亲病逝三周年痛祭》等诗作都从某种程度上具备上述特点。

"意授于思，言授于意"，诗的语言便是诗的思想和感情的外衣。外衣穿在身上是否得体，是否既符合"体"的"形"的需要，又符合"神"的需要，是否能担当"意"与"思"所赋予的使命，是诗的语言运用成功与否的根本。家斌的诗歌，正是遵循这样的要求，始终不渝地努力实践的。他的诗作大都是旧体诗的形式加新生活的内容。而旧的形式又是经他改造过的。大致整齐，基本押韵，节奏鲜明，言辞朴质。他的一首《便题》既从思想内涵上抒发了自己的诗歌观，又从形式上实践了自己的诗歌观：

> 诗本我所爱，炽情化诗歌。
>
> 诗是园中花，专为春开落。
>
> 诗是泉中水，喷涌流成河。
>
> 诗是金银喉，唱得明星灭。
>
> 诗是友谊桥，天堑自由车。
>
> 诗是漫谈会，谈天论地说。
>
> 诗是百花蜜，细品甜心舌。

有诗寄知已，情多诗更多。

可惜知己少，浅诗何不解！

　　我以为他的尝试是可贵的，是成功的。但有一点需要指出的是，他写诗不发表诗，成年累月地写，成年累月地存放，成年累月地回味推敲，默默地耕耘，默默地探索。直至今日，方在朋友的劝说下勉强整理成书。我以为此时出版，集中公诸于世，也不算晚。他才五十岁，今后的路还长，今后诗歌创作的前景还非常广阔，愿他继续锲而不舍地探索前进。

读《土地和阳光》

《土地和阳光》（花山文艺出版社，1987 年出版）是姚振函奉献给诗坛的第一本诗集，是土地和阳光的共同构思。这些农村题材的诗很耐读，能给人新鲜的感受，也能给人深沉的思考。

一、诗人对时代的思考

时代的主旋律是变革,这种变革首先体现于农民与土地的关系的变化。农村改革使农民重新占有了土地，土地也重新获得了农民。"我们不再互相遗忘 / 我们不再互相欺瞒 / 我们之间的 / 一次全新的结合 / 已经酝酿成熟""让我们互相信赖吧 / 让我们永远不分离"（《我和土地》），这是对历史的沉痛反思，对现实的分外珍惜，对将来的深挚祝愿，把具体的抒情深植于对时代的思考，扩大了诗的容量。

时代的根本任务是发展生产力，这在农村现实中，主要表现为党的使命与农民的内在追求的和谐一致。在党的代表大会上，"我的每一棵优种玉米 / 都变成了热烈的掌声 / 我奉献出遍地黄金白银 / 构成党中央报告那庄重的语言""我拥护党 / 就是拥护自己的生命和幸福 / 党相信我 / 就是相信土地的贡献"（《九月一日，田野的响应》），诗中通过农民的倾吐已把深沉的思考外化为感情的抒发，而细读这抒情的诗句，是不难感触下边深深的思绪的。

时代是理智的，她也开始注意对自身的思考，她对自己返老还童的现实是这样思考的："是的，北方／你正经历着／一个伟大的更年期／不久，你将完全蜕去／那一层老的躯壳／丢掉从爷爷那一辈／继承下来的独轮车和治家格言／以轻盈健美的步履／和二十世纪挽臂前行。"她对自身的复杂和不协调也有着清醒的认识："远远近近／送来古老的唢呐声／传统的迎亲曲／伴和着《甜蜜的事业》的主题歌／飘过土洋杂陈的集市／飘过平顶房上新竖起的电视天线""却有旧石磙和扬场机／谈着划时代的情话"（《北方》）。

二、诗人对农村的思考

村庄再不是那样贫穷和孱弱，再不是那样被任意遗弃，村庄成了时代的宠儿，即使最容易被忽略的小村，也会受到时代的深切关怀："在这个偏僻的小村旁边／新修了一条柏油路／宽宽的柏油路／长长的柏油路／这是时代对小村的关怀呵／它伸出长长的手臂／轻轻地拉一把／小村就嬉笑着跟上来了"（《村旁，一条柏油路》）；高压线"长长的队列／带来了一支长长的歌"，使"村庄醒来了／从长久的困顿和疲惫中醒来／睁开惺忪的眼睛／大胆和贪婪地／看取世界"，而"世界不再那样遥远／从此，它的新奇／神秘和诱惑力／日夜拨动着村庄的心"（《高压线》）。

村庄不再是那样僵死和空虚，不再是那样长久地被青春和幻想忘却，"经过痛苦的相思之后／土地获得了新的爱情／它陶醉在绿油油的幸福里／即使在最干旱的年份／面容也不再憔悴"，"夏天，不再是羞涩的／它推出无边无际的麦浪／拍打着村庄／拍打着等待了一个冬春的焦渴的堤埝／村庄跃动着／像初恋的情人那样／充满幻想"，甚至"土地敞开了褐色的胸膛／以深藏心底的语言／第一次公开了对于人类的情爱"（《芒种节之一》）。

村庄不再是那样目光短浅，不再是那样容易满足，村庄有着执着的不懈的追求，她呼唤着远方的鸟儿（《平原，呼唤着远方的鸟儿》），她吹响神奇的柳笛（《柳笛》）……但她更注重收获，"当太阳／还覆盖着／浅红色的被衾／村庄就醒来了／像勤劳的农民那样醒来了"（《七月的早晨》）。"你的土地又重新肥沃了／告别收获虚假和叹息的年景／春天播下的种子／得到成倍的报偿"（《北方》），于是她"把成熟握在手里／把阳光揽进怀抱／把秋天绕上臂弯"（《割》）。在收获的喜悦中，村庄的追求似乎更真切；"时间变成了双重奏／一边是千万把镰刀／在收获着喜悦／是拉麦车清脆的鞭响／一边，圆盘耙画着规则的线条／耧铃又歌唱新的希望"（《芒种节》之一）。

三、诗人对农民的思考

从长久的贫困中过来的农民，自然会更强烈地追求物质的富足，但是他们能"看见比责任田更广阔的天地"。"在备足了尿素和磷肥以后／我舍得花钱订一本文学杂志／繁忙的七月夜晚／我牵挂着电视屏幕上／西班牙足球赛的消息"（《我看见比责任田更广阔的土地》）；他们是农民，也是公民，是国家的主人，"人民代表大会的会场／和我的农家小院／挨得很近很近／《中华人民共和国宪法》／它的《序言》《总纲》／和章章节节／都有咱庄稼人朴实的乡音／我知道该怎样履行我的义务／也知道怎样行使我的权利"（《我是农民，我是公民》）。

从长久的压抑中走来的农民，自然会更强烈地追求自由，但是他们的自由有他们自己一定的内涵。他们从"冬天走来／从饥饿的记忆中走来／从深深的忏悔走来"，但同时也"带着新颖的理解走来"。春天，他们"在重获自由的土地上／播下粒粒精心挑选的种子／秋天，用金色的收获／装满祖国宽敞的仓廪"（《我是农民，我是公民》）。这些新时期重获了自由的农民们，"在责任田里肩负着责任／并且肩负着一个永不褪色的信念"（《九月一日，田野的响应》）。

从僵死的旧体制中走来的农民，他们渴盼生产经营的自主权，但他们并非怀抱着已经得到的自主权睡觉，他们最需要的是创造，是奉献。你看他们对土地说："我牢牢掌握住对你的主权／也决不玷污你的名字／凭着你赋予我的气质和胸襟／在我恢复了红润之后／我的第一件列入议程的工作／就是把你未发现的价值／全数地／光灿灿地／公诸于世。"他们的创造再不是仅凭那种"改天换地"的热情，他们手捧"科普大集的广告"去"欢迎科学巨人"（《科普大集》）。他们愿"乡办中学成为农民心中／一块播种希望的方田"，热切期待"乡办中学的钟声"能"预示丰收"（《乡办中学的钟声》）。新型农民对科学文化和人才的渴求，给他们的理想带来耀眼的光彩和真实的内容。

总的看，第一辑《我和土地》更多地渗透着农民主体意识的觉醒，而且表现得比较直接和强烈；第二辑《阳光下的乡村》则仅仅把这种主体意识的觉醒作为诗的背景了。

四、关于艺术形式

诗集《后记》中作者对诗歌艺术形式的看法和追求作了简明表述：第一，"对于艺术形式，我向来是不怎么看重的，我甚至认为艺术形式是无关紧要的"。第二，"我总觉得形式是为内容服务的，只要形式能恰到好处完成了对内容的表达就行，此外，无须对形式作过多的苛求"。第三，"我只追求朴实自然"。第四，"做到朴实自然并不容易，而只有朴实自然而又内涵丰富的诗才是上乘之作"。

细读诗集中的作品，回过头来再体会一下作者的艺术观的表述，我似乎把过去的一种模糊的感觉清晰化了。有一类诗，读了以后再反复分析琢磨，方体会到它丰富的内涵，方体会到它的美；而有一类诗，一读就很自然接触到诗的意象所蕴含的东西，而美的感受也来得比较直接。前一类内涵是被形式包着的，而后一类诗的内涵是被形式托着的；读前一类诗，首先接触到的是形式，而读后一种诗，首先接触到的是内容；欣赏前一种诗，须从形式入手，而欣赏后一种诗，是可以直接从内容入手的。姚振函的诗，无疑是在追求后一种诗的境界。

　　在诗集的前半部分（《我和土地》），诗都在追求一种情感的力度和思想的深度，这种追求对形式的依赖较强，在这些诗作中，形式还不能说是"无关紧要的"。如《我和土地》这首诗，要表达农村改革的特定环境中，农民与土地的复杂关系、复杂情感、深厚的思想，而这情感和思想都是从二者的辩证关系发展变化中来展现的，诗围绕农民失去土地又重新占有土地，土地失去农民又重新找到农民这一现实出发，形成了这样的思维框架："土地，我是属于你的"—"土地，你是属于我的"—"让我们互相信赖""让我们永不分离"。在此框架上作者得心应手地调动了一些表现手法，在抒发了感情的同时，也表达了深刻的思想。这首诗是成功的。但是，在这里诗的形式作为诗的思想感情的外壳，虽然起到了较好的载体作用，也理所当然地在思想感情与读者感受之间起到了传递作用，但传递的同时就有隔膜在里边。因此，作为作者的特定艺术追求来说，是没有达到理想的程度的。

　　在诗集（《阳光下的乡村》）的后半部分，有不少诗作的情感的流淌已达到水到渠成的效果，甚至可以说，语言是意象，形式就是内容。《拾棉花的女人》中抒发了农民重新占有土地后那种丰收的喜悦：

　　手里满了

　　塞进包里

包里满了

装进口袋里

拾棉花的女人

腰前挂着鼓鼓的棉包

走路的样子怪得意

女人们拾棉花的那种不假思索的连续动作，那挂在腰前的"鼓鼓的棉包"，那"怪得意"的样子，是收获的幸福，是胜利的喜悦？是自豪，是炫耀？是大胆进取，是坚定的信念？是对现实的肯定，是对过去的批判？兼而有之。且一读即得。读姜夔论诗语，发现其对诗的"妙"分作四类，其中一类叫"自然高妙"：非奇非怪剥落文采，知其妙不知其所以妙，曰自然高妙。古人戴着格律的枷锁追求"自然高妙"的实践是可以研究和借鉴的。这是否与姚振函同志在艺术上的追求有相通之处呢？

1987 年 3 月

诗，到农民中去

中国八亿农民。

中国几千年的诗歌史始终与中国农民的生活史扭打在一起。

然而，当今时代，中国诗坛上写农民的诗太少，为农民写的诗太少，农民诗人太少。

是农民那里没有诗了吗？是农村失去了现代生活的诗意了吗？

改革的时代，是诗情迸发的时代，是诗的海洋汹涌澎湃的时代，是诗歌史谱写光辉篇章的时代，是诗人辈出的时代；而中国新时期的改革，正是首先在农村展开的，亦首先在农村取得了辉煌的胜利。

中国的农民，正以崭新的历史姿容步入一个崭新的历史时代。

在改革的潮流中弄舟，在商品生产的波涛中游泳，中国的农民在顺应自然中改造自己，在探索规律中适应规律，新生活的大门果然在他们新的创造方式下为他们敞开了。于是，他们以崭新的感受触角体验崭新的生活，以崭新的生活感受酿造崭新的情感世界，以崭新的生活目光审视崭新的生活环境，以崭新的生活要素构思崭新的农村生活，以崭新的审美要求面对着中国的当今诗坛，以从未有过的情绪盼望新诗为他们新的审美观念的孕育创造崭新的意境……

中国的农村，中国新时期的农村，改革开放的春风吹醒了大地，商品经济春雨浇灌了大地，一切都沐浴在新的气息之中；到处洋溢着春色，到处洋溢着生机，到处洋溢着激情，到处洋溢着生活节奏变革的声浪。真到了最需要诗的时候了，到了诗歌百花争妍的时候了，到了诗人队伍如雨后春笋成长的时候了……

　　　　诗，到农民中去吧。

　　　　诗，到农民心中去吧。

　　　　把诗，从农民心中呼唤出来吧。

　　　　　　　　　　　　　　　　　　1987 年 5 月

谈王学明《诗话百则》

诗话是最简短、最灵活、最方便、最实用的一种批评文体,自欧阳修的《六一诗话》以后,历代都有不少优秀的诗话作品问世,为诗词创作的繁荣和发展起到重要的引领作用。但现代以来,诗话传统的继承和发扬逐渐衰微,而今则很少见到诗话作品了。王学明先生《诗话百则》的发表,让我眼前一亮,读来特别亲切有味。

王学明的诗话,有几个特点:

其一,注重多侧面提示诗的创作干什么,以浅显的诗话道出深刻的道理。诗的根本问题无非是"情"与"志"两个字。陆机说"诗缘情而绮靡"(《文赋》),刘勰说"在心为志,发言为诗"(《文心雕龙》)。但,什么是诗的情,如何缘情而成诗?什么是诗的志,如何以诗言志?而情与志在诗中的辩证关系如何掌握?这些问题很难从理论入手来解答,而借诗说话则比较容易。"先天下之忧而忧,后天下之乐而乐"是范仲淹的"志",那么这种志如何借诗而言?学明先生用他的《江上渔者》作了很好的说明。人都爱鲈鱼之美,但食鱼者有几人能想到打鱼人的风险和艰辛?"君看一叶舟,出没风波里",学明先生说范先生的胸怀(志)即从此十四字的诗中体现。南宋抗金名臣李纲,怀有为国为民鞠躬尽瘁,死而后已之志,那么这种志又是如何寄托于诗的呢?学明先生用他的诗《病牛》作了说明:"诗写牛,实是诗人自身的写照。"

李商隐的诗多以情胜,而他的情是深埋于诗的构思与文句之中的。学明先生从李商隐的《嫦娥》一诗中"嫦娥应悔偷灵药"之句,联系到毛泽东《蝶恋花》中的"寂寞嫦娥舒广袖",从而深入浅出地说出了不同的诗人以不同的"情"而成就了不同的诗;不同的诗都是以独特的方式来抒发独有的情感。

无情则无以言诗,那么情与志如何相处?学明先生由唐朝诗人林宽的《歌风台》诗联想到刘邦的《大风歌》,又联系古今的英雄豪杰,最后得出结论:"心胸气度,文韬武略高者更胜一筹。"言外之意:情是诗人之情,而诗人之所以能立于诗林,根本在于人的"心胸气度",在于人的"志",情是由志而生的,志是情的母本。不同的志,有不同的情;不同的志,才有不同的诗品。

其二,注重多角度探求和阐释诗的意境,以实在的诗话展示空灵的画卷。不同的诗有不同的意境,不同的读者会读出不同的意境,意境在诗中是现实存在,而在读者心中是不容易琢磨的东西。

"文章最忌随人后"是文人诗家共知的常识,而诗则更甚。诗的创新重要的不在文句,而在于意境。清人纪晓岚认为"古人已将好语道尽"。所以只编不写。而今人多有认为今天再写旧体诗只能模仿古人,不会再有好诗。其实,这些人的观点,只着眼于诗的内容和词句,而忘记了诗的意境。从一定角度看,诗的意境是时代的产物。不同的时代,不同的诗人,会有不同的"意",会创造出不同的"境"。从这个角度出发,学明先生借用清人赵翼关于"各领风骚数百年"的诗和"诗文随世运,无日不趋新"的论断,以及历代层出不穷的代表性诗人,说明"生面果然开一代,古人原不占千秋"的道理。

奇特的感受会有奇特的意境。学明先生以"错觉入诗",说明雪莱的那句话:"诗能使它触及的一切都变形,这是诗神奇的魅力。"在这里学明用了宋代诗人曾公亮的《宿甘露寺僧舍》一诗说明这一道理:"诗人夜宿甘露寺,听着风声,产生幻觉,似乎云从枕中升起,千峰如在面前,松涛之声从床底吼叫,震动着千岩万壑发出悲鸣之声。这些不合情理的妙语出自诗人感觉的错位，虽然甘露寺没有'千峰'和'万壑'，可是这恰恰是诗人当时奇特的感受，如此写来，汪洋恣肆，诗意绝妙。"

奇特的想象会有奇特的意境。想象力是意境形成的重要动力。如果没有想象力的参与，意境几乎是无从谈起的。学明先生选取几首想象力奇特的诗作，说明奇特意境是怎样借助奇特想象力而生成的。柳宗元的《与浩初上人同看山寄京华亲故》一诗中"若为化得身千亿，散上峰头望故乡"，沙张白的《匡庐雪》一诗中"却逢五老朝天会，尽带千山入白云"，均为奇特的想象。学明先生说："身若化千亿，千山望故乡，这是何等奇特的想象！把诗人埋在心底的抑郁之情和对故乡深切的眷念，不可遏止地倾吐出来。""那些看不见的山峰，都被这'五老'带着上天朝拜去了，既写了雾中庐山的景象，又将这五老峰施以神奇的法力。""神奇的法力""不可遏止地倾吐"，是奇特想象使然，亦是意境天成的推动力。

其三，注重诗与中国传统文化鱼水关系的阐发，把诗放在特定的社会、历史、文化背景上来观照。与其他文学作品一样，任何一首诗都离不开它之所以产生的历史与时代，离不开它之所以产生的社会土壤。对具体诗作的研判，则必须把它放在特定的时代背景之上。学明先生在第五十二则诗话中说："时代不同，境遇不同，对同一题材会有不同的感受。"他举了王驾的《雨情》、杨基的《故山春日》、李商隐的《乐游原》诸诗，说明"不同时期、不同时代""对同一物象""写出会意迥异的诗"。

在第七十八则诗话中，学明先生说："中国传统文化博大精深，其中有一大特点是文政不分、文史不分。"他举出了王安石的《登飞来峰》《元日》来说明诗是如何表现政治家的改革气度和除旧布新的政治理想的。如果仅从诗所描写的具体物象来判断，离开了它的历史、文化背景，就很难读出诗的真意。在第七十九则诗话中，他又举了李商隐的《咏史》、杜牧的《赤壁》二诗，进一步说明如果不了解与诗作相应的历史，就不能真正读懂此诗，"史实清楚，方能理解诗的深意"。

中国传统文化之儒、道、佛，往往会成为诗的灵魂。诗话中，学明先生说："《礼记》云：'温柔敦厚，诗教也。'""《论语》中，子贡曰：'夫子温、良、恭、俭、让以得之。'"这是圣人的教诲，我们传统的美德，这一美德多体现于古诗词中。在第十九则诗话中，学明先生举白乐天的《鸟》一诗，说明佛家的"天地同根，万物同体"，道家的"天地与我并生，而万物与我为一"，儒家的"《诗》三百，一言以蔽之，曰'思无邪'"如何成为诗人之心，诗作之魂。

其四，注重诗的创作规则和技巧的探究，为写旧诗的朋友提供一些具体可感的借鉴。学明先生善于从正反两方面来说诗的写作中会遇到的一些问题。正的方面涉及如何构思、如何立意、如何抒情、如何寄托思想、如何依规合辙、如何推敲字句、如何对仗、如何起承转合等等；而反的方面则是以具体的诗为例，说明写诗中容易犯的错误，指出其对错或优劣，点出其缘由。

学明先生在若干则诗话中提示了写诗的若干个"不可"。在第三十八则中说："诗人要有自己的独见，不可人云亦云。"他举了刘禹锡《赏牡丹》和王溥《咏牡丹》二诗。前者极捧牡丹这个花中之王，用贬芍药、荷花的方法突出赞美它；后者则用枣花和桑叶来笑话牡丹，"堪笑牡丹如斗大，不成一事又空枝"。如果王溥人云亦云，也用同样的方法赞美牡丹，这首诗可能就不会传诵至今，它的价值重点在于没有人云亦云。

在第三十二则诗话中说："写诗填词是形象思维，不可用理性思维来说教。"在第六十二则诗话中说："诗词写作中，不可为表达自己的意思，或为了押韵而生造词句。"在第八十五则诗话中说："诗词中要求尽量不可'同字相犯'，尤其是律诗、绝句，这些短小的诗中，字字如金，最好不要出现同一个字……"而每个"不可"的原因既明白如话，又切中要害。

学明先生的《诗话百则》，除以上四点，还有不少可圈可点之处，但就此打住，给读诗话的朋友多留点时间和空间吧。

希望学明先生继续把诗话写下去，也希望他的诗话为写旧体诗词的朋友带来更多的启发和导引。

2016 年 8 月 13 日下午

品鉴《打枣歌》

《打枣歌》是一首七律，是诗人刘家斌回忆故乡生活的经典之作。诗是这样的：

> 宅边八月坠弯枝，小伙姑娘步履迟。
>
> 人乐天高披丽日，果红叶绿展芳姿。
>
> 一杆打落珍珠滚，双手忙将玛瑙拾。
>
> 妙景幅幅堪入画，脆甜往事惹乡思。

作者首先用三幅画面再现青年时期在故乡打枣时的场景。

首联展示第一幅画：小伙儿和姑娘肩扛打枣杆，手提盛枣的竹篮、柳筐，出家门到宅边收获成熟的枣子。他们不慌不忙，步履迟缓，既未挥杆打枣，也未坐地赏玩，而是在树下漫步。按家乡一般的行为方式，就是干什么说什么，直奔主题，干脆利索，但这小伙儿和姑娘却一反常态，都迟缓地在树下漫步，这是为什么？

颔联展示第二幅画：秋高气爽，丽日普照，果红叶绿，一派温暖祥和。如此美好的光景，人的心情是快乐的，丽日之下，枣树的果红叶绿也尽展其芬芳的姿容。此刻小伙儿和姑娘仍未挥杆打枣，倒是欣赏起丰收的秋色来了。

颈联展示第三幅画：小伙儿找准位置，站稳脚跟，开始挥杆打枣了，一杆下去，那红色的枣像下雨一样纷纷落地，看那地上，耀眼的珍珠飞跳乱滚。姑娘那纤纤双手灵活快捷，忙把珍珠玛瑙般的枣子拾进篮子，装入筐中。

这三幅画是打枣场景的客观流程，又是逐层深入、情景交融的主观过程。在第一幅画中，打枣人站在树下，看着坠满枝头成熟的枣子，想起以往每日在宅边相遇，想起自己为枣树浇水、施肥、除虫、防病的劳作，想起枣树从开花到坐果、从小枣到大枣、从青枣到红枣的变化与期待，终于盼来了收获的季节。在这打枣的节点，作为劳动者的小伙儿和姑娘，享受着收获的幸福，品尝果实的快慰，此刻，与坠满枝头的红枣对视，觉得那枣树似乎也有了灵性，竟弯腰含笑，迎接打枣人来成就它一年的业绩，卸下它已期满的身孕，也好让它为来年的再生产积蓄新的力量。这画看似客观，其实已开始了情与景的初步交融。

第二幅画在第一幅画的基础上，全方位展开画面。高天丽日成了大背景，好时节、好天气、好心情成了主旋律。打枣人与枣树同时沐浴在天高日丽的美好秋光之中。打枣人满心欢乐，而枣树也回应以"果红叶绿"的"芳姿"。人和枣的情进一步产生了互动与共振。景是情中景，情是景中情。与第一幅画相比，此刻的主观色彩加重了，这是"人乐"引发情感升华的结果。

第三幅画在前两幅画的基础上再度升华，主观色彩更浓重，而客观情景也在进一步灵动。如果第二幅画情与景还是在各自独立中相互渗透的话，那么第三幅画中，情与景便合二为一了。你看，小伙儿借助打枣杆与枣"触电"，姑娘通过双手与枣产生肌肤之亲，前两幅画总归是愿望罢了，而第三幅画把愿望变成了现实。打枣杆成了小伙的情感震动棒，"双手"成了姑娘的情感表达器。前两幅画是静态的画面，第三幅画是动态的画面。随着杆的挥动、树的震颤、枣的滚落，随着手的匆忙快捷、捕捉拿捏，情与景的融合像水与乳混合，已分不清你我与彼此。情与景历经初恋、热恋，此刻已进入婚姻的殿堂。

作者在尾联把三幅画点染了一下："妙景幅幅堪入画"。现实中的真实图景如何美妙，毕竟不是艺术，而"画"则是艺术品，"堪入画"说明三幅画已达到艺术境界，从"妙景"到"画境"有质的飞跃。原因还在于三幅画做到了情与景的深度交融。点染之后，诗的意境已臻成熟。

而尾联末句，则更进一层地点出"脆甜往事惹乡思"。家乡鲜枣的特色在于"脆甜"，家乡生活的往事也是脆甜的。三幅画引发往事的回忆，也惹来了"乡思"。卒句显其志，"乡思"是这首诗的主旨所在。至此，诗境完美，使读者在"乡思"上产生联想与共鸣。

其实作者未写，而深含诗中的则是"乡愁"。试想，时光不能倒流，乡思虽甜，焉能再现？越是脆甜，相思越重，乡思愈重，自然成为"乡愁"了。

这首诗在艺术上更为可贵的是它的平易自然，全诗没有任何刀斧之痕，每句诗都像信手拈来，张口吟出。看似平易实确难，易与难的对立统一，才是艺术的辩证法。这是这首诗给我的一点启示。

2024 年 4 月 14 日

浓厚的感情是这样抒发的

——读姚振函《青纱帐》

诗贵情真。真情来自何处？首先是作者的生活体验。《青纱帐》(《农民文学》1982 年 3 期）的抒情主人公"我"，从"在长满蔓子草的田埂上爬着"到"小心地扶起一棵倒伏的玉米"，从"在父亲的叹息声里"继承下对于青纱帐的情爱，到亲历青纱帐"萎蔫"的历史，从体验到青纱帐曾"抒发着哀怨和凄凉"，到重新感受到"它仍然是一首磅礴的抒情诗"……这一切，概括了"我"与青纱帐相依为命的生活实践和深切感受，正因为有这感情的源头，"我"对青纱帐的爱才那样热烈，那样深沉。

这首诗抒发乡情，主要是借故乡的青纱帐这一具体事物，同时又把青纱帐与平原、故乡、乡邻联系在一起，使青纱帐这一单纯的形象蕴含着丰富的思想感情。在具体的抒写中也处处体现这种单纯和丰富性的结合，如"青纱帐，在你的庇护下 / 我一天天长大了 / 在七月的瓜棚下长大了 / 在九月的晒场上长大了 / 在蝈蝈的叫声中长大了 / 在收获的芬芳里长大了"，把一些体现着农民的幸福和情趣的极富诗情画意的事物，与青纱帐紧紧联系在一起，构成平原农村特有的生活环境。农村生活既有极富诗意的一面，又有辛劳、困苦的一面，二者相反相成，构成完整的故乡生活。父亲为什么"叹息"？大概和"我""为了拯救干旱的秧苗"，焦急地"眺望远天巴掌大的云影"时是同样的心情吧？可见这种乡情既不同于旅游者对于美的景物的玩赏，也不同于一般人

品鉴文汇　刘家科文艺评论集

对于某一事物的偏爱，这是故乡生活的雨露哺育出来的，所以才这样真挚、深沉、淳厚，从这里使人们看到了作者提炼和概括生活的特别方式和功力。

这首诗还特别注意抒情的起伏变化。当感情汹涌的时候，内心的激动是难以按捺下的，所以开头即概括地直抒对故乡青纱帐的情爱及由此而产生的自豪，调子比较急迫而高昂。接下来转入回忆，诗的触角伸向遥远的童年，格调变得舒缓，抒情在轻松明快的氛围中进行。突然从想到"你是乡村宁静夜晚的两声犬吠"转入对青纱帐"萎蔫"历史的沉痛追忆，抒情陡起波澜，变得沉重有力。一个"但是"引出青纱帐"萎蔫"之后的勃勃生机，抒情又自然舒展，开头的自豪感重新升起，再次升华，接着，以对青纱帐未来寄予的深情希望，掀起最后一个抒情高潮，随之戛然而止。这样起伏跌宕，放得开收得起，使抒情淋漓尽致又真挚自然。

与抒情的起伏变化相配合，语言运用的形象性和直白相结合，也是这诗的一个特点。写青纱帐"萎蔫"历史时，把它比作"一个患佝偻病的婴儿"，因此"平原也脱掉了美丽的长发，如同一个早衰的妇人"，通过这样的形象寓含怒、恨、痛、惜等复杂情感，使抒情沉重有力。写对青纱帐的衷心"祝福"时，就完全用直白：

祝福一个风调雨顺的年景

祝福土壤肥力不再流失

祝福每一片绿叶都得到阳光

祝福抗旱时有足够的电力

祝福不再有摇落的花蕾和空瘪的豆荚

话语质朴恳切，句句是情，这种乡情在波折起伏中一再加强、蓄积之后，已到了非尽情直抒不可的地步，故只有这样的语句才尽情尽意。如果此处再用比喻，简直等于隔靴搔痒，多出一层障碍；如果语言再华丽一点，也会产生"故意表示"之嫌。诚如儿女对于父母的祝愿不能采用外交宴会上华丽的祝词一样。说到该诗的不足，我以为有些地方，其表达方式还不属于农民式的。如"青纱帐，请原谅我／没有能够找到一个无愧于你的词语"，这就有些知识分子腔，而且用法也太俗了些。再者从全诗看，提炼还不够，应再凝练些。

1982 年 2 月

农民喜爱这样的小诗

——《小马驾辕》读后

读了《农民日报》副刊 1985 年 4 月 8 日发表的小诗《小马驾辕》后，觉着亲切、有味。

诗以情感人，但有真情的诗并非都能对一般的农民读者产生感人的效果。除内容因素之外，恐怕主要还在于抒情方式是否适合农民的感受能力和感受习惯。《小马驾辕》这首诗感情朴实，而抒情线索又极清晰。全诗围绕这样一个中心情节展开抒情：儿子"趁老爹打盹的工夫""悄悄儿"让小马驾了辕，用既成事实说服总认为小马"蹄腿嫩""驾不了"的老爹。诗的头一节是父子之争，儿子的创新意识和老爹的僵化思想形成对立，让人亦喜亦忧；第二节，儿子暗违"父命"偷让小马驾辕，使人亦喜亦惊，抒情产生一个波折；最后一节，父子对话使人暗喜，结局"哪里是匹马呀？一个惊叹号……"则让人放怀，抒情达到高峰便戛然而止。

诗情能否产生感人的效果，还在于诗的语言和韵律。《小马驾辕》的语言口语化，简洁、朴实、活泼，如"车稳当吗？'稳啊！重担儿，还是得老的挑！'"选词用字、语句结构都是农民口语化的。而诗的韵律与其语言自然合拍——铿锵明快，缓急有致。全诗一韵到底，韵脚自然起落：头一节隔行韵，节奏均匀平缓；中间一节六行二韵，节奏间隔伸长，巧妙地配合了情节的波折和抒情的跌宕；最后一节首二行不入韵，而中间三行句句入韵，之后隔一无韵句，结句落在韵脚上。节奏由舒展到急促，而后一顿，结束全诗，很好地配合了抒情高潮的形成和全诗内容的集结。

语言的明朗、节奏的明快、抒情线索的明晰，固然是这首小诗得到农民喜爱的重要因素，但这并不意味着农民要求诗走浅白、简单化的路子。他们更需要的是新鲜的生活感受和深刻的思想启迪。《小马驾辕》从一个侧面反映了今天新老接替这一历史课题，是有一定思想深度的。父子同赶一车，小马、老马同拉一车，父子同为一套自己的马车的命运各执己见，互争长短，是今天农村的新事、平常事。写这样的事农民感到亲切、自然，而这样从容具体的描写及其社会内容的表达，与农民感情的抒发自然契合，农民便感到其中有很多琢磨头，能得到激励和启发。

1985 年 5 月

到生活的海洋采撷 用自己的心血酿造

——读本期新作者的诗之后

读了这一期（衡水日报《滏阳花》1986 年 10 月 16 日）刊发的小诗，我突然觉得似乎年轻了十岁，忽然记起了我第一次萌生写诗的念头时，向一位名诗人提出的问题："写诗难不难？怎样才能写出好诗？"此刻我似乎领悟到了当时不曾得到的答案。

写诗不难。生活的海洋里到处激荡着诗的浪花，只要到生活的海洋去游泳，去荡舟，去精心观察，及时捕捉，诗总是能采撷到手的。你看，傍晚电视村屋顶上就有诗（《电视村》），月下小小纸船上就有诗（《小小纸船》），家乡老枣树上也有诗（《我为枣树唱支歌》），幼儿园教师们那里也有诗（《致幼儿教师们》），诗就在算盘珠上跳跃（《盼》），诗就在心灵的绿洲上招手（《绿洲》），诗像只小鸽子载着村庄飞翔（《村庄是只小鸽子》），诗从诗作者的心中涌出，奔向海洋（《奔向大海》）……

我真为这些新的作者能采撷到水灵灵的小诗而高兴，高兴之余又进一步回味，这些小诗是怎样写好的呢？

生活的海里那些不可计数的浪花，都不可能有完全相同的两朵，因为每一朵浪花，都是海的精灵的精心创造啊！我感到，仅仅是采撷还不够，更重要的则是用自己的心血再酿造。

"淡黄的小花吐露出点点心迹 / 一串串红枣都把激情闪射"，不是作者的苦心体味，怎能知小小枣花那"点点心迹"，怎能理解那小小红枣的"激情闪射"？

"你的爱在调色盘中流淌"，"你的爱在滑梯上游弋"，若不是亲付其爱或亲受其爱，怎能够把无形的"爱"与具体生动的"滑梯上的游弋"那么自然地融在一起，怎能从调色盘里发现"爱"的丰富色彩呢？

"村庄是只小鸽子"，"衔着信念 / 衔着希望"，向着那"远方轻轻地呼唤"。若不是从村庄的变化中看到跃动的生机，若不是借此调动了生活积累，发挥了大胆的联想，怎能让读者真切感受到村庄的活泼的生命力？

"我的心，像一片绿洲"，"我用尊严的篱笆维护着"，但"我"却又鼓动"刚勇"的来者闯这"一片禁区"。这又是从看似相悖而实则相合的两个方面，较强地感受到这颗心的纯洁和珍贵……

尽管这些小诗还很稚嫩，但可从中体会到，每首诗都有自己特定的酿造方式，都渗透了"自己"的心血，为此才有了特点，有了生命。

看起来，说写诗不难，是就生活里蕴藏着诗的源泉说的，是以作者能够真心体验生活，执着追求艺术，舍得奉献心血为前提的。不难是相对的，而难才是绝对的。就说这几首诗吧，尽管作者与编者都花了心血，但仍有缺点和不足，或有构思上的缺陷，或有表现上的欠缺，或有语言上的粗疏，很多地方仍需进一步推敲。正因为如此，诗作者才要终身学习，终身磨炼，终身奋斗，在艺术的崎岖山路上不断攀登。

1986 年 10 月

诗，应追求鲜明的可感性

诗歌与其他文学样式一样，是为读者写的。作为作者与读者心灵感应的媒介，诗不可能抛开她的接受对象而独自呻吟，故而，不允许也不应该放弃鲜明的可感性的特征。

当然，诗的可感性由诸多因素构成，其具体表现又是千姿百态的，但效果是相同的，即极敏锐地触发读者的联想和想象，极自然地引起读者感情上的共鸣。

《乡路》（房泽田）把"弯曲着"的路和"伸直了"的路作为两种不同历史时期的乡村的象征。当"弯曲着"的路捆着农民的双脚时，农民"只是举着手中的鞭子／驱赶着艰辛的时光"，从不敢有在"束缚中挣脱出来"的"奢望"；而当"关紧的窗子打开了"，乡路也"终于伸直了"，农民"所有的梦在春天里膨胀"。在这里，对比有效地增强了诗的可感性。

《市场》（姚振函）用直抒感受的方式，写出走进市场时新鲜、强烈的感觉："你刚刚伸进去一只脚／诗就像甲虫一样／啪啪啪乱碰你的脸蛋子"，"眼睛疲劳／耳朵疲劳／只有感情生长旺盛／七长八短钻出几片新叶来／挑着圆圆的露珠"。由于感受的真切和表达的直接，可感性鲜明、强烈。

《故乡的小河》（郑保章）则是以亲切的第二人称，把"我"与"你"自然融会在一起，从而增强了诗的可感性："你曾泡过我光屁股的童年／我金色的时光在河边度过／当河岸上响起那叫不出口的奶名／我匆忙扎在你的怀里。"

如上三例是从 5 月 22 日衡水日报《滏阳花》顺手摘来，作为我开头那点感想的说明，而我那点感想又是伴着读《滏阳花》的诗作而产生的。正是读了一些可感性较强的诗作，同时也读了一些难解所云的诗作，才感到有写这篇短文的必要。

1986 年 5 月

诗歌的形象美与思想美
——乔秀清诗集《彩雪》读后

一个偶然的机会，我认识了乔秀清。当时他的诗集《彩雪》刚刚出版，我索要了一本。一口气读完《彩雪》中收集的诗篇，引起我对平时曾思考过的一个问题的重新思考——关于诗歌形象美与思想美。

现在有些诗人似乎有一种厌倦"思想"的情绪，崇尚追求那些不知所云的"独特"情感的抒发。其实，凡是可称之为好诗的作品，归根到底都是要表达某种思想的，不过诗的思想表达的形式，与其他文学样式相比有其独特的个性罢了。

乔秀清的诗，无论是一般抒情诗还是散文诗，都有鲜明的主题思想，甚至编到此集中的同一类诗也都有共同的思想主旨。比如第一章的诗大都是歌颂"爱心"的，第二章的诗大都是歌颂纯真"爱情"的，第三章的诗大都是歌颂"理想"的，等等。而每一首诗的思想都有其独特的表现方式。在《追逐》一诗中，首句就直抒胸臆表达自己的爱情观，"爱恋属于自己的爱恋／追逐应该的追逐"，并把此句作为第二节也是最后一节的开头，形成叠唱，使主题鲜明强烈。而在《迷恋》一诗中则把自己的爱情观深深地隐藏在反复的吟唱背后，只是最后点出"我陷入了深深的迷惑／莫非，爱你没有资格？"其实，这里的言外之意是真正的爱情是一种纯真感情的巧妙碰撞，一种高尚情操的自然融合，凭交易是不能得到的，凭乞求也是不能得到的。

诗的思想需要有形象作为载体，思想美寄寓于形象美。在这方面，乔秀清有其追求，也有其收获。他特别注重于调动丰富的生活积累和美好的想象，提炼诗歌的形象美。他展示"白衣天使"微笑的形象："当太阳跃出海面，喷出一片美丽的嫣红，我想起了天使的微笑/当月亮挂在中天，洒下一片片迷人的皎洁，我想起了天使的微笑"，"江南的战士告诉我/天使的微笑，像一缕缕春风"，"塞北的战士告诉我/天使的微笑，像一束束阳光"。这全是想象中的形象，而现实中的形象怎样呢？"早晨一朵朵白云飘来了，护士从四面八方赶到医院，洒满阳光的小路上，绽开一片片灿然的微笑/傍晚，一朵朵白云飘去了，护士们匆匆忙忙赶出病房，铺满绿茵的小路上，留下一片片温馨的微笑"。诗人调动一切艺术手段展示白衣天使微笑的形象，使形象美紧紧攫住读者的心灵，进而把蕴藏其中的那种美好的思想和精神引申出来："白衣天使哟/用微笑美化生活/用微笑折射人生"，"微笑，是一种素质/微笑，也是一种奉献"。这样，美的形象有了美的灵魂，而美的诗思也有了美的载体。由此我想，诗的形象，只有当它为丰富美好的思想内容服务时，才会美丽动人；诗的思想，只有当它附着于鲜明强烈的美好形象时，才会得到充分的展现，才会更加深刻，更加充满美感。

但是，我们不能忘记，诗以抒情为本。没有激情的诗歌，不能称其为好诗。写诗在情绪饱满的时候才能动手。好诗是喊出来，唱出来，哭出来，笑出来的。往往是生活之火，燃起心中之火，喷出激情之火，诗兴乘火而起。那么可以肯定，诗的形象首先是为抒情服务的。这就出来一个"情与思"的关系问题，这个问题是"形象美与思想美"之问题的组成部分。乔秀清的诗歌，在这方面给我的一点启示是，让深刻的哲理裹着情感的血肉凝聚为美好的形象，即可达到三者的有机统一。你看他在《爱是什么》一诗中是如何把自己爱的思想成果蘸着激情借助于丰富的想象从心底喷发出来的："我问天空/爱是什么/天空告诉我/爱是鲜红的太阳/爱是皎洁的明月/爱是灿烂的群星/爱是美丽的云朵"，"因

为太阳和月亮 / 天空才明媚清澈 / 因为群星和彩云 / 天空才多姿多色 / 呵，爱是一种奉献 / 爱是美的使者"，"我问大地 / 爱是什么 / 大地告诉我 / 爱是巍峨的高山 / 爱是奔腾的江河 / 爱是嫩绿的草原 / 爱是艳丽的花朵 / 因为高山和江河 / 大地才雄浑壮阔 / 因为草原和鲜花 / 大地才生机勃勃 / 呵，爱是一种奉献 / 爱是美的使者"。在这里形象的闪现，激情的喷发，思想的凝结，是一个很自然的过程，因为有了激情，形象才更鲜明，更强烈，更具美的素质；因为有了激情，思想才更深刻，更丰富，更有血肉，更具有质感。

如何正确处理诗歌的形象美与思想美的关系，使二者相对独立，相互依存，相得益彰，使诗歌具备成熟的、独特的、美丽的无穷魅力，是一个理论问题，更是一个实践问题，望乔秀清同志在这方面有新的探索，新的收获。

淙泉的诗与散文诗

淙泉同志的诗歌创作起步较早，若从 1970 年算起，也有十六年的创作实践了。十六年间，淙泉同志发表了大量的诗歌作品，其中有抒情短诗，也有散文诗。抒情诗中既有《我没有见过他》《锻造》《我的名字叫启明》那样的庄重抒情的作品，也有像《笑》《三月三》那样的轻巧、诙谐之作，所表现的生活内容比较宽厚，表现方式也灵活多样；散文诗题材多样，形式灵活，情味丰富，文笔老练，形象鲜明，比他的抒情诗更能显示作者的才华和功力。

读淙泉同志的作品，给我的突出感受就是笔朴情真，抒写自然。

一

淙泉的抒情短诗多以自身体验的方式抒情，把真挚的情感融入自然的述说，使人感到首先读到的不是文字而是感情。

"诗中必须有我"而"我"如何在诗中出现，那却是诗人自己的事。淙泉的诗大都以"我"的自身体验的方式出现。"我"既是诗的主人公，又是诗境中的人物之一："我"的感受是诗的情感的引线或贯穿线，以"我"之所见、所闻、所历、所感直接向读者倾诉，恳切真挚，朴质自然，且有"读诗如见其人"之感。

《我没有见过他》和《我的母亲》是姊妹篇，这两首诗可作为其中的代表。两诗中的同一主人公"我",是个已经成长为革命战士的烈士遗腹子;而这两首抒情短诗便是儿子真诚地唱给在天的父亲和在世的母亲的歌。在《我没有见过他》中,"我"没有见过父亲,父亲连一张小照也未曾留下。但"我"心中却有一个不可磨灭的父亲的形象。这个形象,是"我"的母亲用"骄傲与思念合成的悲壮歌声","借助昏黄的油灯",在"我"幼小纯洁的心灵上投下的影子。"我"对于父亲的感受似乎是间接的,但是情感的真挚比直接的感受更显得动人。作者用一条"实"线把"我"与母亲联系在一起,又用一条"虚"线把"我"与父亲联系在一起,"我"的感受通过母亲给人以情感发生的真实感,又通过父亲使人感受诗的情感生发、升华的热力。

> 可是,我找到他了
>
> 我找到他了
>
> 他就是我
>
> 我就是他
>
> 我就是他的财产
>
> 我就是他的希望……

作为遗腹子的儿子对自己父亲的不可能实现的寻找,终于在情感的升华中得到了"实现",这种实现是虚的,但又是非常真实的,使人感到这是情感自然发展的归宿,又是思想的自然流落和凝结。《我的母亲》则是单纯的"我"与"母亲"的直接感情的抒发。其中细节的选择和提炼恰到好处,使诗显得更朴实,更自然,同时增强了感染力。这是因为在以"我"为主人公的诗中,细节的运用更强化了情感的自我体验性。

应该说,淙泉的诗多是有感而发的,他是凭着实实在在的情去争得读者的,在他把这种真实的情感借助于适宜的手段生发开去的时候,诗的感染力是很强的，但他用比较单一的表现方法直接抒情时，就显得诗作本身的内在张力不够了。在《我的母亲》中就显露了这方面的不足。

读淙泉的抒情诗，给人这样的启示：自我体验性强，是优点和优势，但同时要防其走向反面，成为缺点或劣势，防止拘泥于一点一滴的事物或情致，尽力扩大想象和联想的思维空间，把思维领域的拓展与思维核心的凝聚结合起来，把感情的执着与手法的灵活结合起来，才会更有效地增强诗的蕴含量和感染力。

二

淙泉的散文诗是很耐读的作品，给人的感受是清新、明快，比较圆熟，且有较饱满的思想内涵；这种效果的实现有一个突出的创作因素，那就是作者对抒写对象的得当的生发和有力的凝缩。

其一，选材巧，生发易展内蕴，凝缩易显精神。

散文诗不可能像抒情短诗那样有充分自由的跳跃，而它倒可以在题材的具体铺延和生发上具有更多的自由。它宜于精巧地铺展风景画和风俗画，借以反映生活，寓托情思。淙泉同志的散文诗，突出发挥了散文诗的特长，选材都比较精巧，寓托也比较深厚，使诗的题材的铺延与生发，舒展而不散漫，内蕴展示得充分却又不失含蓄。

可以《街口》为例，此篇意在反映改革开放带来的农村生活的丰富多彩，抒发农民的快活、舒心，抒发作者对新生活的热情。反映这样的生活内容，作者选取了"十字街口"这样一个农村生活的窗口，透过这个窗口，可以看到今天农家生活的核心内容与精神风貌。于是作者借十字街口，把具有时代感的农村生活浓缩在一张小小的风俗画上。具体描写中，首先是对街口这一对象的展示："十字街口，天天都像集日"，"车站人挤，商店人多"，"赶车扶犁，哄鸡放鸭"，"梆子响处"是卖香肠的，"白刀子"闪处是卖猪肉的；卖豆腐脑的长辫子姑娘，炸油条的扎条"油花花白裙"的老爹爹，口里只称赞"味道不错"的"八方来客"，买一包香肠奔酒家去的老汉，称几斤油条去待亲家的大嫂……只用了短短二百五十字，就完成了这幅新时期北方农村风俗画，从街口的纷繁现象生发开去，把农民生活的内蕴，农民精神风貌的特点都展示了出来，情味是很浓的。

由于选材精巧，生发得当，所以情感和思想的凝结便是水到渠成、朴实自然的。在《街口》的结尾有这样两句："暮春，阳光像金子。温柔的小风多么舒心。"可以这样说，这是对诗中生活饱含深情的评价，是对农民心底之情的自然而集中的抒发。把这幅风俗画展开，又把展示的内容凝结于两句自然平淡的诗语中，这两句倒像是那幅画中位置恰当、轻重适宜的题签。仅此一例，我们即可比较清楚地看到淙泉散文诗对题材生发与凝缩的特点与功力。

其二，寄托深，生发易展境界，凝缩易抒情怀。

散文诗不可忽视意境的创造，不可忽视情感的抒发，否则散文诗就写成了散文。散文诗不应只写生活本身，应该有诗人更深的寄托，而这种寄托则依赖于意境的创造。在淙泉同志的散文诗作品中，可以看到一个突出的特点，那就是作者对生活的发现经过综合思考和熔铸之后，作为一种内在动力，去推动诗的境界的展示。

在《陀螺》中，"我"从儿子美好幸福的童年联想到自己苦涩的童年，这不是父子个人遭遇的不同，而是两代人命运的不同。从两代人命运的对比之中，认识到社会历史内容的新的层次。由此出发，作者寻找到一个最适宜的载体——陀螺。父亲给儿子"削啊削啊，削了一个大大的陀螺"，"孩子拿起来高兴地跑去了"，但"不一会儿又跑回来"说"不要这个，要红的，要红的"，于是父亲用红墨水给他染红。孩子把染红的陀螺放旋起来"不时抽一鞭，鲜红鲜红的童年活泼泼地转着"。只此一句，境界全出，把今天少年儿童的生活表现得既具体形象又极富有社会内容。而此篇的结句是:"而我的童年是没有染色的。"这是父亲的感慨,是突然逆转式的抒情,使其与前一种情形构成了强烈的对照,把诗的境界又向纵深拓展一步。诗也到此戛然而止,一下子把人推向更深的思考层次。

由于诗的境界的创造和拓展,诗情的抒发也随之由弱到强,由窄渐宽;而在此基础上"大刀阔斧"的结尾,给读者留下一个大大的空白。这个空白,可以借助于由此而激发的读者思考和想象,让诗情绵绵不断地充实它。

从生活的发现到社会的思考,从较深的寄托到境界的拓展,从形象的描绘到情感的渗透,在淙泉的散文诗中,具有一致的格调和色彩。用小的、具体的事物,寄托大的、深厚的社会内容,抒发丰富、深沉的情思,是淙泉散文诗创作的一个大收获。

淙泉的散文诗也有较明显的表现上的不足,如有的地方结构的弹性不够,想象的延伸平面的、单向的多,缺乏纵横捭阖的景象。

1985 年 4 月

贰

蒲松龄《蛇癖》

　　《蛇癖》是蒲松龄《聊斋》中的一篇，全文共七十六个字。与《聊斋》中的其他篇章相比，《蛇癖》不仅篇幅很短，而且内容也不涉鬼狐之类，只是集中写一个仆人的嗜好。

　　这人叫吕奉宁，是王蒲令的仆人。为仆如何，不得而知，文中只写其嗜好——嗜蛇成癖：无论大蛇小蛇，凡能到手者必吃掉。且有几种吃法：小蛇，整个儿吞入口中；大蛇，用刀剁为寸段，捧起来吃，若无刀时，则先咬其头，后嚼其尾。由于吃法不同，大过其瘾的情状也自然各异：吞食小蛇，像吃葱那样干脆爽快；捧食碎蛇，则嚼得铮铮作响，血水沾得满脸都是；咬食中蛇（盈尺之蛇），嘴里嚼着蛇头，蛇尾还在嘴边蜿蜒甩动。更让人惊奇的是，吕奉宁能隔墙闻蛇。"尝隔墙闻蛇香，急奔墙外，果得蛇盈尺。"据说，蛇肉极香，那是做熟的蛇，而活蛇是绝无香味的。吕仆却有将活蛇"做"熟的鼻子，岂非特异功能！细究之，实可谓"嗜"之水平的一种升华，又可证实其"癖"之非同常人。

　　据说旧时大凡有名的奴仆，都有鲜明的个性。纪昀在《阅微草堂笔记》中就曾刻画了不少有个性的仆人形象：一个是"干练"的奴仆。生前办事干练，死后"办事"依然干练，他附在一个痴呆的女仆身上，借她之口列举主人卖官鬻爵、收受财物、窃弄权柄、颠倒是非的事实与主人争辩："主人可以辜负国家，为什么责备奴仆辜负主人呢？"（他是被主人鞭打而死的）一个是"迂腐"的奴仆。爱读书，古板如儒生，见另一仆人之妻小睡井旁，而其幼子独自在井边玩耍时，考虑到男女有别，不便叫醒女人，却到处去找她的男人，等到男人赶到井旁时，女人已在井边哭儿子了。一个是"耿直"的奴仆。他在战乱中偶遇原来的主人，历尽千辛万苦，舍生忘死，把主人送回老家，但不收主人的任何赏赐，并从此不再登门。一个是"狡黠"的奴仆。由于擅长应酬对答，极受主人赏识，但他也用狡黠的手段来对待主人，主人着急上班，他却故意把驾车的骡子放跑，在主人不得不雇车上班时，他又以将要下雨没有五千钱车夫不肯前往为由，使主人甘受勒索。大凡名人之奴仆，都有一手"绝活"，即有一套特别的本领，用以满足主子的嗜好。主子的嗜好各有"特色"，于是奴仆的本领也各有一绝。至于奴仆的嗜好，古往今来极少有人作为一个题目来研究。而蒲松龄老先生却对王蒲令之仆吕奉宁"之癖"专题立项，写得如此活灵活现，倒是个非常耐人寻味的事情。

郑文宝《掘地皮》

宋初颇负盛名的诗人郑文宝，有一篇五十八个字的微型小说传世，名叫《掘地皮》。

徐知训是五代十国时吴国权臣徐温的儿子，为人骄横暴淫，是有名的贪官。作者刻画徐知训，用了正反两种笔墨，先是用八个字从正面分两层意思实写其贪，一是写其行为——"聚敛苛暴"；二是写其行为之恶果——"百姓苦之"。然后从侧面以简单对话虚托其贪——伶人扮作宣州土地神，说自己所以从宣州到朝廷来，是因为徐知训这个宣州官入朝把宣州的地皮也掘来了！

这篇小说虽寥寥数字，却写活了两个人物。主人公徐知训，被正反两笔写得立体化了；伶人仅以一句对白，就表现出其勇敢、机智、疾恶如仇的性格。

古人极珍惜笔墨，微型小说善用白描，所以功夫尤在能一笔勾出灵魂来。今人在微型小说的探索中万不可丢了这个优秀传统。

刘义庆《管宁割席》

《管宁割席》是刘义庆《世说新语》中的一篇微型小说，全文共两个自然段，每段只两句话：

> 管宁、华歆共园中锄菜，见地有片金，管挥锄与瓦石不异，华捉而掷去之。
>
> 又尝同席读书，有乘轩冕过门者，宁读如故，歆废书出看。宁割席分坐，曰："子非吾友也。"

前段两句话，选择一个精当的细节，写管、华这两个同窗学友对待金钱的不同态度。管视黄金如同瓦石（管挥锄与瓦石不异），华却捉握在手又不好意思地扔掉了（华捉而掷去之）。"捉而掷"三个字只写华的一个连续动作，但却入木三分地刻画出华的爱财如命和虚伪。后段两句话，也选了一个具有特征性的细节，写管、华二人对待权贵的不同态度。当权贵乘华车过门时，管宁就像没有看见（宁读如故），华歆却停止学习出去观望（歆废书出看）。对于同窗的表现，管宁断然作出与之绝交的决定（宁割席分坐，曰："子非吾友也。"）。"割席分坐"四个字鲜明地展现出管宁与华歆迥然相异的思想品格和处世态度。古人讲，近墨者黑，近朱者赤，是就一般人讲的。而对管宁这样的人，这个规律就不管用了。何止是近墨不黑，简直是近墨愈白。

管宁的交友之道其实是子夏的观点："可者与之，其不可者拒之。"

可以交的朋友就与他往来，不可以交的朋友就距离远一点。子张的交友之道就不同："君子尊贤而容众，嘉善而矜不能。"一个人处社会，交朋友要尊贤，有学问、有道德的值得尊敬，而对于一般没学问、没道德的人要包容他。对于好的、有善行的人要鼓励他，对于不好的、差的人要同情他。南怀瑾对此有很好的观点，他说："子张的见解比子夏的高明一点。"做人的道理应该如此，对于不及我们的人，不必讨厌他，要同情他，能够帮助的要尽量帮助，即使不能帮助也要包容人，原谅人家一点。用这个观点来分析，管宁的交友之道并不是很可取。

这篇小说的写法主要是白描。用白描的手法，以极节俭的文字，写最能展现人物思想内涵的细节，是古典微型小说的一般特征，而加之于对比的手段，强化双方的行为特征，使人物思想内涵的开掘寄托于生动的形象塑造，则是《管宁割席》的个别特征。

微型小说也应写出人物的立体感，而古典微型小说多集中刻画人物的某一突出特征，缺乏对人物性格的复杂性和丰富性的展示，故立体感较差。《管宁割席》也有这方面的缺陷。

邯郸淳《汉世老人》

三国魏人邯郸淳的《笑林》中有一篇极精彩的微型小说——《汉世老人》。

这篇小说最突出的特点是以最集中的笔力写人物最鲜明的性格。"性俭啬"是全篇的文眼。以下几层描写都运用不同的材料从不同的角度刻画"汉世老人"的这一性格。作者先概括地阐释"性俭啬"三个字：他一方面是穿破衣、吃粗饭（恶衣蔬食），一方面是早起晚睡、终日操劳（侵晨而起，侵夜而息）；一方面是永不满足地搜罗钱财（聚敛无厌），一方面是从不放松地节制自己的花费（不敢自用）——这都是出自他的"守财奴"的本性。然后作者选一个最精彩的细节，让读者强烈而具体地感受"性俭啬"三字：他应付求丐者时的那几个动作，那几句话，把他的本性活脱脱展现出来。他拿出来施舍的钱本来就少得可怜（取钱十），却还要随步抽减，递给求丐者时只剩了一半（才余半在），且是闭上眼狠着心递出去的（闭目以授乞者）。那随之跟上的嘱咐更甚：一方面极言其穷（我倾家瞻君），一方面是深恐再有求丐者（慎勿他说）。这一举一动、一言一语，把"守财奴"嗜钱如命，给钱时心如刀割的心理状态活脱脱勾勒出来了。最后作者又补一笔：守财奴没有子嗣，因而死后所有田产钱财均被官府没收，这一结果是明摆着的，但他并不为此而放松聚敛，亦不为此而宽待自己。可见这也是从另一方面对其"性俭啬"的说明：他拼命敛财、守财，只是出于本性而已；他不是要做钱的主人，只是甘当钱财的奴隶。

道山先生《磕头幕官》

宋朝道山先生撰有《道山清话》一部，大都是些笔记小说，原书虽已遗失，但有些佳作名篇流传于世。《磕头幕官》就是流传至今仍受人喜爱的一篇。

这篇微型小说写了三个人物：当时永兴军路（宋时行政区域名，辖今陕西北半部，兼有邻近甘肃、山西的各一部）的朝廷命官韩魏公韩琦，韩魏公幕府新来的一个幕官（即"磕头幕官"），韩魏公的同僚仪公。三个人物中，磕头幕官是主要人物，但对他的描写却是用的虚笔，而且用语极少，而对韩魏公的言行举止作了较详细的正面描述。细读全文，可见作者言在此而意在彼，作者把韩魏公作为一面镜子，让磕头幕官在这个镜子面前得以清晰地显示：为什么韩魏公对这位初来乍到的幕官注目细看（熟视）之后显出忧虑不乐（蹙然不乐）的样子？原来韩魏公"见其额上有块隆起"，并认为这块虽不太明显的疙瘩准是因为他平时低三下四，惯于奉承，常为人磕头所致，所以断定这样的人无能，是靠不住的。

落笔在韩魏公，而着意在刻画磕头幕官的性格；至于韩魏公表情与语言的细心观察者仪公，则是把二者联系起来的媒介。在把主要人物磕头幕官的主要性格鲜明地表现出来的同时，韩魏公过人的眼力，仪公敏锐的观察力，都得到了鲜明的体现。这里的奥妙在于以精到的构思和巧妙的表现方式使几个人物之间构成相互说明的关系，达到一笔并写三面的功效。

有人称微型小说为"微雕"，而《磕头幕官》却对它的主人公没作任何精雕细刻；精雕细刻的功效往往是加法，而微型小说则需要乘法、乘方的功效；刻画的功夫是不可少的，而构思的功夫则是最高层次的，第一位的。

段成式《武则天读檄》

　　唐朝段成式《酉阳杂俎》中有一篇《武则天读檄》。武则天读什么檄？唐初文学家骆宾王曾随唐太仆少卿、眉州刺史徐敬业起兵反对武则天临朝，写下《讨武氏檄》。这里说的就是武则天读骆宾王写的讨伐她的檄文的事。

　　骆宾王的檄文虽然分条陈述了武则天的罪恶（极疏大周过恶），但武则天读檄还是冷静的。当武则天读到"蛾眉不肯让人，狐媚偏能惑主"这样空泛无力的句子时，不过"微笑而已"；当读到"一抔之土未干，六尺之孤何托"（意为高宗尸骨未寒，新主中宗无可依托）这样极有煽动性的句子时，既不惊惶，也不愤怒，而是对未能笼络住能写出这样文句的骆宾王深感遗憾。这极自然又极充分地写出了武则天的气度和精明。

　　这篇小说仅三句话，写武则天只写其一个表情（微笑而已），一句话（宰相安得失此人），并未一处用"有气度""精明"之类的字眼，但她的性格特征却显示得具体而鲜明。这里关键在于作者创造了两层环境，一是武则天称帝，徐敬业起兵讨伐这个大环境；一是武则天读檄这个具体的小环境。把武则天性格特点的塑造放在这样的环境中，虽然文字简短，表现力是很强的。

　　另外一点应该注意的是，微型小说在构思上可以借鉴诗歌的经验，运用思维的大跨度跳跃，扩大作品的空间和容量，让读者在出人意料的跳跃和转折中，领略更加广阔的境界。武则天读檄，按照一般思维过程是不会由审视自己的敌手一下子跳到未有得到敌手这个人才而遗憾上面去的，但是唯有这样的跳跃和转折，才足以表现武则天的性格。

周晖《刚峰宦囊》

明朝周晖著有《金陵琐事》四卷，多是记作者在金陵（南京）所见所闻。书中有一篇名为《刚峰宦囊》的佳作，可谓一有特色的微型小说。

海瑞（号刚峰）任官期间直言敢谏，力主革除积弊，敢于严惩贪污，是有名的清官。这里作者从海瑞为官的大量事迹中提炼概括，并从一个特别的角度入手（不是写其生时如何，而是写其死后怎样），用寥寥数语，写海瑞死后其同乡检点他的遗物的情况，从而以遗物极少，积蓄甚微（俸金八两，葛布一端，旧衣数件），揭示其生前的廉洁。同时，借势道出王世贞（王司寇凤洲）给海瑞的评语，又以作者自己对评语的评价结束此文，使海瑞的形象更深刻、更完整，使读者能从准确、凝练、掷地有声的评语中唤起对他们心目中那个海瑞的大量事迹的回忆，唤醒他们心底那个廉洁奉公的海瑞的形象。文章虽只有几句话，但读来会感到有无尽的内容。

这篇微型小说，最突出的特点是由叙转评，以评结尾。评分两层，一层是别人之评，是由叙转评的过渡；一层是作者对别人之评的评语，是由客观描写真正转入主观评语。微型小说可以调动多种艺术手段，只要用得恰到好处，议论也并不影响小说的形象性。在这篇小说中，叙述起了画龙的作用，而评论则起到点睛的作用，这一点睛使龙活起来了。当然，这里有一个不可忽视的基础因素：海瑞是流传极广、知名度极高、很受人们热爱的历史人物。没有这个基础，这种画龙点睛的表现方法的运用就不易产生这样的效果。

蒋子正《元遗山妹》

元朝人蒋子正著有《山房随笔》一卷，其中有一篇微型小说《元遗山妹》，是写金代文学家元好问（字裕之，号遗山）的妹妹以诗辞婚的故事的。

这篇微型小说，倒像一则诗话。前边的几句叙述是这首诗的背景，用以帮助理解诗意，同时也介绍了元遗山之妹的基本情况。后边的诗是故事情节的推进，也是对人物介绍的深化，使人物性格的刻画更具美学特色。前文后诗，诗文互补，使故事更富情趣，使人物性格内涵更丰富而独特。

诗的第一、二句是说，我像女娲一样暂且施展补天的手段，自己动手修补天花板，不让一点一丝灰尘玷污我这华丽的厅堂。这与她刚放下的手中活自然衔接，可见在张平章（姓张的"同平章事"，实为宰相之职）这样的显赫人物向她求婚试探索诗时，她毫不慌乱，信手拈来，并自然而恰切地表达自己的生活意趣和洁身自好的追求，为下边的回答作了很好的铺垫。第三、四句说，给新来的双燕捎个话，不要打算在这里筑巢，换个地方到别处去寻觅合适的房梁吧。这里言在此而意在彼，表面是说不让燕子来筑巢，实际是委婉而坚决地拒绝张平章的求婚。四句诗的产生就是人物性格的展现过程，充分而含蓄地道出了作为女道士（女冠）的元遗山妹妹的文学才华、处世态度、个人气质、生活情趣等等。

诗如其人，以诗话的形式叙事写人可看作古人在微型小说艺术方面的创造。诗是最简练的文体，借此丰富微型小说创作，既能扩大小说的容量，又可节省小说的文字，还可增强小说的诗意氛围，我看是应该为现代微型小说创作所借鉴的。

彭乘《逼婚》

彭乘，北宋中期筠州高安人，著有《续墨客挥犀》，主要是辑录北宋的逸闻轶事和诗话文评。其中有一篇《逼婚》写得很有特色。

这篇小说故事很简单，就是写一个刚刚中榜获得功名的新贵少年，将被一个有势力的贵族强行招婿，新贵少年略施小计，便使那个权贵处于非常尴尬的境地，而自己得以解脱。作者把一个非常简单的情节安排得非常巧妙，而这个巧妙的情节又写得非常自然，把新贵少年正直而有心计，幽默而手段老辣的性格特点活灵活现地表现出来了。而那位为达卑鄙目的而不择手段的权贵的愚蠢，也被揭示得淋漓尽致。

北宋时的封建社会中，人们以联姻作为向上攀附的手段已成为一种恶劣的风习。那位权贵之所以要强招新贵为婿，原因就是料定这少年将来能飞黄腾达。这篇微型小说写来轻松幽默，而笔锋所至却是对那种社会恶习的严厉抨击。这样使小说的内涵具备了两个层次，既可使读者轻松愉快地读一个幽默故事，又可以使读者以沉重的心情进入对社会问题的思考。

由此可以引起我们一点启发，在当今广大读者都从切身利益出发，渴望了解社会真相，渴望了解社会全局的阅读需求面前，微型小说尽管微小，亦应十分关注重大的、宏观性的社会问题，以争得读者对微型小说的关注。

吴曾《马知节直诚》

　　吴曾，字虎臣，崇仁（今福建建阳）人，南宋高宗时任工部郎中，严州知州。吴曾撰有《能改斋漫录》十八卷，书中部分篇目是记载当时史事的，《马知节直诚》就是写宋真宗时掌管枢密院大权的马知节遇事敢言的故事。

　　这篇微型小说，主要笔力用在刻画马知节端方正直、率真而不做作（方直任诚）的性格。宋真宗赵恒去泰山封禅，为了表示虔诚之心，一路上连随从的大臣们都不食酒肉（下至从臣皆斋戒），等到泰山下，真宗慰问从臣："你们一路上吃素不容易"（卿等在路素食不易）受到皇帝慰问一般都会是诚惶诚恐，而马知节却一句话揭出实情（亦有打驴子吃底），否了皇帝的判断，揭了宰相臣僚的短，破了那种君亲臣顺的虚假气氛。封禅回到京都开封，真宗特许大型宴会（酺宴），并与大臣们登上宫苑中的高楼，当真宗看到都城"士女繁富"时，又对宰臣大加称赞："全凭你们的辅佐之力"（皆卿等辅佐之力）。正是君臣兴致极高的时候，想不到马知节又揭出了实情（贫底总赶在城外），使大臣们都大惊失色。如果说马知节在泰山脚下的那句话主要是揭了大臣们的短处，那么他在御楼上的这句话则主要是揭了皇帝的短处，两句话都是真话，却在不同层次上显示了马知节端正方直、敢讲真话的性格。

　　在那种君为臣纲的封建时代，那种君臣同在的公开场合，马知节不怕同僚嫉恨，不怕皇帝怪罪，毫不顾忌地揭露事情的真相，对于一个封建朝廷的大臣来说是难能可贵的。而真宗皇帝则能"以为诚而亲之"更是难以做到的。有这样的皇帝、这样的臣子,才构成了这种可以讲真话的特定环境。

　　该篇突出的特点是只有两句对话便表现出马知节的性格;而这两句话也只能在那样特定环境中才可表现马知节这种性格。可见马知节的端方、正直、率真是有其特定含义的。

彭乘《物破自有时》

　　北宋人彭乘有一篇文字极短的笔记：《物破自有时》。这篇笔记构思精到，焦点集中，借一件小事把主人公的性格烘托得特别鲜明突出，完全可以作为一篇微型小说来欣赏。

　　韩魏公，名韩琦，字稚圭，北宋大臣，封魏国公。当时他任并州知州（北都即并州，今太原一带）。就是这个韩魏公曾得到一只玉盏，这只玉盏是他表兄弟（中外亲）敬献给他的。说是耕地从坏坟中拣到的。虽是拣来，但确是罕见的宝贝。玉盏内外找不到一点儿斑点儿（表里无纤瑕可指）。韩魏公异常珍视，竟以百两黄金作为对表兄弟的酬谢（以百金答之）。为了在众人面前出示他得到的宝玩，他举行了隆重的酒宴，打开美酒，请来负责水运粮食的官员和其他显官贵人。宴席中，他特设一张桌子，桌面上用锦绣衣罩覆盖，上边放上那玉盏，并要用这玉盏挨个敬酒（且将用之酌酒，遍劝坐客）。无论是主人、客人，席上、席下，精力全都集中到那只玉盏上，韩魏公兴致之高更是不言而喻，就在这时，意外的事情发生了，差役中的头儿（吏将）一不小心，竟把放玉盏的桌子碰倒，那只玉盏摔了个粉碎！

　　众宾客都非常惊愕。那碰碎玉盏的"吏将"跪在地上请求处罚（吏将伏地待罪），而韩魏公"神色不动"，笑着对众宾客说："东西的损坏也是有时日的。"它该着这个时候坏。他又对"吏将"说："汝误也，非故也，何罪之有？"你是不小心，不是故意的，你有什么罪？

　　全文一百五十余字，故事进展层层推进，环境气氛步步渲染，人物性格渐渐显露，终归要表现的是韩魏公之量大厚重。围绕这个题旨，作者写了韩魏公付重金答谢献盏者；写了玉盏破碎时人们无不惊愕的神情；写了碰坏玉盏的吏将伏地请罪时，他不计较，反而说一些对人宽慰、谅解的话……文章从不同角度烘托了韩魏公对玉盏的珍爱，使韩魏公的宽宏大量更显得难能可贵。作品成功之处在于把烘托手法根据题旨的需要，用得充分而恰到好处，给人的印象既强烈而又不失自然。

刘义庆《王蓝田性急》

　　南朝宋人刘义庆的《世说新语》中有一篇写得妙趣横生的微型小说。

　　王蓝田，名王述，东晋时官至散骑常侍尚书令，袭爵为蓝田侯。此人为官如何，为人如何，文中未涉及，只是集中展示了一下他性急的性格侧面。小说以王蓝田吃鸡蛋为描写对象，把他性急的性格特点作了漫画式的充分夸张的描述：鸡子并非豆糕，是不能用筷子插的，而王则"以箸刺之"；插不住是自然的事，而王却"大怒"并"举以掷地"。至此，王蓝田对鸡蛋的目的已不是吃，而是发泄怒气。于是"以屐齿碾之"，那种登山木屐的齿尖尖的，怎能碾住"圆转"的鸡蛋呢？王不反省自己却怒气更大了（瞋甚）。鸡蛋只有用手去拾了。但拾起的鸡蛋却直接放进嘴里（取内口中），用牙齿咬破随即吐了出来（啮破即吐之）。至此，吃鸡蛋的初衷在形式上达到了，而迁怒于鸡蛋的目的则在实际上达到了。因而，引来了王羲之（王右军）的"大笑"。笑声中，读者猛然从那种"剑拔弩张"的气氛中醒过来，又要禁不住大笑了。

　　小说的笔墨随着王蓝田的连续动作急速运转，这与王的性格的层层深入的展示相吻合；王蓝田的举止是随着他的目的变化而变化的，这使其动作的变化与其心理的变化相映衬。作者以精彩传神的文笔造成了一种浓重的氛围，使人视夸张为真实。而其高妙处还在于小说的结尾，用"大笑"声打破人造的氛围，使读者回到现实生活中来，再回头去品味那种幽默与风趣，更觉得妙趣横生。

　　这篇微型小说有哲理意味；由于性急，办事违反生活规律，就往往成

品鉴文汇　刘家科文艺评论集

事不足，败事有余。但总的看，此文主要在于它的趣味性和娱乐性。现代
微型小说，是否也应在娱乐性题材开发上有所作为呢？

陆游《秦桧专权》

宋代大诗人陆游有《老学庵笔记》十二卷，其中有一篇短文名《秦桧专权》。

秦桧是宋朝奸相，他如何专权，可以列举大量事实，但是作者在这里只写了一个现象，一件事。一个现象是秦府门前过路者不许回头看，不许言笑（稍顾謦咳，皆呵止之）；一件事是秦桧因病告假，另一个执政大臣上朝时就别的什么都不敢说了，只是一味称道秦桧的勋业（惟盛推秦公勋业而已）。但是这也难免遭到秦桧的弹劾（执政甫归，阁子弹章副本已至矣）。从一个天天如此的现象看，秦桧是既专横又多疑；从一个偶然事件看，秦桧更是专横、多疑、狠毒。这种天天如此的现象是人物性格的背景，这一偶然事件是人物性格的特写镜头。二者的结合，巧妙地完成了秦桧专横、多疑、狠毒的性格的塑造，给人以很强的质感。

由此可以进一步看出这篇微型小说在构思上"巧"与"拙"的结合。所谓巧，一是于不动声色中露出作者要说的话，但这话并没有说出来（如"稍顾謦咳，皆呵止之"暗示其多疑与专横）；二是于偶然事件中揭示必然，但这种揭示是不言自明的。秦桧如此对待那位执政大臣，是由他的性格导致的必然结果。所谓拙，就是直话直说，简单质朴，给人很强的真实感。正是因为这种"巧"与"拙"的结合，才使这篇微型小说具备了直率与含蓄相统一，质朴与深邃相融汇的艺术特色。

王定保《王勃展才》

五代人王定保暮年所作《唐摭言》主要记载唐代科举制度、文人风习和诗人墨客的遗文逸事,《王勃展才》就是其中写唐代诗人王勃的一个精彩篇章。

小说首句从王勃入笔,写王勃十四岁写下名篇《滕王阁序》,随即转而落笔都督阎公。先写阎公不相信王勃的才能,继而写阎公对王勃的"不辞让"大怒,之后写他随王勃文句的传报,情绪的每一步变化:对"南昌故郡,洪都新府"(南昌是汉代豫章郡的治所,当时是洪州的首府)句嗤为"老先生常谈";而对"星分翼轸,地接衡庐"(洪州是天上翼、轸两个星宿的分野,它的地域连接着衡山和庐山)句则沉吟不语了;当"落霞与孤鹜齐飞,秋水共长天一色"(天边的几片晚霞与湖上的孤鹜相并而飞,秋水和蓝天交相辉映,浑然一色)句传来时,他惊异(矍然)而起,说"这真是天才,这两句会流传后世,成为不朽的名句"(此真天才,当垂不朽矣),简直是佩服得五体投地了。阎公由不相信王勃的才气到完全被王勃的才气所折服,从其情绪的变化中间接写出了王勃的才能出众。同时也写出了阎公性格的两个侧面:一个是虚荣、庸俗,一个是识才、爱才。前者构成他对王勃的对立情绪,而后者构成他对王勃的完全佩服。

对主要人物作间接描写,而对次要人物作直接描写,写次要人物是为了表现主要人物,是为了对主要人物的表现更客观,更不露声色,更使人信服,这是《王勃展才》独到的构思。开始阎公作为王勃这个主要人物的反衬,而发展到最后,他又成为王勃的陪衬,从反衬和陪衬两方面突出王勃的才能,这是《王勃展才》写作手法的一个重要特点。

陶渊明《陨盗》

陶渊明是晋朝的文学家。他的传世之作主要是诗、文,《陨盗》算是文中最短的一篇:"蔡裔有勇气,声若雷震。尝有二偷儿入室,裔附床一呼,二盗俱陨。"此文只有二十五字,但已具备了一篇微型小说的基本特点,可以说是中国文学史上最短的小说。

小说以塑造人物为中心任务。这篇小说就写了三个人物,其中蔡裔突出的性格特点是"有勇气",同时能够发出像打雷一样的喊声(声若雷震)。这种声音是他那无畏气概的一种外在表现。但蔡裔又不是有勇无谋的粗人,他善于揣摩人的心理:"二偷儿"结伴入室定是胆小心虚,若以"雷震"之"呼"卒然攻心,可能会使两个偷儿胆破身死(二盗俱陨)。果然,蔡裔附在床上未动,只是大声一呼,两个小偷儿就被吓死了。另外两个人物(二偷儿)也写得很形象,他们以偷为业,却又特别胆小;本是小偷小摸,偏又结伙行盗;东西未偷到,却被一声呼喊结果了性命。小说能让读者想象得出他们渺小、卑微的相貌和灵魂,恰与蔡裔无畏的气概形成对比。

王说《李卫公在珠崖》

宋朝人王说所撰《唐语林》中有一篇不足二百字的微型小说，名曰《李卫公在珠崖》。

李卫公即唐代重臣李德裕，唐文宗和武宗时在相位，曾封卫国公，是"牛李党争"中李派的首领。李德裕当年曾将朝内的许多官员贬至珠崖，后来朝廷内形势发生变化，李德裕自己也被贬到珠崖。珠崖在今海南省的琼山区一带，是当时极偏僻荒凉的地方，被贬者多死于此地。这就是这篇小说的大背景。在这个背景下，作者分三个层次刻画李德裕的人物性格。

第一层写李德裕身在珠崖而心向朝廷的复杂心情。一是北归的主观愿望与不可能北归的严峻现实，使其每登望阙亭"未尝不北睇悲咽"的极度忧虑与悲观。二是朝廷内部严酷斗争的社会背景与山川阻隔的自然环境，使其沉浸于一种特殊诗意中，以求排遣和自我解脱。三是自己困在崇山峻岭之中，思乡盼归而不能，却反说青山舍不得人离去，表现其作为文官特有的那种复杂曲折的心理状态。

第二层写李德裕因一个偶然的机缘，得知古寺内十余个葫芦中竟装的是自己当政时那些被贬者的骨灰。一是写其步游古寺在一老禅院长时间坐着（坐久），看见其内壁挂着十余个葫芦，因向僧人问询此中是否有药，恳求以此药救治自己的跛足。写其寂寞无聊、愁病交加的落寞情态。二是写僧人解答其问，方得知事情真相，使李德裕愁病交加的情态在意想不到的事实面前更加强烈。这里面不是药物，是人的骨灰呀！这就是太尉您当时出于私仇而贬斥到这里的人所留下的骨灰。

第三层写李德裕临死前复杂心理状态，只用八个字："怅然如失，返步心痛"。前四个字写李在铁的事实面前，仅存的一点北归的希望破灭了，可以说此时已经绝望。后四个字写李无法在此再作停留，扭头就走，而此刻内心疼痛，如有大病发作(当夜李德裕就死了)，把李德裕性格的脆弱、心理的空虚，以及体力的不支活灵活现地展现出来。回想当年李在朝当政诛罚他人、主宰一切、不可一世的情状，可以想见李性格两面性的强烈反差。

这篇小说文字极短，但写出李德裕当时所处的典型环境。在这特定的环境中刻画人物，尚能层层递进，使人物性格具有多层面、立体感。在具体手法上，写情、状物、对话、心理描写都紧紧围绕人物性格的刻画，因而使李德裕这个被贬斥的唐代重臣的形象有血有肉，比较丰满。

林坤《日者辨王妃》

　　元朝人林坤，字载卿，著有《诚斋杂记》二卷，其中主要是编录的汉代以来各种小说和笔记中的故事。所摘引的材料不注出处，不依时代顺序排列，不按类别归纳，较为芜杂，其中有一篇微型小说《日者辨王妃》很有特色。

　　这篇小说刻画了两个主要人物，一个是日者，即占卜算命的人；一个是李德诚，五代时人，先事吴国，又任南唐大臣，封赵王。小说对于日者，是描写他的狡猾，一是能唬人，大言不惭，自称世人的身份贵贱，他一看就能分出来；二是能揣摩人的心理，这里主要是揣摩李德诚的心理和众妓人的心理；三是会耍一点小花招，用以骗人。众女妓与滕国君穿同样的服饰同样打扮混在一起时，他用"国君头上有黄云"一句话就引得众妓都仰头看滕国君，从而轻而易举地辨出了谁是滕国君。对于赵王李德诚，是描写他的愚蠢和轻信，他让滕国君与众妓混在一起，来考日者，说明他被日者已经唬得将信将疑，而日者略施一个小小花招，他就信以为真，并且"悦而遣之"，可见他一点头脑也没有。在这篇小说里，着眼点不在于写日者，而在于通过日者来讽刺当时的封建统治者——赵王李德诚。可以说，这是一篇讽刺小说。讽刺小说能写得比较含蓄，不露锋芒，不加任何主观议论，只是用一个事件把讽刺的意味蕴含其中，使人读后，越琢磨越觉得被讽刺者可笑，达到如此效果是不容易的。

何良俊《文徵明拒画》

明代人何良俊，博学多闻，嘉靖年间为南京翰林院孔目。归家后移居苏州，宴集的居室号为"四友斋"，著有《四友斋丛说》三十八卷，其中有一篇《文徵明拒画》。

这篇小说的主要人物是文徵明，明代著名书画家，"吴门派"的领袖，号衡山居士。另还有几个人物为衬托，一个是唐王，为明代宗室，封唐王；二是唐王官署中的书吏（承奉）；三是"里巷小人"，即一个平民百姓。文徵明品格清高，辞受界限极严，不肯有丝毫含糊。求画者唐王，肯下本钱，非要求得文徵明的画不可，以黄金数笏为礼，派书吏专程去送。而文徵明却"坚拒不纳"，既不见其书吏，也不拆看其书信，画是绝对不给作的。而书吏完不成使命，回去无法交差，所以顾虑徘徊好几天，见实在没有希望才离去。书吏的"逡巡数日"，一方面可以看出唐王求画的坚决，另一方面更可以看出文徵明拒画的坚决。但是，对于一般平民百姓求画，虽然礼品是小竹筐里的一点食品（饼饵一箸），文徵明却是欣然为之命笔，毫不推辞。此文，通过文徵明对两个求画者的鲜明态度，展现其清高的品格，鲜明的性格。这里的表现方法主要是对比，两个求画者对比，一个是权高位重，一个是平民百姓；文徵明对待不同求画者的两种态度的对比，一种是欣然命笔，一种是坚辞不受。而相对应的对两种求画者的态度，却是与世俗眼光大大相悖的。因此，使人物性格在对比中表现得极为鲜明突出。

冯梦龙《外廉而内贪》

　　冯梦龙，字犹龙，明末长洲人，文学家，戏曲家，著有话本集《喻世明言》《警世通言》《醒世恒言》和戏曲《墨憨斋定本传奇》。另有《古今谭概》三十六卷，主要是从历代史书或笔记中摘录琐闻逸事和笑话寓言，略加整理而成，其中有一篇名为《外廉而内贪》。

　　这篇小说刻画神泉县令张某，以标题直点——外廉而内贪。而文中将题意展开，用一个情节加以深入展示：他自己在县衙门口张贴一张告示，说某月某日是我的生日，告诉县内官员和各类人员，都不能擅自给我送礼。有一个县衙小吏见到告示后与众人商议，县令明言生日，本意是让我们知道，说不能送礼，那只是谦辞罢了。大家认同此见，所以生日那天都带着丝织品去贺生日，说是送的寿衣，而县令一个也不拒绝，都非常客气地收下了。县令见这一招见效，又故技重演，再贴一告示，说下月某日是县令夫人生日，请再也不要拿礼物来了。可这一招再也不灵了，不仅没收到礼物，反而遭到众人的嗤笑。那些进士们还用《鹭鸶诗》讽刺他：那飞来的鸟儿原以为是仙鹤呢，下来之后却是到处寻鱼吃的鹭鸶。张县令阴一面，阳一面，表面廉洁，实际上极度贪婪，是一个十足的伪君子。这种角色，在封建社会的官场上是普遍存在的，不过表现形式各有不同，如此笨拙的更少。这篇小说，是用对照的方法，县令的虚言假意与其实际行为相对照，众人对县令两次告示的截然不同的态度相对照。张县令自身的对照看出其本质的虚伪和贪婪，众人两种态度的对照是对县令虚伪和贪婪性格的有力烘托。结尾众进士用诗讽刺张县令的细节使小说增加了意趣，这是对张县令性格刻画的深化，也为全文的语言色调增添了幽默感。

邹弢《杨公临刑语》

邹弢，字翰飞，清末上海人。有文才，擅长写骈体文。因家境败落，常以卖文为生，当时被称为吴中名士。他的著作有《浇愁集》《三借庐笔谈》等，这篇《杨公临刑语》即《三借庐笔谈》中的一篇。

杨维斗就是明朝末年的杨廷枢，他是当时复社的骨干，和江南一部分士大夫组织文社，反对阉党，主张改良，以挽救明王朝的危亡为己任。明朝灭亡，他藏在邓尉山，后为清兵发现而被捕，这则小说就是写杨廷枢被捕后英勇不屈的故事。杨为明朝遗臣，他虽不满于明末的腐败，但对大明还是忠贞不贰的。清朝亡明之后，他遁入深山，决不事清。而被清兵捉去之后，面对严刑拷打，甚至在临刑一刻表现得异常壮烈。此篇写杨的人物性格，用的是白描的手法，抓住极富表现力的典型细节，稍作勾勒，人物便活灵活现。一是写其受酷刑时，虽然痛苦难忍，但意志坚强，骂不绝口。二是写其受酷刑之后，虽身受重创，仍不忘昭示世人，撕下衣襟以血书写《绝命词》十二首，文辞充满浩然之气，很像文天祥临刑前所作的《正气歌》，以此教育后人不忘"忠孝"。三是写其临刑前的大义凛然，视死如归——仰天长啸，连呼"大明"。人头已经被砍落在地，而"大"字的呼声还能听得见。这一粗线条的勾勒，使杨廷枢怒发冲冠，沉毅刚烈的形象凸现出来了。四是作者用四个字作以评论和抒情，"亦烈矣哉"，是画龙点睛之笔，"烈"字点其精神实质，"矣哉"两个语气词强化了作者的感慨和赞叹。总的看，此文对人物的描写，按事件发生发展的自然顺序，层层深入，步步凸现，推入最高潮时便戛然而止，使人产生深深的感叹和回味。另外，此文语言修辞极富表现力，特别是夸张手法的运用，为突出人物性格、表现主题起到很好的作用。

王辟之《屠豕贵族》

  王辟之，字圣涂，是宋英宗治平年间进士，曾在多地为官，哲宗时退居青州，著有《渑水燕谈录》十卷。青州是渑水的发源地，王辟之在卷首序中云，将回归渑水旧居，与田夫樵叟闲燕（清静）而谈说，即以此意命名此书。书中有一篇很有特色的短文名《屠豕贵族》。

  这篇小说的主要人物是胡旦。胡旦，字周父，宋太宗时进士，曾任秘书监、知制诰，其才学名冠一时。文章开头就说他"文辞敏丽，见推一时"，但因晚年得眼病，不参与社会活动，闭门闲居。那么如何描写胡旦的这一性格特点呢？作者为胡旦提供了一个展示其特长的机会。当时的史馆，即国史实录院正为一个贵族作传，遇到一个难题。这个贵族年轻时曾经以宰猪为生，在当时算是出身低贱，不好写进历史，史官为此而作了难：如果为贵族避讳这件事，那么写的这段历史就不能算真实的记录；如果照实写，又难以措辞。怎么办？他们商议后，一块来见胡旦，把这个难题交给他解答。胡旦闻之，敏丽之辞即出：为何不说"这个贵族年轻时曾经操刀割肉，那时已显示他有主宰天下的大志？"他借用史记中写汉初丞相陈平的典故，用"操刀以割"这一模棱两可的概念，一面与宰猪的事实相对接，以"尊重史实"；另一面与陈平曾为乡亲们分割祭神之肉，因分得公平，受到大家称赞，显示了主宰天下事的才能相对接，达到了借以赞扬这位贵族的目的。于是难题迎刃而解，不仅为贵族遮掩了出身的低贱，而且借题发挥，把贵族年轻时这种低贱转为高远的志向。关键是用了偷换概念的办法，从形式上说是尊重了事实，从内容上说是篡改了事实。可见，胡旦确实是文辞敏丽，也确实像古代那些所谓修史的高手一样，千方百计，挖空心思为帝王显贵们遮丑。由此，我们可以想见，历代正史在修撰可能出现违背史实的情况。这将提醒我们在读史时要认真分析，不能一味地轻信。这篇小说虽然很短，但由于着力勾画了一个典型的细节，使胡旦的机智在特定的条件下得以展示，而众史官的"莫不叹服"又对其机智超群给以印证。

钮琇《百岁观场》

钮琇，字玉樵，江苏吴江人，康熙时贡生，曾任高明知县，著作有《临野堂集》《觚剩》等。《觚剩》主要记载明末清初间的杂事，其文幽艳凄婉，颇有唐人小说之风。这篇《百岁观场》就是其中之一。

这篇小说的主要人物是黄章年。黄是一个在科举场上翻滚到九十九岁还未能及第的封建书生。他年近四十岁才考取秀才入县学；六十多岁才补为廪生；八十三岁才被选拔为贡生。虽然科举之途对他来说非常艰难，但他仍百般迷恋追求此道。文中集中写他九十九岁时入围秋试的情节，让他的重孙子作前导，提着一盏大书"百岁观场"的灯笼，国子监的同学们诧异地问他时，他说他今年九十九岁，还不到中第的时候，等到一百零二岁，就能科举中第。总督和巡抚很受感动，召见他并请他吃饭，他酒量和饭量都超过常人。黄章年的确是个奇人，一奇为虽迷恋于追求功名，但功名之运对他来说来得太迟太迟；二奇为虽艰难跋涉总踏不上仕途，但追求不懈，一以贯之，九十九岁还"锐气"不减；三奇为"百岁观场"同学诧异，而他却心静如水，成竹在胸，要等到一百零二岁时夺取功名；四奇为虽然年已近百，而身体非常强壮，备受封建科举制度的折磨摧残，而始终执迷不悟。总督和巡抚两位高官可能为其精神所感动，亲自召见黄章年这位百岁老人，并授之以食，又赠金币以示褒奖。这一切都渗透着作者对黄章年的欣赏态度。在旧时代，像黄章年那样把毕生都虚掷在科举场上的书生，虽不都如黄那样典型，但大有人在。封建科举制度对人的摧残，由此可见一斑。在写法上，此文注重自然的铺垫，以四十岁、六十多岁、八十三岁的历程为基础来写"百岁观场",铺垫部分是略写,而"百岁观场"是详写,做到了文简而主题突出。另外,此文对主要人物的描写还注意了衬托,同学之士的"异而问之",督抚两台的"召见授餐"和"各赠金币"都对黄章年这个人物起到了较好的衬托作用。另外,此文语言质朴自然,叙述简洁,描写形象,对话有"闻声如见其人"之感。

孔平仲《李光颜力拒女色》

孔平仲，字毅父，北宋后期人，哲宗时曾任集贤院校理。能作诗，诗风近似苏轼。能作文，著有《朝散集》《良史事证》《续世说》等。《李光颜力拒女色》就是《续世说》中的一个短篇。

这是一篇纪实性的小说。事情发生的背景是这样的：唐朝中期，淮西节度使割据一方，反叛朝廷。唐宪宗为讨平叛军，任命韩弘为淮西诸军行营都统，领兵十万，讨伐淮西镇。韩弘实际上也是个半割据者，内心并不愿削平淮西镇。而忠武军节度使李光颜却按朝廷之命，努力作战，首先破敌，因而遭到韩弘的嫉恨。于是发生了韩弘设计企图阻挠李光颜对敌作战，而李光颜却将计就计使韩弘诡计破产的故事。小说首先写韩弘为人，他身负讨伐割据势力的朝廷使命，却与割据势力勾结（常倚贼势）；他自己不真心对敌作战，而且还要阻挠兄弟军队对敌作战。这样以敌为友、骄矜倔强的人，朝廷对他也只好迁就姑息。其次写韩弘的诡计，想阻挠李光颜作战，又苦于没有办法，于是生出一个美人计：找遍大梁城（汴梁城），终得一美妇人；花费数百万，教美妇人学习歌舞管弦和博戏的演艺，并用珠翠金玉和好衣服打扮她；韩弘希望把这美妇人送给李光颜，使李悦惑于美色而放松军政大事。这等于韩弘向李光颜投掷了一颗糖衣炮弹。结果如何呢？接下来写了李光颜与韩弘两个回合的较量。第一个回合，韩弘派使者带着书信到李光颜军营送美妇人，使者甜言蜜语，极表韩对李的顾念和关心，托出韩弘一片"好意"让李光颜领受。李光颜非常沉着冷静，既未拒绝，也未马上接受，而是借故日暮天晚，约定第二天接纳美妇人。这样李光颜就为自己采取对策争得了时间。第二个回合，韩弘依约再派使者去送美妇人，此时，李光颜正大宴军士，三军都集合在大帐前。李光颜当着三军将士的面，慷慨陈词，既不失礼节，又力拒女色；既是对使者的说明，又是对军士的教育，使三军将士都深受感动，士气倍增。经过这两个回合的斗智，韩弘彻底败在李光颜手下。韩不仅未达到目的，反而更激发了李军的斗志。这篇小说的主人公是李光颜，写韩弘的为人，是对李光颜人品的衬托；写韩弘选美女用心良苦，写美女如何端丽，也都是为反衬李光颜正直高尚的品格。正面写李光颜的笔墨重点在于李与韩的斗智和李在三军将士面前的那一番话。正反两个方面都很好地表现了李光颜不凡的品格和高超的谋略。

读《森林母语》

　　丁庆中新出版的《森林母语》是一部别开生面的长篇小说。这部书让我很快进入一种亦真亦幻、恍惚迷离的境界，好像有什么东西在牵引我的意识，在那里任意游走，流连忘返；它又让我不时转入一种镇定晴朗境界，让我浮想联翩，头脑中冒出一个个问题，使我陷入深深的思索。游走和思索之后，产生诸多感悟。

　　第一点感悟：任何时候，社会现实都是小说安身立命的根本。《森林母语》吸引我读下去的最重要的东西是那些人物的语言和行为，使我联想到社会现实中的诸多问题。公学、刘丹媛们在反复暗示我们：我们的森林到底还能存活多久？我们的生态环境到底还能承受多大的破坏力？我们这个地球到底还能养活我们多少代人？我们必须要寻求哪些路子和方法去拯救我们的森林、我们的生态、我们的地球？因为这些都是读者心中最沉重、最关切的重大问题，所以对小说中的人物和情节的发展变化就特别关切。如果这些人物和情节与社会现实中的重大问题关联度不大，甚至毫不相干，小说怎么能让生活在现实世界中的广大读者去关注它呢？

　　第二点感悟：作家的想象力是长篇小说这棵文学之树的水分和阳光。丁庆中不仅是位关注社会现实的小说家，而且是想象力非常丰富的小说家。有人认为，长篇小说作家最重要的是搭建框架，解构故事的能力，其实更为重要的是他丰富的想象力。有了想象力，搭建的框架才会新颖独特，解构的故事才会新意迭出，而其中蕴含的生活意义和艺术旨趣才会深厚而高雅。长篇小说家如果没有丰富的想象力，会使这棵文学之树缺乏水分的滋润和阳光的照耀，小说怎么会有生命力呢？在《森林母语》这部长篇小说里，作者所表现出的艺术想象力，主要在于如下几个方面：其一，故事的脉络像山林中的小溪，蜿蜒曲折，忽隐忽现，聚散纷披又主流突显，读者在追寻探索中能享受到山重水复、柳暗花明的那种境界。其二，人物的行踪和性格的发展变化，看似扑朔迷离，阴阳颠倒，不入常规，其实他们都能使读者产生与现实生活的联想，读者又会觉得这样的人物在现实社会中是很普通的，而他们的行为又符合现实中的生活"常规"。其三，人物语言，看似南辕北辙，不着边际，其实联系起来想，读者又会觉得它的前因后果和内在联系是有清晰脉络的。因此，我认为《森林母语》的成功，在很大程度上得力于作者的想象力。正是这种想象力，给了《森林母语》这棵大树以充沛的雨露和阳光，使它枝繁叶茂，生机勃发。

第三点感悟：文体的探索，是长篇小说永久性的课题。毫无疑问，《森林母语》在长篇小说文体探索方面作出了很大的努力，也取得了可喜的成果。其突出的特点：其一，它打破了一般小说结构方式的那种程式化趋向，呈现更自由、更多变的状态。没有固定的框架和常规的脉络，用多元、多维、多变的原则解构全书，把设定的内容尽可能隐藏在形式背后。其二，淡化故事性，使叙述尽可能呈现生活常态，把故事和问题隐藏在生活常态背后。其三，吸收多种小说流派的体式精华，从主要人物性格的发展变化看，它吸收了人物命运型长篇小说的精华；从某些章节和片段看，它吸收了故事情节型长篇小说的精华；从反映的社会重大问题看，它吸收了生活全景式长篇小说的精华；从整体感觉出发，又觉得它更具有散文化长篇小说的特征。我以为这种以散文化长篇小说为主，吸收了多种小说体式精华的探索，是适应长篇小说反映当下生活现实需要的一种创新之举。

2013 年 12 月 5 日

中国小说与当代作家生存状态
——在河北农大的文学讲座稿

开场：大家下午好！很高兴……

首先，向大家说明三个不习惯：

一、不习惯大声说话——慢性咽炎，久而久之，习以为常……

二、不习惯使用电脑（字幕）——太喜欢用毛笔或钢笔写字的感觉……

三、不习惯用普通话——因为"故乡"情结太重……

以我亲身经历和体验，讲什么是文学。

具体说是小说、诗歌、散文、报告文学、人物传记等等。但，文学到底是什么？

我不习惯说普通话。一般都是用家乡的方言和别人交流，包括在别的大学，或作为中国作家成员在国外的一些大学。我的籍贯是河北省故城县。但要说我的出生地和生长地，我会说，我生长在山东省武城县。这两个地方，其实是同一个村子。我那个村子叫"要庄"，要庄在京杭大运河的西岸，离运河大堤三几里路，我小时候经常到运河游泳。我是听着运河航船的号子长大的。1963 年，运河发了大水，1964 年以运河为界，把我们河西岸的村庄由山东的武城县划归了河北的故城县。尽管我们成了河北人，但我仍然说着鲁西北方言。我上高中的时候，学校推广普通话，我们学起来比较吃力，我们的语文老师编了一个顺口溜："我家在山东 / 不会标四声 / 山东总低调 / 正和北京城。"我现在说的鲁西北方言，和普通话的区别主要在声调上，而且

品鉴文汇　刘家科文艺评论集

这种声调的差别是有规律的。所以我和会普通话的朋友交流，话说得慢一点，是可以听懂的。这是我要向大家说明的，也算是向大家表示一点歉意罢！

我在我故乡的那个村子生活了二十八年。其中有八年是儿童时期，十年是上学（小学、高小、初中），另十年是农民。当了十年农民以后，赶上国家恢复高考，我考入河北师范学院中文系。四年大学以后，我被分配到衡水。参加工作二十多年后，我为我的那个村庄写了一本书，那本书是一本散文集，名字叫《乡村记忆》。那本书的扉页上，我写着这样的话："谨以此书／献给华北平原上／那个小小的村庄／那个生我养我，给我肉体与灵魂／给我痛苦与欢乐，给我屈辱与荣耀／给我爱、原则与聪慧的／古朴而宽厚的村庄。"

那本书在 2007 年获得第四届鲁迅文学奖。在鲁迅故乡绍兴的颁奖晚会上，中央电视台记者刘芳菲在颁奖台上采访了我。她让我讲一讲获奖感言，我说了这样几句话："当时代的信息穿透尘封的记忆／我惊异地发现／那些存活于旧生活的细节中的眼神／依然闪烁着诉说的欲望／于是我捡拾和归拢那些具象和细节／让它们把过去告诉现在和未来／我以为这是我找到了一种回报时代与生活的方式。"

其实，任何一位作家，都有浓重的故乡情结。因为故乡是他文学的发祥地。2012 年 10 月 11 日北京时间晚 7 点，瑞典诺贝尔奖评审委员会发布消息，我国小说家莫言获诺贝尔文学奖！莫言是第一个获得诺贝尔文学奖的中国籍作家。中央电视台记者白岩松连线莫言时，莫言却正在他的故乡山东高密（那是他写《红高粱》的地方）。

刘醒龙在祝贺莫言时说，莫言的写作证明了文学的本土性是何等重要，有伟大的故乡才有伟大的文学。

这不是专业研究者的讲座，是一个作家和读者的眼界与认知。我讲的观点多是个人感受，不是传授书本知识。

一、什么是文学

今天，我想和大家共同交流一个文学方面的话题：当下中国小说及作家生存状态。

我是一个痴迷的文学爱好者。我的爱好和创作是从小说起步的。我的小说情结使我一直关注中国小说的发展状况。尽管我现在已不作小说研究和评论，也不再从事小说创作，但我还是有兴趣和大家讨论这方面的问题。

从一篇文章说起：《一个文学梦的枯萎与复活》。

当我不知道文学是什么时，我一口气写了十年。如果从我写第一篇小说算起，那么我与文学的不解之缘已经四十多年了。记得我的第一个小说题目是《一个河工的自述》，是个短篇，有一百多字。那是1971年的冬天，我在海河工地当壮工，那时每天有三个立方的任务，每人的饭量是三斤玉米面。住的地窖子里有六个人，我睡柱子下面，柱子上挂着一个马灯，由我来掌控。这篇小说发表于内刊，为此我离开工地，被借到海河创作组。

我当了十年农民（1968—1978），写了十年小说，了无成就，但衣带渐宽终不悔。

我搞了十年文学评论（1980—1990）。我为文学而激动着，读了大量的经典理论著作和新发表的作品。当我自以为懂得了文学理论后，反而什么也写不出来了。一度苦恼之后，我转而投入作家作品的研究，作各种分析比较，写很多评论文章。

当我远离文学，全身心投入生活的十年后，我迎来了文学创作的青春期。十年间歇（1990—2000）因为我在单位担任了领导职务，没有时间和精力再作大量的阅读，没有大量的阅读，就不可能搞文学评论，所以停止了。

新世纪开始，我从《听雪》开始一个文学梦的复活。

在我不知道文学是什么时，我是一个文学创作的痴迷者，而当我懂得了一些文学理论的时候，我却什么也写不出来了。

当我搞着文学评论的时候，我以批评家自居，眼高而手低。当我忘记了评论为何物的时候，我突然萌生了创作的欲望，唤醒了创作的灵感。

我要说的是：小说家们沉浸在自己的创作的世界里，他们挥洒着自己的形象思维和不尽的才华，根本不去理会"小说作法"之类。而我们，则读着他们的小说，在品评和研讨他们创作的成败得失，因为我们不写小说，因为我们对小说家的创作的奥秘葆有那颗好奇心，所以我们才去讨论和探究。

回望我四十年的文学之路，我对"什么是文学"的问题有了一些感悟。

第一，文学是生活的真实记录。可以记录生活的真相，记录生活的精彩和美好，记录生活的变迁，还可以记录生活的真谛和理想。

第二，文学是作家对生活的回报。一是生活给了作家一切。生活给了作家创作的源泉和资本，给了作家创作的灵感；生活给作家的馈赠是真诚、良知、智慧和原则；生活给作家以辨别是非和善恶的眼光。二是作家把这一切都融化到自己的作品里，这就是对生活的最好回报。

第三，文学是读者认识生活的镜子。文学作品是从生活中提炼生发出来的，好的作品是生活的真实写照，我们可以用以反观生活。读者都是生活中的一员，读者可以用自己的生活审视文学作品的真实程度。

中国小说有怎样的身世，怎样的面目？当代小说是从哪里走来的？

小说在中国文学中的地位如何？

在中国古典文学中，小说是没有地位的。

小说是什么？"小说者，有别于大言，有别于正语的著作也。"大言、正语是什么？是诗歌、散文。

小说是"一切无当于大雅的，一切琐碎无足归类的著作"。

在中国古代近代文学中，诗歌与散文是正宗，而小说是旁门左道，是登不了大雅之堂的。

总的看，中国古典文学中的小说，大致有五个类型。

第一类，是笔记小说，如干宝的《搜神记》、纪昀的《阅微草堂笔记》等。

第二类，是传奇小说，如白行简的《李娃传》和蒲松龄的《聊斋志异》等。

第三类，是评话小说，如《三言两拍》《今古奇观》等。

以上三类为短篇小说。

第四类，是中篇小说，大都是八回到三十二回之间。其代表作，便是所谓"才子书"。如二才子《好逑传》、三才子《玉娇梨》、四才子《平山冷燕》等。

第五类，是长篇小说，包括一切的长篇著作，如《西游记》《红楼梦》之类。这一类大都是白话写成的，绝少有文言的著作。主要是因为篇幅过长，不易写成文言。长篇小说是中国小说的最大光荣，《水浒传》《西游记》《三国演义》《红楼梦》《金瓶梅》等，都可列入世界名著之列。

尽管如此，小说在古代文学中仍然没有正宗文学的地位。

中国小说的成长和发展，是随着社会历史进步的步伐逐步演化过来的。不知道中国小说的历史，很难理解当今中国小说的发展和探索。

中国古代小说的发展，可分为五个时期：

第一个时期，从原始的古代到唐朝的开元、天宝年间。这是中国小说的"胚胎期"，这一时期主要是"笔记小说"。如《山海经》《穆天子传》《世说新语》等等，只是一些小说的资料，都不算真正的小说，基本是"故事的总集"。

第二个时期，从唐朝开元、天宝到北宋的灭亡。这是中国小说的"发育期"，也可以说是"传奇小说"时代。如元稹的《莺莺传》、李公佐的《南柯太守传》。第一时期只是故事梗概，这一时期开始运用描写和结构布局。

第三个时期，从南宋到明朝弘治年间。这是中国小说的"成长期"，这一时期开始出现长篇小说。在日本的内阁文库里，发现元刊本小说五种，如《秦始皇传》《全相三国志平话》等。这一时期的最后阶段出现了罗贯中的《三国演义》和《忠义水浒传》。

第四个时期，从明朝的嘉靖年间到清朝的乾隆、嘉庆年间。这是中国小说的"全盛时期"，这一时期，从第一至第三期的一切小说形象，到此都达到了最成熟、最发达的境界。长篇小说有长足发展，《西游记》《水浒传》《红楼梦》《金瓶梅》《镜花缘》《隋炀帝艳史》等等，都出现了成熟、完美的读本。这一时期，中篇小说也迎来了它的"黄金时代"，《平山冷燕》《玉娇梨》《平鬼传》《南游记》《北游记》等等。

第五个时期，从清朝的乾嘉时期到现代，是中国小说的"衰落期"。这一时期的小说形式都呈现着疲乏及模拟的情态，基本没有什么优秀的创作，没有可以说得上来的优秀作品。

在中国的古代以至近代，小说在文学中是没有地位的。及至1897年，严复、夏曾佑合写的《本馆附印说部缘起》的发表，引发了"小说界革命"，才使中国小说出现了历史性的转变。在这个时期，小说理论有两个突出特点：

一是充分肯定小说的社会功能和审美功能，确立了小说在文学领域的正宗地位。同时强调了小说同社会生活、时代精神的重要关系。为小说的发展变革奠定了重要的理论基础。

二是特别强调以西方小说为借鉴，推进中国小说艺术的发展，使小说能够跟随社会生活和时代潮流，真正成为能够影响社会、人生的利器。

"小说界革命"的主要实绩，量产了一批"新小说"。但是这种"新小说"并未脱出古代传统小说框架，只是借鉴西方小说，有了一些改良。

而真正现代意义的新小说的诞生，是在"五四"时期。而"五四"小说的出现，乃以鲁迅的《狂人日记》为标志。

此后，才产生了各种类型的艺术上成熟、体式上完备的现代小说，大略为四种类型：

第一是人物命运型长篇小说。古代长篇小说追求的是"成功地讲述一个完整的故事"。而人物命运型的现代长篇小说，则是"以一个人物的命运发展作为主要的描写内容"。故事不一定完整单一，但它必须为人物性格的发展提供一个"大致统一的叙事框架"，使得人物性格的发展有较为完整的时空限定。这样的小说，堪称经典的有：叶圣陶的《倪焕之》、茅盾的《虹》、老舍的《骆驼祥子》、巴金的《寒夜》、钱锺书的《围城》、黄谷柳的《虾球传》等。

第二是故事情节型长篇小说。古代小说对故事情节的叙述方式是程式化的，是有固定套路的。而现代故事情节型长篇小说，则采取多样化的叙述。即可用全知叙述，也可用限制叙述，既可用全聚焦的视角，也可用内聚焦的视角。叙述方式的多样化，带来故事呈现方式的多样化。比如，张天翼的《清明时节》不同于沙汀的《淘金记》，张爱玲的《金锁记》不同于张恨水的《啼笑姻缘》，等等。

第三是生活全景式长篇小说。现代的生活全景式长篇小说，一方面继承了《三国演义》《水浒传》《金瓶梅》《红楼梦》等古典小说的传统，另一方面更是借鉴了西方近现代小说的艺术表现手法。这类长篇小说不是以单个人物命运为叙事线索，而是以多个人物命运为叙事线索，将多个人物命运的线索用相互包容的生活事件交织起来，形成一种网状的叙事结构，采用对社会生活多层解剖的方式组织情节，多侧面、多角度地展示社会生活的复杂面貌。这样的小说，堪称经典的有茅盾的《子夜》、巴金的《激流三部曲》、李劼人的《死水微澜》、路翎的《财主底儿女们》等等。

第四是散文化的长篇小说。这类小说，是在"五四"以来，现代小说十多年的艺术积累，到三四十年代达到成熟，其产生背景是这样的：

一是"五四"时期的个性解放，在很大程度上解放了作家的审美追求与艺术个性。他们突破旧文学观念的束缚，大胆探索，寻找新的小说艺术形式。

二是吸收引进西方现代小说的经验，为新的形式催生。

三是长篇的散文化，又得益于诗歌、报告文学、长篇散文以及电影艺术的影响。

散文化长篇小说涵盖面比较宽泛，主要有几种类型。

第一类：叙述相对完整的故事，但故事只是一个叙事框架，在这个框架内用更多的笔墨描写社会、自然环境、文化氛围、人物心灵透视，从文体上看类似于叙事散文。典型的代表作品如柔石的《二月》、沈从文的《边城》等。

第二类：故事不完整，情节是由叙述者零散的生活片段组合而成的。其重心不是展示人物命运，而是呈现叙述者对人生的感受，开掘叙述者的心灵世界。典型作品有萧红的《呼兰河传》、无名氏的《野兽、野兽、野兽》等。

第三类：纪实体、散文化长篇。主要吸收了报告文学、文艺通讯、人物传记的文体特征。典型作品有瞿秋白的《赤都心史》、夏衍的《包身工》等。

散文化长篇是与古典小说迥然不同的新体式，为中国小说开辟了新途径。

中国小说在历史上受到过多次重要的外来影响：

第一次是唐代，受到佛教的影响。佛教从印度传入。唐代是笔记小说，一是佛教给笔记作者提供了许多材料；二是引导作者的写作思路，向因果报应的故事套路上走去。佛教宣传者，讲很多因果报应的故事，把因果报应的故事换上中国人名、地名，变成中国故事。文人学士采用这些故事，铲去宗教色彩，作为著作的材料。

第二次是近代，"小说界革命"至"五四"以来，受西欧文艺思潮的影响，一是输入西方思想，二是输入西方文学观念，三是输入西方创作流派、创作方法。

鲁迅坚持中国传统，中国今派，毛主席讲革命现实主义、革命浪漫主义、民族化、大众化。

改革开放以后，又开始引进西方文学思潮和流派。

一是冲破"公式化"限制。

二是形成先锋派小说（融入西方现代意识价值观，以个性解放的感受体验为核心，移植西方现代小说艺术）。

三是出现新写实小说。这是对先锋派小说的反拨，新写实小说与现实主义不同：它的典型化不等于还原生活；主体对生活投入不等于叙述者与生活拉开距离；概括性不等于与生活经验直接对应。

二、当代作家的生存状态

我想从以下几个方面讨论一下。

一方面，面对市场化、商品化的大潮巨浪，作家是抗争还是投降？是主动应对还是无可奈何？

作家是当今社会的一员，他需要有与同时代人相同的生存条件。你用什么供养自己去坚持小说创作？你写的小说能不能换来金钱和财富？你的物质生活水准将用什么来保证？这是一个不可回避的现实。有思想、有追求、有艺术良知的作家，并没有被商品的泡沫淹没，他们一方面在抗争，一方面在寻求多种方略去应对。下面举两个例子：

一个是关仁山的"以编养创"。

关仁山，河北省作家协会主席，著名小说家。他成名于 20 世纪 90

年代，当时河北省三名小说家，被称为"河北的三驾马车"。一个是何申，成名作为《年前年后》；一个是谈歌，成名作是《大厂》《大厂续篇》；另一个就是关仁山，成名作为《大雪无乡》《九月还乡》。三个人中，关仁山最小，当时刚三十岁出头。此后，关仁山创作持续稳步前进，相继写出了《天高地厚》《白纸门》等长篇小说。2010 年又推出一部表现当下中国乡村生活的长篇小说《麦河》。在第八届茅盾文学奖评选中，《麦河》在评委前两轮投票中，一度处于高票位置，可惜的是最后一轮投票未能入选。

关仁山，是一个生活底子厚重、创作精力旺盛的小说家。我和他通话，几乎每次都在闭门写作。推辞一切应酬，专心致志地创作。但最近多次作协会议上，他都表现出不同的情绪。第一次我们交谈时，他有很多感慨。说他的一部小说被改编成电视剧，投资上千万元，但他作为被改编作品的作者，得到的只是一点少得可怜的版税。电视剧，可以借用小说作品，但不尊重原作，不注重文学性，不尊重作家。我们第二次谈话，他却为找到一种应对的方式而长舒一口气。他说，自己挤出一些时间和精力，为电视连续剧编写脚本，每集数万元。三四十集的剧本编出来，可以得到一笔不小的收入。这样，就不用考虑写小说的经济价值了。

另一个是贾平凹的"以书画养创作"。

贾平凹的书房离家很远。每天早上七点钟由夫人开车把他送到书房，带足一天吃用的东西，在书房写一天，到夜里一点左右再接回家。

古代皇子皇孙读书的地方叫"上书房"，后来"上"字改为高尚的尚，是为"尚书房"。贾平凹说，他的书房就是用的"上书房"这个名称，这要在封建时期有杀头之罪。但是，他用"上书房"这个名字，不是抬高自己的身份，也不是学习皇家的做派，而是用它朴素的意思，那就是像学生每天去上学一样，他也每天上书房。

贾平凹是当代重量级的作家，他有浓厚的生活积累，有持续的创作激情，有恒久的探索精神。他每十年都会有一部震动文坛的长篇问世。三十岁有《商州初录》，四十岁有《废都》，五十岁有《秦腔》，六十岁有《古炉》。贾平凹的小说是纯文学那类，他对文学的痴情与耐力是少见的。

面对商品经济大潮的冲击，贾平凹并不能身处世外，他采取的方法是"以书画养创作"。贾平凹的书法，古拙大气，韵味很足，他的画笔墨精到，寓意深远。虽然不是专业书画家，但放在专业书画中也是佼佼者。更关键的地方是，他很会经营，他的字画比一般书画家卖得好。一方面与他名作家的声望有关，另一方面与他的经营策略有关。他书房门上贴四个字"免开尊口"。陈建功去西安，把陈领入书房，用钥匙打开书柜的锁，取一张字送陈。陈也很有意思，坚持让他在这张字上题上"陈建功"的名字。

从贾平凹、关仁山二人的做法看，我想作家应对市场化、商品化浪潮，需要有各自的理念和招数，以改善自己的生存状态。因为生存状态是创作的土壤和肥料。

一是以此种劳动换取应得的财富，解决了后顾之忧。养育子女，赡养老人，养车买房，为朋交友，都是需要财力支撑的。

二是以此种方式，实现了自己的价值，找到了心理上的平衡。别人，才能和贡献一般，却能得到大财富，而作家却不能得到。

三是以此种方式找回了自信和从容。

贾与关的方式，有所不同的是，贾可以把书画作为文学创作的交叉和休闲，既获得报酬，又缓解压力和疲劳。而关仁山这样苦写加苦痛，让我有些担心，别累着了。

另一方面，面对浮躁不安、诱惑重重的社会环境，作家如何沉静自如，潜心创作？我们可以作简单分析：

一是生活的快节奏。思维加快，行为加快，效果也快，你慢，什么也没有你的。但是文学的特性却在于一个"慢"字。生活需要沉淀，写作需要沉静，思维需要深化，欣赏需要慢慢品味。尤其是长篇小说，一本书要写几年，甚至写十几年，等你写完一部长篇，历史已经翻过多少页了？

二是享乐主义盛行。贪恋安逸，享受富贵，一切都讲究舒适和享乐。周围的人都在吃喝玩乐，都在歌舞升平，都在安享现代文明成果，小说家却像一个苦行僧，吃不好，喝不好，睡不好，钻进大部头的著作里，进行精神上的长征。

三是机会主义大行其道。市场经济大潮，泥沙俱下。很多人在寻找机会投机钻营，并不用付出多少，却能得到丰厚的回报。作家作为社会、民族的精英，他们的贡献，得到的回报却少得可怜。相比之下，作家如何能安心创作？特别是长篇小说作家，在如此不公平的情况下，怎么能安下心来？

四是各种诱惑无孔不入。作家也是人，也有七情六欲，都不是铁打的汉子。写一篇"吹捧"文学，可以轻而易举得到数万、数十万元；写一些"政绩"文学，有可能得个一官半职。如此下来，有了一些钱，可以享受舒适安逸、风光的现代生活，而且可以借此以钱生钱，循环往复，何必用几年、十几年写一部长篇小说？

但是，有良知、有追求、有定力的小说家，在如此环境下，都有出色的表现。

有两位山东作家，堪称这方面的典范：

一位是山东省作协主席、小说家张炜。他用二十二年时间写出一部世界上最长的长篇小说。

张炜是山东龙口人，小时候曾立志当一个地质工作者。但生活并没有按他自己的愿望去安排，鬼使神差地让他走上文学创作的道路。

可喜的是，他的创作很快在文学界崭露头角。1993 年，中国文学界有"二张、二王"之争，二张即为张炜、张承志，二王即为王蒙、王朔。三十岁出头的张炜，他的长篇小说《古船》已成为当代文学的经典之作。

张炜三十二岁时，作出了一个宏大的写作计划。他要为1950年左右出生的一代地质工作者写一部传记。他自己未能当上地质工作者，但为地质工作者立传，却是他一生的宏愿。他说，20世纪50年代出生的这一代人，非常特殊。他们站在多个不同时期的交叉路口。他们是最不物质化的人，却遇到了一个物质化的时代！他们关注、考虑的都是身外之物，国家啊，民族啊，理想啊，道路啊……但现在，他们却不能不面对当下的物质化时代。他们，用言论、行动、文章，用顽强和尴尬告诉新一代人，如果意识不到当今社会的性质，我们现在这种生活，对于我们这个国家和民族，都是非常危险的！

张炜为完成这个宏愿，三十二岁时开始了他的行走。一座山川一座山川地走，一条河流一条河流地走，一个村镇一个村镇地走，苦苦地行走了二十二年，苦苦地写了二十二年。终于一部四百五十万字、三十九卷的长篇小说问世了。这部小说名为《你在高原》。这是中外文学史上最长的长篇小说。在2011年，这部小说获得第八届茅盾文学奖。

张炜，20世纪50年代初出生。他就是那一代特别不物质化的人。到目前为止，他已出版十八部长篇小说，十一部中篇小说，一百三十部短篇小说，两本诗集，几本散文集，三十七年写了大约有一千二百五十万字。记者采访他，让他讲一讲二十二年行走途径的艰难困苦，他不多说，比如五次住院，每次住三个月，不能下床，仍找机会写作。他说，在安静的角落里工作的人，必须自信，必须安定。有这个自信和安定，才能去做我们这样的工作。作家比起物理学家、数学家，不是最寂寞的。我沉浸在劳动的快乐里，因为创造给人快乐，而创作是劳动带来的。

另一位是莫言。

近几天来，关于莫言的消息可谓铺天盖地。莫言获诺贝尔文学奖，引起了国人对莫言的极大关注，也引起了国人对中国文学的关注。对于莫言，我只想说这么几个点：

第一，莫言的生存状态是非常健康的。

时任中国作家协会主席铁凝说："虽然莫言在中国当代文学史占有非常重要的地位，但他始终是一个朴素而多产的劳动者姿态。"

2011 年，莫言的长篇小说《蛙》获第八届茅盾文学奖，莫言在发言时说：如果得了奖，忘乎所以是可耻的。他说，只可以高兴三天。这次得诺贝尔文学奖，作家韩少功说："高兴一小时，然后继续写作！"任何时候都不忘写作，写作是他最大的快乐，这就是劳动者的最佳生存状态。

第二，莫言的童年与他非凡的想象力。

莫言的故乡山东高密东北乡，自古以来盛传那些鬼怪的故事。他是听着那些鬼故事长大的。他家的胡同经常看见鬼火。忽然就有一个女鬼魂附体，几天不吃不喝，说胡话，说的都是她不会经历的事情。醒来就成了神妈妈，看病。

莫言小时候家里穷，受人欺负，胆子特别小，怕鬼，也怕人，晚上不敢出门。他是一个非常懦弱的孩子。

正是因为这样，他越来越走向内心，走向虚幻，而后来，他的小说总是写得杀气腾腾，写硬汉，写豪杰，写剥人皮，写人被凌迟的现场。莫言说，那是懦弱的人内心深处的一种自我补偿。平时不敢说的都在小说里说出来了。

莫言说，人的想象力与知识相对抗。知识太多了，想象的空间就狭窄了。想象依托自然，不依托知识。想象与个人对世界环境的生理感受相关。

提到莫言的小说，无论诺奖评委，还是作家同行，或者一般读者，都会强调他非凡的想象力。这与他少年时的懦弱相关，如果少年时代物质生活富足，家庭背景优越，那可能完全注重优越的现实，不会把脑子用到那些无用的想象上去的。

前边讲到的贾平凹和后面讲的麦家都有苦难的童年，童年的苦难不仅给了他们过早体验世间冷暖的机会，而且给了他们无限的想象空间，这或许是有规律性的。

第三，莫言的诚实和质朴。

受世人追捧的大作家，没有一点架子，没有一点虚荣，是什么就说什么。他迷信，在城里他是唯物主义的，一到故乡就成了信迷信的人。他有一个女儿，还想再要一个孩子，最好是儿子，但政策不允许。为了保住自己的小官（排长），为了保住自己的身份，为了不被开回老家种地，他遵守了计划生育政策。他认为，计划生育政策也是迫不得已的无奈之举。他写的长篇小说《蛙》（获茅盾文学奖）就是写计划生育的。他怕别人不高兴，甚至包括出租车司机。他平时在北京的住处偏僻，出租司机是不愿意去的，因为回来没客源。他上车后，先拿一包"大中华"（即中华牌香烟）给司机，然后才说去哪里。

第四，莫言作为作家的责任感。

有记者向他提问，"有人说你的小说里，把好人当坏人写，把坏人当好人写，把自己当罪人写，是这样的吗？"莫言说是。好人不是完人，写成完人就不真实了。坏人不是扎根就坏的，写成"人之初，性本恶"也不对。更重要的是自己要有忏悔之心，要反思。不反思、反省自己的作家，不是有责任感的作家。

再一方面，面对虚实混淆、美丑难辨的多重价值标准，作家如何坚守自己的艺术良知，如何探索小说的艺术之路？

我们目前的社会，一切都是多元化的。多元化是进步的必然，多元化并不可怕。但是，多元化容易混淆是非界限、美丑界限、高尚与低俗的界限。传统的艺术一生都在创造美，受众则一贯地接受艺术之美，欣赏艺术之美。今天，就有人在艺术讨论会上大讲特讲审丑，讲什么以丑为美。这样的艺术观，也不是没有一点市场。一部平庸的作品，作者要请专家召开研讨会评论一番，大家拿了酬劳便一味地吹捧，甚至可以连篇累牍地发在专业或非专业的报刊上。一本没有价值的作品，出版社和媒体联合炒作一番，便可以畅销四方。评论家都是好人。读者都是被忽悠得真假难辨的人。大家都跟着时尚走，跟着舆论走，下功夫提高自己的鉴赏水平，"在这些问题上何必较真呢？"

于是，作家中也有很多人，被所谓激流裹挟而去。

有的挖空心思迎合一些读者低级的趣味；有的在作品中加入"诱人"的作料；有的走偏怪的路子，写一些不知所云的作品，标新立异；有的粗制滥造，制造文化垃圾，粗略统计，每年有一千多部长篇出版。

但是，有良知、有定力、有追求的小说家，并不为此所动。他们几十年如一日，大胆探索，勤奋写作，在艺术的道路上无怨无悔地挥洒汗水，贡献自己的聪明才智，写出一部又一部思想、艺术俱佳，深受读者欢迎的作品，把中国小说的路子一步一步延伸，一寸一寸拓宽。

在这方面堪称典范的人很多，今天仅举两例。

第一个，麦家。

麦家的探索，有两大成果：一是特殊题材的开拓，二是搭建通俗与文学的"独木桥"。

麦家和贾平凹一样，小时多受歧视，经受磨难，也过早体验了人情冷暖。他从少年时代起，每天写日记。十一年写了三十六本日记，八十多万字。积累了大量生活素材。因为他是黑五类子女，没人理他，他每天对着镜子说话。

少年时代的典型一幕：上小学，座位在门边，雪从门帘缝钻进来，在他身上化水结冰。他动手掖一掖门帘，老师看见说："你戴着三顶黑帽子还怕冷？"

上特工学校的机会，无缘入屋。在院外树荫下乘凉，把唯一的树荫让给带兵的连长。上了军校，当了八个月的特工。每天早晨在树林背诗。该背的东西是上千人的名字和档案。特殊的缘分、特殊的经历，让他占有了特殊的生活素材。

麦家离开的机会，是写了一个短篇小说，发表在《解放军文艺》，部队首长看见，调入部队机关。但他写公文材料并不行，后来仍然写小说。写了多少年，出了大量作品，但未能引起文学界应有的关注。

麦家沉下去，潜心探索，十一年磨一剑，终于在文学界引起轰动，出版了《风声》《解密》《暗算》，其中《暗算》获第七届茅盾文学奖。

《暗算》写的就是特工（特务）的生活。他虽然只有八个月的特工经历，但他忘不了那些将毕生奉献给祖国特殊事业的人。入伍前对着国旗一分钟的宣誓，让他们一辈子献给这项事业。八个月连隔壁的办公室都没有去过。他对那些人充满敬意。离开他们越远就越想念他们，越崇敬他们。感情是想象的翅膀，终于有一天他产生了要用长篇小说为他们立传的创作冲动。

《暗算》颁奖词的要点是：

一、讲述了那些具有特殊禀赋的人的遭际和命运。

二、书写了人物身处封闭黑暗的空间里的神奇表现。

三、充满了悬念和神秘感。

四、人的心灵世界得到丰富而细致的展现。

五、作家有奇异的想象力，作品构思独特。

六、他的文学仿佛是被痛楚浸透的精灵，把人引向不可知的深谷，又引向无限宽广的世界。

麦家的《暗算》，一是成功地开掘了一个前人未曾碰过的题材。不敢写，没法写，缺少生活和激情。二是把通俗小说的题材引入纯文学的殿堂。麦家说，通俗小说与文学性不是隔着不可逾越的河流，而是有一个"独木桥"。如果作家能搭建这样一座桥，完全可以把文学引入通俗小说，完全能够把通俗小说带入纯文学的殿堂。这个独木桥，即"四个独特"：独特的题材、独特的发现、独特的构思、独特的表现力。

第二个，迟子建。

迟子建是个能够安静自然，有滋有味地过日子，有滋有味地享受生活，有滋有味地按部就班地写小说的人。她三次获得鲁迅文学奖，一次获得茅盾文学奖，这在中国当今作家中是绝无仅有的一个作家。

少有的状态：每晚构思第二天的写作内容，每天按昨晚构思写作，完成半天的作业，就扑向厨房，喜欢做饭，喜欢吃，有滋有味有大作品。

迟子建，1964年，山东海阳人。生于黑龙江的漠河（祖国的最北端），黑龙江省作协主席。

1983年（十九岁）开始文学创作，写小说，也写散文。已发表文学作品五百万字，出版单行本四十余部（截至讲稿完成时）。《额尔古纳河右岸》获第七届茅盾文学奖。

额尔古纳河，我国东北边疆与俄罗斯交界，作为界河的一条水。

额尔古纳河右岸，是中国这一边的水岸，住着少数民族鄂温克族，只有几千人。这个民族数百年前从贝加尔湖畔迁徙而来。这些人与一种鹿（驯鹿）相依为命。驯鹿不断寻找自己喜欢吃的食物，鄂温克人就随着驯鹿搬迁、游猎。他们吃生肉，住"希楞柱"。

书的开头：鄂温克族最后一个酋长的女人，自述。

迟子建（父亲是教师，喜欢曹子建）的爱人见了这个女人。让子建去见，成为写作的契机。

迟子建《额尔古纳河右岸》的特色：

一、题材的拓展。写一个少数民族中最弱小的一支，写他们的民族史。

二、故事情节与抒情的诗意结合，温柔的抒情与诗意的叙述达到水乳交融的境界。

三、史诗般的品格与文化人类学的思想厚度，这是一般小说难以企及的。

四、婉约的文风与精妙的语言。

著名小说家王安忆评价：

一、迟子建有勃勃生气，这种生气带到小说里。

二、她有特别的禀性，对周遭的反应，甚至是超脱的。

三、写作很旺盛，哗哗地写，写了再说。

2012 年 10 月 15 日

简说《大地汉书》的原创性

读了丁庆中的长篇小说《大地汉书》，我感到很熟悉，又感到很陌生。熟悉是因为他再现了鲁西北与冀东南交界处的大运河西岸的东村生活，因为我就生长在这里，生活在这里。陌生是因为这部小说从构架到主旨，从素材到语言，从讲述故事到人物塑造，都不是似曾相识的那种写法，读起来生涩、新鲜、有意味。

我粗略概括了一下，大约有这样几点：

第一，《大地汉书》的生活场景是带着同频的录像机给录下来的，而不是通过作家的大脑想象和联想出来的。丁庆中的文学才华最突出的一点就是他对自己所经历的生活，有一种特别的敏感和记忆，多少年之后，只要想把它再现出来，只需像打开录像机按钮那样，轻轻一点，便鲜活如初地呈现在我们面前。小说里这样的生活场景会一下子把读者拉进去，成为亲临现场的人物。随便摘取一段："有很多虫子会装死，装死时一动不动，能保持那样的姿势。要是把它的身子翻过来，它就动了，所有的昆虫都不能忍受翻过来。我没想过昆虫的身体翻过来的滋味儿，像瓢虫、豆虫等。我想瓢虫的智商还高一些，豆虫会低一些。像瓢虫类似的虫子能停下来，趴在叶上，像在思考。而豆虫毛虫不是在爬动就是在啃食叶子。不分什么叶子，一直在不停地吃着。好像蝴蝶从不吃食，也不喝水，老是欢快地飞着，或者落在叶子上，像是在赏景似的……"小说中的人物活在场景里，小说的故事发生在一连串的场景里。场景是小说的土壤，土壤不能只靠化肥和农药维持地力，要靠农家肥，靠豆类植物的自然属性使土地肥壮。丁庆中小说的这个特点，是讲好故事，塑造人物的前提和基础。

第二，《大地汉书》中的人物，是庄稼地里长出的果实，他们带着土地给他们的营养，带着阳光给他们的色泽，带着雨露给他们的汁液，而不是那种人造的布娃娃或稻草人，也不是那种机制的卡通人物。读者都生活在现实的世界里，他们关注生活，关注现实，关注人的命运和生存状态。如果我们把现实中不存在的人物展示给他们看，乍看也可能引起一点好奇心，再看下去就会索然无味了。《大地汉书》的人物是真实的，是在大地上生长着的，就像张惠玲："张惠玲就想长得很大很高，就像棵大树，下边粗粗的根盘绕在地上，树身在风中摇晃着，显得很有力。还有密密匝匝的树枝，树枝上墨绿的叶子在阳光下闪动……"其一，细腻的生活纹理，像锦缎一样把人物的细部描绘得栩栩如生。其二，悠长的生活之河，既让人物穿过风流，尽显风采，又让人物赤身裸体，沐浴身心。其三，一望无际的青纱帐与点缀其间的村庄，及不断生长出来的工厂和烟囱，使人物在历史的转折点面对纷繁复杂的矛盾和斗争，使他们身上深深打着时代的烙印。

第三，《大地汉书》的语言和叙述方式，是人物自我表达的且表里如一的特色符号和排列组合。这里的人物，这里的方言，能够细致入微地把人物难以捕捉的东西给定格在纸面上。但这里的方言，并非难懂的语言。随场景与人物变化如流水般自然呈现的叙述，使读者与作者在心灵交流与沟通时，免除了文字形式的障碍。

我喜欢丁庆中这种近乎原生态生活的叙述，但我也希望他的叙述更理智，更理性，节制一些。

2011 年 12 月 3 日

我看《龙脉》的认识价值

我和陈廷佑是老乡，自然也成了"陶砚瓦"的老乡，我们有共同的家乡生活体验；我和陈廷佑一样在机关工作了几十年，那么我们又有共同的机关生活体验。我读陈廷佑的《龙脉》，就感觉那么亲切。这种亲切感主要在于《龙脉》反映现实生活的真实。

一

小说的真实性决定着它的认识价值。当我进入小说的故事情节和艺术氛围，我似乎又回到了我退休之前的机关工作与生活之中。那些极其熟悉的工作氛围和人物关系，那些典型的工作方式和生活轨迹，那些万变不离其宗、转了一百圈最后仍要回到原点的工作套路和方法技巧，那些千姿百态、千变万化的人物面孔，都在《龙脉》的娓娓叙述中依次展现。我感到那么真切，那么实在。读的过程中，我甚至感觉不是在读小说，而是在听同事向我讲述工作单位中我们亲身经历的那些事情。

仔细想来，《龙脉》在这方面有三多三少。一是纪实的成分多，虚构的成分少；二是一手资料多，二手资料少；三是直接经验多，间接经验少。这三多三少，决定了这部小说反映现实生活的真实度。它提供给读者的事件、人物和故事，蕴含着可贵的认识价值。

《龙脉》反映的现实生活，是公务员群体的工作常态。这种题材的特殊性，决定了小说认识价值的特殊性。

作为国家层面的文化项目，它的提出、调研、论证、决策、执行的整个过程，构成了特殊的现实生活链条和场景，而活跃于其中的形形色色的人物，是在这样一个特定环境中展现并塑造的。特殊环境中的特殊人物，给我们一个通过人物性格来体察社会现实的途径。

陶砚瓦这个主要人物是最具特殊性的。《龙脉》从某个角度看，有点儿像自传体小说。我读着小说，思量陶砚瓦这个人物，不由得从心里冒出这样的话："这个陶砚瓦不就是陈廷佑吗？"陶砚瓦既是国家公务人员，又是诗人、书法家，他的兴趣、爱好非常广泛，而由他牵出的诸多人物，也让我感觉那么真实，那么亲切。

我把上述情况摆出来，不是认为作者不讲究艺术构思，而是我想强调：在作者亲身经历和一手生活素材的基础上进行艺术构思，是他最大的长处和优势。这是这部小说认识价值的基础，也是它可读性和感染力的来源。

二

我从《龙脉》读到的是当代机关单位现实的工作状态和生活现状。仔细思索，小说在叙述描写中，比较深刻地揭示了一些体制和机制的弊端。从机关延伸到外部社会的现实生活中，也揭示出不少严重的社会问题。由此看来，这部小说的认识意义就更突出了。

机关工作生活现状的常态化、规律性、司空见惯、习以为常等等现象，逐渐被大家所认可，有些东西明摆着是错误的，但错误的东西日复一日、年复一年地重复。大家也麻木地认为"这都是不可改变的"，于是都跟着去重复。比如一把手说了算，民主决策、集体领导流于形式；班子其他成员都从自己分管方面的利益，甚至个人利益出发，与一把手虚与委蛇，斗智斗勇；中层领导都学会察言观色，在一把手与副职争斗的夹缝中获取利益；其他干部职工拼尽一生"智慧"，像变色龙一样适应着这样的环境；等等。这些都极为深刻地揭露了体制和机制的弊病。在小说轻松自如的描写中，我感到有点"触肤及骨"的效果。

由于工作体制、机制和生活框架的类型化，小说中的人物也给人以类型化的感觉。但可贵的是，某一类人物在共性的基础上，大都被作者挖掘出他们的个性特点。《龙脉》中的人物，个个都是似曾相识的面孔，尽管我没在中央国家机关工作过，但我所在的市级机关的体制、机制和工作环境的基本面是相同的。尚济民们、王良利们、张双秀们、程秉祺们、刘世光们、魏发达们、陶砚瓦们、屠春健们等等，我当年所在的机关里，都有他们的身影。尽管如此，我仍能饶有兴味地读下去，原因在于作者确实也挖掘出了他们的个性，让我看到了我不曾看到的东西。比如陶砚瓦的"以静制动"，尚济民的"操控自如"，王良利的"狡黠无赖"，张双秀的"外悍内奸"，程秉祺的"溜边战术"，刘世光的"翻云覆雨"，屠春健的"阴险油滑"，等等。从这点来看，小说做到了人物共性与个性的统一。

小说还设置了一些弦外之音和潜台词，它们启发、引导读者向更深处思考。一是用诗词作潜台词，是这部小说的一大特色，也是一大亮色。它起到开拓意境、深化主题的作用。二是用省略叙述和跳跃叙述，留下一些大大小小的空白，给读者的思考留下很多空间。那些省略和跳过的内容，有些是不言自明的东西，有些是需要通过思索才能领会的东西。读者可以从这些潜台词和弦外之音，把认识社会的触角伸得更长更深。

通过典型事件向读者打开认识社会形态的窗口；通过人物个性向读

者开启认识社会思想潮流的窗口；通过构筑艺术氛围和艺术境界向读者开启走向真理和理想的通道，使小说的认识价值、社会意义更具现实性，这或许就是《龙脉》作者所追求的写作理想。

如果给作者提一点建议的话，我认为小说中的议论、思考、介绍、转述的内容可以删减或提炼，在艺术构思方面还需要再加强一些。

简谈《老鱼河》的小说体式

在中国小说发展史中我们看到，小说体式的发展流变在推进小说自身艺术发展中的带有根本性的作用；在一些优秀的小说家的创作历史的考察中我们又看到，这些小说家们在一定程度上遵守已有的体式类型的同时，又在一定程度上扩张它，从而推进了自己小说艺术探索的发展与深化。丁庆中在小说创作实践中注重学习中外小说家的成功经验，在小说体式上不断有所探索。长篇小说《老鱼河》就在这方面有新的特点。

丁庆中的《老鱼河》，从小说体式上看，它基本上属于人物命运型长篇小说。它还是以叙述故事、塑造人物、展示人物命运、揭示生活本质为主要手段和目的。的确，小说中不同性格、不同命运的人物，如赵长青、赵菊红、张俊花、章来家、周兴龙等形象也是比较鲜明的。但是，《老鱼河》又确实背离了人物命运型长篇小说的一般规则，它既不是人物命运型长篇中的"他传体"，也不是其"自传体"；它既没有以对人物性格的完整塑造作为小说构成的主体，又不是以主要人物的命运发展作为主要的描写内容；它既没有采用单线贯穿的结构方式，又没有沿着时间发展的先后顺序展开叙述。

从另一个角度看，《老鱼河》倒是采用了散文化长篇小说的手法。它打乱了人物命运发展和故事情节发展的时间顺序和空间顺序，采用了生活片段穿插连缀的组合方式；它打破了循着一个叙述角度层层展开、步步深入的叙述方法，采用了不断更换叙述主体、不断变换叙述角度、不断更迭叙述支点的叙述方式；它打破了客观讲述故事、冷静展示人物关系的描写方法，把笔墨更散漫地用于对社会环境、人物心绪、意识流动等方面的描写。但是，他绝对不具备散文化长篇小说的基本特征，因为从整体上看，它不是那种心绪化的框架结构，不是那种充分展示作者主观性的叙述方式，不是那种抒情化的笔法，也并没有真正把讲述的重心从生活本身转移到感受这一生活的叙述者的心灵世界。

《老鱼河》也采用了新时期具有超前意识的"先锋派"小说的一些特点。"先锋派"小说大体属于心理小说的范畴，但又同一般心理小说不同，它对于叙述者的心理活动并不强调一个比较完整的心理运行过程，而是着重于展开叙述者心理活动的某些不完全具有连续性的感觉、直觉、幻觉、臆想等心理现象，淡化逻辑思维的过程。这一特点在《老鱼河》中可以找到不少例证。《老鱼河》第七章的叙述主体是章来家，文中的叙述脉络大体上是展示章来家的心理活动过程的，但是这个过程并不完整，就是由"某些不完全具有连续性的片段"连缀而成，并且这些片段虚实相间，前后交叉，恍惚迷离，闪转跳荡，在事件的展开中突出了她的感觉、幻觉和臆想。心理展开过程的思维从形式上看缺乏逻辑性，但从内容上分析又有较强内在必然性，因此，阅读时并不感到有障碍或间断。"先锋派"小说基本采用的是内向化的、独白化的叙述方式，用一种心态化的叙述取代了生活化的叙述。这种叙述源于主观心灵的臆说，并非对客观事实的清醒的评述。《老鱼河》第八章，是赵菊红的独白式的叙述。她叙述着她眼中和心中的生活现实，但并没有用生活化的冷静清晰的叙述，而是用的心态化的感觉感知的叙述；她也在叙述中评价生活、评价事件、评价人物，但这种评价有很重的臆想的成分，并不十分清醒。读者从她的评述中感觉到的似乎主要是她的灵魂的游走，而主要不是她灵魂之外的已经摆在那里的事件和情节。尽管如此，我们只能说《老鱼河》在心理描写方面有类似的倾向，但有一点我们必须清楚，《老鱼河》绝不能算作心理小说。

的确,《老鱼河》并不玄虚,它仅仅借助于"先锋派"小说的一些方法而已,并没有接受"先锋派"小说的精神内核。如果从精神内核考察,我们倒可以看到《老鱼河》对"新写实主义"小说的借鉴。"新写实主义"是对传统现实主义而言的,它是对"先锋派"小说的一种反驳,可见二者是对立的两种小说创作观。新写实主义小说尽管使故事情节接近于生活的原初状态,舍弃巧合、偶然的手段,力避主观人为编造的痕迹,强调生活内容的细节性、实况性。《老鱼河》中的情节和细节即具备这一特点。它虽然采用一些独白式、心绪化的叙述,但叙述的着眼点依然是具象化的生活细节,而且这种生活细节能带来强烈浓厚的生活气息,而这些情节和细节的展开和转接中绝没有运用偶然和巧合的手段。在这方面他与新写实主义小说的不同在于,"新写实主义"小说往往与具体的经验材料,保持一点冷峻的距离,而在《老鱼河》中叙述者与经验材料几乎没有距离,更谈不上冷峻。新写实主义小说最突出的体式特征恐怕还是它的叙述方式。他采用一种纯粹的"旁观者"的叙述,大多是第三人称。小说的叙述者只能是生活现象的复述者,他必须放弃评判生活的欲望。《老鱼河》的叙述,从形式上看是与此背离的,但由于叙述者多为小说中人物之一,且叙述的内容又都以具体的生活细节为主体,因此给人的感觉是小说作者很冷静和客观的,读了这个小说之后,读者心里留下的是真实的农村社会生活的现实图景,"写实"的特色非常突出,并没有明显的艺术虚构的感觉。因此,从本质上看,它与新写实主义小说达到了殊途同归的效果。

　　这样看来,《老鱼河》的小说体式成了"四不像"。其实这正是一种可贵尝试。可贵的地方关键是在一些方面与不同的体式"和而不同"。在此从不同体式的特点出发作一比较和分析,便于我们对《老鱼河》体式特征的内涵作深入一点的认识,便于从体式特点入手来把握其思想艺术方面的特征,有利于总结这部小说的经验和不足,有利于作者清醒冷静地回顾和分析自己。

对这部小说的结论是：有较强的可读性，有较深的思想内涵，有浓厚的生活气息，形成了长篇小说体式上的一种新面目，是值得认真总结和探讨的一部作品。

什么是小说体式？美学家说，小说体式就是由小说的内容和创作方法所决定的小说的结构方式；形态学家说，小说体式就是在具体的创作实践中表现出来的某些具有共同特征的小说艺术模式的外在形态；修辞学家说，小说体式就是小说叙述的运作程式或曰小说叙事语言的组织方式。我们可以简单地概括一句话：当小说内容的一种组织方式以某种规范的形式固定下来之后就成为小说的体式。那么《老鱼河》的小说内容的组织是否已形成自己独具特点的规范的形式？这决定着这部小说在这方面的创作成果。如果提一点建议的话，那就是作者从小说的结构方式、叙述方式、语言特色三个方面，来看一看它的规律性，找一找三个方面各自内部的不统一的矛盾的地方，找一找三个方面之间不协调不默契的地方，试想通过进一步调整和提炼，使《老鱼河》在体式上大致形成自己的规范，这将是这部小说在创作实践中的重要成果。

近年衡水市的农村小说创作

　　20 世纪 90 年代以来，中国农村小说作品的数量和质量均呈急剧下滑的趋势。小说家们关注的焦点大都从农村转向城市，农村小说创作引领时代文学"风骚"的景象日渐衰微。在这样一个大背景下，衡水的农村小说创作却逐步跃出低谷，开始形成衡水小说创作发展的历史上少有的良好态势，是非常可喜的，也是应该引起认真关注的。

　　这种良好的创作态势，首先表现为一批小说作者的迅速成长以及他们对农村小说创作的极大热情和真诚投入。虽然随着改革开放的深入和市场经济理论被全面认可，中国社会发展的重心已由农村向城市转移，农村的经济文化地位和国家的重视程度已经发生了根本的变化，但衡水作为欠发达的农业城市，这种变化的进程似乎慢了一些。在衡水作家们眼中，当代农村这块广阔的生活领地依然非常重要。他们非常关注在时代发展变化中当代农民具有的多样的生活历程、情感历程和思想历程，在农村小说的创作中不断拓展和深化农村题材的内蕴。他们或者继续发扬现实主义传统，力求内容与形式的创新；或者以新的文学理念来观察和思考农村生活，力图以全新的表现方式再现农村新生活的崭新内涵。前者如李祝尧、耿彦钦等，后者如丁庆中、林贵相等。尽管他们在新时期农村小说的创作思想、表现方法诸方面走着不同的路子，但他们对农村小说创作的热情和真诚是相同的。由于他们的影响，一批文学新人也开始关注农村题材的小说，在文学报刊上不时能看到一些新面孔的小说作者出现。

其次，这种良好的创作态势更为重要的是表现为一批有一定分量的农村小说作品的相继问世。如李祝尧的长篇小说《村夫情》《枝叶情》《世道》《班子问题》，丁庆中的长篇小说《蓝镇》、中篇小说《同居》《走过平原》，耿彦钦的《乡村激情》，林贵相的农村系列中短篇小说，等等。这些小说或站在时代的高度全方位、大视角描绘出当代农村半个世纪的发展史，或多角度、多层面地再现农村生活的时代特色，既让我们借以回望中国当代农村的来路，又让我们从中眺望中国农村的未来；既让我们感受到农村生活的新的主旋律，又让我们思考农村发展中的种种矛盾和问题。李祝尧的长篇小说《世道》引起了文学界的注目，也在一定范围的读者中引起了较大的反响。他用六十万字的篇幅再现了中国农村五十年的发展历程，其社会认识价值是不可忽视的。从时间跨度看，这五十年囊括了从土地改革到改革开放的一系列社会事件，经过艺术处理而进入小说中的这些纷繁绵延的社会内容，为我们提供了沉甸甸的认识素材，让读者不得不正襟面对和认真思考。从创作思想看，作者直面现实与历史，正视生活进程中的矛盾与问题，敢于作出明确的价值判断，对于新中国成立以来农村变革中所经历的许多阶段，至今在理论上尚存在分歧的问题，作者并未采取暧昧和回避的态度，叙述事件和描写人物都渗透了作家鲜明的思想，这样更促使读者去认真严肃进行思考。从艺术成就看，尽管在小说的结构、人物塑造和语言上尚存在某些方面的不足，但驾驭这样重大的题材，达到目前所具有的艺术效果，应该说在近年来同类题材为数可观的长篇小说中是相当不错的一部。耿彦钦小说创作的路子与李祝尧同志相似，也是坚持现实主义的创作方法和传统的表现方式。她善于捕捉农村生活的现实题材，叙述故事、刻画人物都有自己的特色，小说中始终充溢着作者的鲜明爱憎和主观情感，甚至连小说的名字也带着"激情"二字。她的小说尽管需要进一步的艺术提炼，但可读性较强，尤其适合初具文化的农村读者。

与李祝尧不同，丁庆中的小说在处理农村生活上则是另一种视角，另一种面貌。他力图以强烈的主体参与和本色话语，反映出农村生活的原生态，把新时期农村生活的崭新内涵融汇到那种细腻的原汁原味的叙述中。继《蓝镇》之后，他又写了一系列中篇小说，其中比较引人注目的是《同居》和《走过平原》。这两部中篇是《蓝镇》的继续和深化，即创作思想和表现方法的继续和深化。在此我简要说一下《同居》。这个中篇通过一个当过多年农村支部书记的八十四岁农民唐二与本村五十多岁的赵四寡妇同居的故事，让我看到农村生活的一种真实，农村人物的一种真实，农村历史和现实的一种真实。小说的叙述语言已经隐退到生活、事件、人物的背后，让我看到的和思考的直接就是人和事本身，而似乎不是通过语言的媒介。小说没有对出现在当代农村的这件新奇故事作任何渲染，相反，则用了极其自然沉静的叙述笔调；小说没有停留在对这件事的叙述上，而是像刨一棵大树一样，把这件事的枝叶和根须有条不紊地梳理出来，让我们看到一棵被仔细解剖的生活之树；小说没有停留在人物与事件相关的性格刻画层面上，而是逐步自然延伸出去，将人物历史性、多重性、复杂性、丰富性都抻出来；小说没有停留在对主要人物的刻画上，而是同时将相关人物的性格也作了尽可能深入的挖掘。这样使本来篇幅不长的中篇小说，具有了很大的容量，而且让人感受到其中深厚的人文价值。我认为，这个中篇可以标示丁庆中农村小说创作已进入新的阶段。在创作思想和表现方式上颇具新意的作者还有林贵相。他的小说从结构上看类似散文，不是编织一个完整的故事，而是截取一段很有典型性的现实生活片段；从人物塑造上看类似小品，不是用工笔雕刻，而是用写意的方法点染；从语言上看类似笔记野史，方言俚语既传神又传味。他的小说尽管从题材看分量较轻，思想内涵的容量还不大，但小说特色很鲜明，可读性较强。

第三，这种良好的创作态势还表现为衡水的小说作家，有不少人具有，也正在发挥着很大的创作潜力。李祝尧同志有着四十多年农村生活和农村基层政权建设方面的深厚积累，曾经在市、县、乡、村各个层次上工作并担任过不同的领导职务，他善于抓重大题材，又是异常的勤奋；有献身小说创作的精神，又善于从多方面吸取营养，努力从思想到艺术作整体的自我提升。目前，他有一系列创作设想，并扎实认真地付诸创作实践。大题材、大部头、高产出是李祝尧的创作发展态势。丁庆中农村生活的积累也是丰厚的，而且他对生活的感受是敏感细腻的，他立志在小说创作上倾注全部心血，追求思想观念的开放和心灵的敞开，他也有一套创作设想，且落实的脚步扎实而有力。林贵相对农村生活的时代特色和微妙变化有着很强的感知力，他一直在农村生活中，思想很活跃，创作潜力很大，他的小说涉猎的面较宽，农村小说只是他小说系列中的一部分。总的看，衡水市农村小说创作已形成了一个较为浓厚的氛围，在这个氛围中，新老作者都有一种良好的精神状态和创作态势，其潜力不可低估。

对衡水农村小说创作作一下回望，的确感到现在已进入前所未有的良好发展阶段，是可喜的，是鼓舞人心的。但这仅仅是从纵向比较中得出印象，如果作横向比较，衡水的小说创作总体水平依然较低，应该说仍处于起步阶段。对此，我们应该有清醒的认识。

我认为目前衡水作者出版的这些农村小说，还大都是对农村题材作传统的、一般化的处理，缺乏时代精神对人物和情节的穿透力，缺乏哲学思想对人物和情节的穿透力，缺乏丰富想象力对现实生活的超越、对美学境界的创造和提升。满足于能发表、能出版、有一定可读性的水平，还没有走出自己的与新时代崭新的农村生活相适应的小说创作的路子，没有形成自己的特色。小说作品中尤其缺乏那种包括政治、经济、社会、民族、心理等各个层面的文化内涵的渗透和描写，缺乏一种在新的时代背景下从创作方法到表现技巧的艺术创新。因此，有些小说思想内容的浮浅和表现方式的陈旧成为致命的缺陷。如何认识和解决这方面的问题，是需要我们认真研究的。

从中国农村小说创作的历史经验中我们可以得到有益的启示。20世纪中国农村小说中凡是称得上优秀的作品，大都在挖掘丰富的地域文化内涵上有突出的特色；大都在地方风俗画、风情画、风景画的描摹上有令人称道的成果；大都在悲壮绚丽的风俗画、风情画、风景画上涂抹着血色的历史或辉煌的行程；大都深深地刻写着"地域"的烙印。而且，不同的时代有不同的叙述方式，二三十年代鲁迅等一代乡土文学作家运用的是"启蒙叙述"，此后赵树理、周立波、孙犁用的是"民间叙述"，五六十年代柳青、梁斌用的"宏大叙事"，八十年代以来农村"变革小说"又吸收西方一些创作方法，探索着多种新的叙述方式，我们应该认真回顾学习历史的创作经验，同时，学习当代中外小说创作的新鲜经验，冷静地审视我市小说创作的现状，从中得出从创作方法到艺术技巧中一系列问题的客观判断，以重新确定衡水农村小说创作的新的起点。

在新的起点上如何有新的发展？如果提点建议的话，最重要的，我认为是这么几点：一是要关注现实，让小说创作与现实精神接轨。关键在于把握时代的制高点，以思想的电击力将人物和故事情节淬化，从而增强小说的思想深度，同时又要防止"图解思想"的偏颇。二是要激活创作的想象力，激扬创作个性，致力于对现实生活的超越和美学境界的营造，防止纪实化、写实化的倾向浸染小说创作。有一位理论家说："纪实化与写实化，对于报告文学、传记文学是不可或缺的，但它一旦侵蚀、蔓延于小说，则是小说的不幸。"三是作家们应努力提升自己的审美标准，以进一步提高小说作品的艺术品位。满足于在同一艺术水准上重复是文学创作的大忌，是作家艺术生命力衰微的标志。然而要使自己小说作品的艺术品位不断提高，首要的、关键的问题是提升自己的审美标准，这个问题不解决，提高作品的艺术品位就会成为一句空话。我希望我们的作家在立志成为小说家的同时，要立志成为思想家、哲学家、美学家，同时更希望作家们在深入现实生活、大胆进行创作实践的过程中提高自己的审美标准，而不是把自己关在书房内、放下手头的创作去钻研哲学和美学，去简单照搬别人的创作经验。四是作家们应努力挖掘地域文化的宝藏，以进一步突出小说的地域文化特色。地域文化是乡土小说丰富内容的矿藏，从一定意义上来说，一部农村题材的乡土小说，如果它在地方色彩的表现过程中不能提示丰富的文化内涵，它便失去了小说作品的文学意义。地域人群、地域自然、地域文化相互关联，它们构成了地域乡土小说的审美内涵，所以小说家要学会描摹具有地域特色的风俗画、风情画、风景画。冀东南一带虽没有承德那样鲜明的地域特色，但它有自己悠久的文化积淀，这些文化积淀的地域性也是非常鲜明的，它要靠我们的小说作家去深入的体验和精心的挖掘。五是要关注新时期农村生活的多元结构和多姿多彩的变化，开掘当代农民开阔的、多层次的精神家园。对当代农民命运的关注、探索，以及在此基础上的深刻的把握，是农村小说创作的根本，而这种探索与把握应该是多层次、多角度的。我们的小说作家要关注当代农村生活中的人物所具有的多样化的乡土情结、乡土意识、乡村感情，不断拓展和深化农村小说的表现内涵和层面，不仅从地域的角度，而且从文化、哲学、伦理、宗教的流变上去表现人物的时代精神、乡土精神。要站在时代的高度，更多地思考在世纪初社会转型期农民的心理变化、精神状态，立志用自己的心血和生命去表现农民心灵的历史。

叁

《乡村记忆》跋

开始写散文，缘于一种原始的冲动，偶尔为之，随意抒写。后来写得多了，逐渐有了一些想法。这些想法由粗而细、由散而聚、由朦胧而明晰，现在简单概括，就是在努力追求一种平淡自然的风格。因此，我的散文作品中少有大事件、大波澜，少有奇思异想、缤纷万象，少有色彩浓烈的语言、变化多端的描绘……只是力求平淡的生活片段中有浓缩的社会内涵，平缓的文势下有涌动的情思，平静的叙写中有深长的韵味，平实的构思里有潜在的思想容量。我自以为这种追求是一种不计后果的探索。因为这样做有两种风险：一种是平淡的外壳内如没有深刻的内涵，必然会走向平庸；一种是平缓的叙写中如没有深长的韵味，必然会失去艺术的魅力。尽管如此，我依然在坚持。

我所追求的平淡自然的风格大致有这样几条理念：

一、百姓的生活比作家的想象更精彩

我始终以为，作家头脑的职能是反映生活，而不是创造生活。千千万万颗大脑在生命实践中的共同创造，是任何聪慧高明的个体所无法比拟的。有一种习惯的说法：散文是作家隐秘心灵的独特反映。这种说法是有道理的，但它的道理不仅在于散文必须是作家心灵历程的载体，而且更在于作家的隐秘心灵是千万个心灵群体的组成部分，而绝不是超然于芸芸众生和现实生活的自闭的心灵。散文应该是作家的心灵感知外部世界和时代生活的独特反映。它的独特性在于它感知方式的独特，也在于它这种感知的反映形式的独特，而不是超然物外的独特。我主张多写一些我所感知的群众生活，把我的眼光、我的感受、我的思索、我的追求、我的审美趣味渗透到丰富精彩的平民生活中去，我写他们的生活，而他们的生活中有我。比如我的《骂街》就是写农村里那些爱骂街的村民的生活，展开这种独特的生活场景的过程中，我对生活的评判，我对小人物命运的关注，我的审美观念和价值取向都渗透在里边。我觉得，农村的骂街人所创造的生活那种独特和精彩，是作家无法靠想象来创造的。又比如我写的一些采访手记，都是记录庸常人物的生活片段的，他们用生命和智慧酿造的生活的苦酒或佳酿，都有着独特的色香味，人生的滋味与哲理浸润在平庸的生活细节里，我把这种生活中深深蕴含的东西品味提炼出来，把我的感受和思考渗透进去，让真实的记录承载着绵长的情思。

我也写自己的生活，比如我的《收麦》《看青》《蝈蝈》《卖菜》等等。但我写的自己的生活，是百姓的现实生活海洋里的一滴水，是我作为真实的平民百姓一分子的生活，既不是桃花源里的生活，更不是象牙塔里的生活。

那么如何选取百姓生活作为自己散文创作的素材呢？我有三个原则：一是区别哪些生活有审美价值，哪些生活没有审美价值，绝不将那些不能进入审美过程的奇闻轶事塞进自己的作品，以防降低作品的艺术品位；二是区别哪些生活有认识价值，哪些生活没有认识价值，绝不将那些没有社会内涵和思想容量的浮光掠影的生活情节塞进自己的作品，以防降低作品的思想品位；三是区别哪些生活有情感容量，哪些生活没有情感容量，绝不将那些没有情感容量的散淡生活塞进自己的作品，以防降低作品的情感品位。于是我经常思索这样一些问题：如何从芸芸众生中那些容易"被忽略的事物"中发现"被掩盖着的意味"？如何发掘庸常的亿万生灵内在世界的那种丰富和精彩？如何传递大平原农村那深藏了几千年的神韵？如何从平平常常、实实在在的生活中追寻和生发出具有文学品格的人生况味？这些题目催促着我，锻炼着我，考验着我，而我也义无反顾地走在平淡自然的探索之路上。

二、记录比任何描写都更容易逼近生活的真实

我强调散文是一种记录，主要有这样几层意思：第一，散文中的生活其要义在于它的真实，而记录是不容易失真的写作手段；第二，散文的真实不可拘泥于生活现象的真实，而重在作家的心灵对生活感知的真实，要害是记录作家的真实感受；第三，作家对生活的感受具有独特性，对同样的生活，不同的作家会有不同的感受，而那些不同的感受都可能是真实的，记录的真实是依附于感受的真实的；第四，作家不同的感受都有独具的不同形式和内涵，真实地记录下来比巧妙编织的东西更具感染力；第五，真实记录并不排除艺术构思，只是要求作家在构思时不要违背真实性的原则。上述诸款，是我所想，也是我忠实遵循的。我是用这些东西来指导我的写作实践的。

我读孙犁的散文，特别是他新时期以来所写的《耕堂散文》《芸斋琐谈》《乡里旧闻》《耕堂读书记》等等，有一种难以描述的特别的感受。后来在一些评论散文的书籍中寻到一些大致相同的感觉。有人说，孙犁的散文以特有的形式叙述往事，很耐心地掩隐了浓郁的感情，只记了一些场景或事件的过程，在那里边，叙述的过程本身就是目的；作者在对人物和事件叙述的过程中将所有的感情、思想以及艺术的美融入字里行间，使叙述的过程散发着艺术的光彩；粗看起来，孙犁的散记没有一条明确的思想主线，只是一件件事情的记述，这种"记"不需要任何技巧、手法，而是

任其自然，如同散步；散文的意境和抒情，是散文化的意境与抒情，而不是诗的意境与抒情，从这个意义上讲，孙犁的散文记述是真实的，也是自然的，记述的过程是一种生命的过程，是经过多少年风雨洗涤而越发清晰可见的生命过程，这过程的本身就显示着它的艺术魅力。这些评论都能从我的潜意识中勾出好多阅读记忆，我所强调的"记录"与孙犁这种"记述"原则上是相同的，它们的不同点在于孙犁所记的侧重点是作家对生活的亲历，而我所记的侧重点是作家对生活的感知。孙犁所突出的是生命历程的真实，而我所突出的是作家感知的真实。

以记录的理念来指导散文写作，会带来散文体式的边缘化和模糊性。有人说我写的一些散文像小说。其实这些散文作品与小说是有明显区别的。首先，它记录的是生活片段，而不是完整的过程或完整的故事。其次，它就是在记录作家感知的现实生活，而不是在塑造人物。再次，它主要是借记录的方式承载作家个人的思想感情及审美愉悦，而重点不在于借事件和人物形象来反映社会历史。因此，这种以记录为特点的散文体式，只是模糊了传统的小品、散记、杂感等体式的界限，并没有与小说混为一体。从本质上说，它的话语秩序仍然保持着散文的基本特征。比如我的《蜂王》《大懒》《无名氏》等一些写小人物的散文，立足点不是塑造人物形象，而是揭示小人物身上承载的人生况味；又如我的《出殡》《闹洞房》《拜年》等一些写乡间俗事的篇章，主旨在于揭示平原农村深藏了几千年的内在韵味，而并非为了讲一个生动的故事。

三、心灵间的沟通，最短的距离是直线

在这里我是想说散文的语言问题。散文的语言是心灵沟通的直接媒介。作者的心灵与读者心灵之间的桥梁是用语言搭建起来的。那么这种媒介和

桥梁的性质与方式，取决于散文的风格。平淡自然的风格，需要质朴洁净的语言，心灵之间信息的传导，需要传导质地纯度极高且传导线路最短的导线。否则，语言会成为传导与沟通的障碍，甚至造成传导过程中的变异与失真。

我在散文语言运用上掌握的原则是：以简约的语言捕捉生活片段的要义，把事实及其本质的揭示简单化；以细腻的语言探寻人物内在世界的隐秘，把思想感情的抒发寄托于细节的记述；用白描的手法改造一般描绘性的语言，让描写向记录靠近，同时增强语言传神与含蓄的功能；让散文的语言尽可能避免"外表的炫耀"，而力求具备"并非突然呈现的内在光彩"（果戈理语）。

有位诗人说，有两种散文：一种是"内容的散文"，一种是"文字的散文"。我解释说："内容的散文"只见内容不见文字，让读者感到没有文字的障碍，直接接触了内容；而"文字的散文"只见文字不见内容，让读者费尽力气破解文字障碍后，却找不到内容。因此我追求"内容的散文"而非"文字的散文"。有位评论家说，有两种叙述方式：一种是"夸张的'文化升华'"，一种是"对'文化升华'保持着高度的警惕"。我解释说，如果有了夸张的"文化升华"，使"原在"世界失真，那么与读者的心灵沟通就有了虚假的成分。因此我坚持抑制'文化升华'的平白叙述。有位学者说，有两种文字：一种是"时尚的华美的文字"，一种是"土得掉渣冒烟的文字"。我解释说，没有装潢与修饰的语言当然是很土的，尽管土，但能直接无碍地传达那些真实的心灵信息，让读者心酸眼亮也就足够了，因此我学习的就是那种没有装潢与修饰的文字。

四、散文的魅力在于作品的个性

形成散文个性的因素很多，但要害的因素大致有这样几点：一是选材时的特殊角度。可以是同样的生活素材，但你应该有自己特别的视角，特别的切入点，从而挖掘出有个性意义的内涵。二是对规范体裁的把握与突破。作者都应该有明确的体裁意识，并善于区别不同体裁的界限，自觉遵守和运用特定体裁的既定规则。但作者又应根据所写内容的需要，大胆突破体裁的审美成规，以丰富和改造原有体裁的审美规范，使作品具备自己的个性。三是对规范语体的改造。作者在从事某种体裁的创作时，必须采用与这种体裁相应的基本语体。但是作家还要凭着自己的经验和审美情趣，获得某种独特的语式、语感、语调，创造出一种富有艺术魅力和独特个性的自由语体。让自由语体改造和取代规范语体，从而实现作品的个性特征。四是向着建立自己艺术风格的目标努力。如果从以上三个方面奠定了基础，就应该自觉地为建立自己的艺术风格而努力。风格与语体密切相关，但它却是一个比语体丰富、复杂得多的概念。语体无疑是构成风格的最重要的因素，但它本身还不是风格。只有作家将语体品格稳定地发挥到一种极致，并与作品的其他要素完美结合成为具有艺术生命的有机整体时，这才形成风格。

我坚信，个性产生魅力，风格产生持续稳定的魅力。为此我做了一些努力，但做得很不够。我将继续努力攀缘于我所追求的散文个性的艰苦途径，同时也时时遥望我所崇尚的平淡自然风格的高悬的目标。

2005 年 9 月 21 日

关于鲁迅文学奖评奖答记者问

一、王宗仁的《藏地兵书》值得称道

记者：您作为第四届鲁迅文学奖散文的获奖者，又是本届鲁奖散文杂文的评委，请您谈谈对本届鲁奖的个人感受。

刘家科：我感觉这届鲁奖原则方法完善，过程严密，体现了公平、公开、公正的原则。与上届相比，本届鲁奖的评选范围也有所扩大，旧体诗词、网络文学、小小说都首次参与了评选。而且还加大了公众参与的程度，作协会员每人一票，网上还设立了网民投票。同时还加强了评审过程的监督，设立了监评委员会，全程监督评审过程。评审过程严格执行评委票决制，11 个评委要有三分之二通过才能入选。

总体感觉，这届杂文和散文水平不低，题材各有特点，艺术风格也各有个性，体现了鲁奖的水平。

记者：我们注意到获奖作品公众相对陌生，而一些有较大社会影响，或者说相对比较流行的备选作品，比如安妮宝贝的《素年锦时》、舒婷的《真水无香》等并没有获奖。

刘家科：民众的眼光和专家的眼光还是不同。网上比较热或社会比较流行的一些作品，可能是在某一个点上打动了读者。但是要从整体艺术水平、思想深度来衡量，就会觉得这些作品还是有这样或那样的缺陷。

记者：作品的社会影响不是你们考量的一个重要条件吗？

刘家科：鲁奖有明确的评选宗旨，要受很多条件的约束，而且每个评委都各有自己的眼光和主见。网民的投票、作协会员的投票只能作为评委的参考意见。

记者：您个人最喜爱哪部作品？

刘家科：我个人最看好王宗仁的《藏地兵书》。这部书写的是边疆军旅题材，它无论从题材、内容上，还是个人的生命体验上，都带给人巨大的震撼力。

作者是青藏线上一个老汽车兵，调入内地工作后，几十年来每年都深入青藏无人区，有真切感人的个人体验，这种体验是持续的、全身心投入的、很独特。而且作者的这种感觉完全来源于现实生活，而不是坐在那里凭空想象，无病呻吟。我的散文观中有这样一条，"现实生活比作家的想象更精彩"，这部集子就充分说明了这个问题。

同时，这部作品的语言也很值得称道。你知道散文对语言要求极高，这是散文作品的硬件。王宗仁的这部作品语言的分寸感很强，而且他的语言很质朴，很干净，没有杂质。

再从艺术境界来看，这部作品具有阳刚和崇高的特质。总的来说，这部作品是一部大题材、大视野、大感情、大境界的好作品。

二、官员写作不要飘在艺术之上

记者：鲁奖作品怎么改变叫好不叫座的处境？

刘家科：好的作品要想叫好又叫座，这需要出版社和发行渠道好好运作，也需要作者付出努力。不过王宗仁的作品在散文圈有很好的口碑，也有着稳定的读者群。

记者：本届鲁奖，车延高的诗歌，以及其官员的特殊身份引起很大争议。您也长期担任政府官员，您对官员写作怎么看？

刘家科：我一直在强调官员写作要有所舍弃。因为官员有很多资源优势，有很多方便条件，出书也相对容易，这样就容易出不好的作品。同时我觉得官员写作时不要对名利考虑过多，少写一些时尚、官场上的生活。官员写作时要尽量转化为民间写作的境界，不要飘在艺术之上，只写一些生活表面的东西，而应该沉到老百姓中间，挖掘生活的本质。

《三居文编》序言

　　打开《三居文编》这部书稿，一股温暖亲切的气息扑面而来。扫一眼目录，多是我早已熟悉的题目；翻看内容，也是我曾经读过的文字。这让我马上联想到宣化洋河南大学生活的日日夜夜，想到大学毕业二十五年来我与苏庆昌先生继续交往的丝丝缕缕和点点滴滴。

　　大学一年刚结束，我就开始利用课余时间研究一些现当代作家的作品，试着写一点评论和鉴赏文字。当时任我文学课老师的苏庆昌先生发现后，马上给予关注和指导。在他的鼓励和帮助下，我的评论文章开始在河北师范学院学报上发表。进入大学四年级，结合毕业论文，苏先生帮助我确定了一个选题：《论张志民诗歌的艺术风格》。他说目前对当代诗人的研究，张志民是个空白，而张的诗歌创作是有较高的研究价值的。现在可以参考的研究资料很少，做起来有些困难，但这在一定程度上是有开创性的，做得好会引起重视。之后苏先生有一个外出的机会，返校后我去看他，他竟从里屋抱出一摞当时很难找到的张志民诗歌著作的各种版本，是他利用会议间隙跑到北京一些旧书摊上搜罗到的。在苏先生的悉心指导下，我对张志民诗歌的研究果真有了一些成果，写出的论文公开发表后，反应很好，老诗人张志民写信邀我到他家做客，以后，我与张志民成了忘年交。由于这种文学情结，我在机关参加工作后潜意识里仍然把本职工作当作体验生活，为文学创作默默地作着准备。二十年后，我在特定的环境里忽然有了创作冲动，开始写起散文来。写出来的那些东西本未想发表，但被与我同是苏先生学生的同学周月亮推荐到《文艺报》，以整版的篇幅发表了。当时早已退休的苏老师看后非常高兴，鼓励我继续写下去，我写出的东西就经常寄给他批评。几年下来，我结集出版了一本书，名为《乡村记忆》，2007 年这本散文集获得第四届鲁迅文学奖。同时，我出版的另一本书《大爱无疆》获得中宣部"五个一工程"奖。另外，其他一些篇目获得第二届冰心散文奖、河北省文艺振兴奖等等。获奖之后，苏先生却冷静下来，为我今后如何创作出更好的作品出主意。苏先生是我文学的启蒙老师，也是我创作的导师。为此，我曾想，为当代文学做出贡献的，不仅是作家，也不仅是理论和批评家，还有一个不可忽略的方面，那就是为文学默默培养人才的大学教师。和我同级的同学中，有作家，有诗人，有评论家，也有和苏先生一样的大学教授。他们都有突出的成就，他们的成就都与苏先生的教育培养密切相连。

苏先生为文学做出的贡献不仅是这些。还有这部《三居文编》，让我们看到他在现当代文学研究、文学评论以至文学创作方面的成就。我想，苏先生的研究和创作，重点是为教学服务的，正因为他始终跟踪现当代文学研究发展的轨迹，正因为他不断有一些文学创作体验，他才能更好地培养他的学生，他才能从容地当一个文学创作和文学批评的导师。但是，这绝不能说苏先生的文学研究和创作仅仅能为教学服务，这些作品的水平与价值是不可低估的。他的研究文章、评论文章、他的《老舍评传》，都有自己独到的研究成果。他的散文，篇篇都是精品，有自己独特的风格，其中有些篇章可称典范之作。我的创作，曾从中汲取了很多营养。

我认为，苏先生这部《三居文编》的出版是很有意义的，我也建议，和苏先生同样的那些优秀的大学教师，也把自己教学及研究、创作的成果及时整理出来，使其纳入当代文学史料。

2007 年 12 月 18 日

《大爱无疆》跋

　　近几年来我一直在关注和追踪农村普通百姓中的一些典型人物，同时写出了几组关于这些人物的散文作品。之所以写这些小人物，是因为多少年来他们一直活在我的记忆里，让我不断地回忆和思考。他们虽属凡庸，但我从他们每个人身上都体味出不同的人生况味，他们让我产生了创作的欲望。林秀贞是其中的一个特例，她与他们不同的是她不仅是一个普通农民，而且是一个普通党员，她不仅让我思考，而且让我感动，让我的心灵受到震撼，让我不仅产生了创作的欲望，而且让我产生了强烈的社会责任感。这样的题材，散文的形式已经不能容纳，只好借助于报告文学。于是我在 2005 年 4 月写下了《普通党员》这篇文学形式的报告，向社会、向广大读者展示这个平凡而崇高的人物。

　　林秀贞是枣强县南臣赞村的一位六十岁的普通的农村妇女，是一位没担任过任何职务的普通党员。我与她的第一次接触，是在 2005 年 3 月市里组织的一个模范党员先进事迹的试讲会上。她用的发言材料并不感人，而她脱开稿子叙述的几件小事却深深打动了我。我预感到这是一个非常重要的典型，于是在四月份，我先后九次深入她所在的南臣赞村进行采访。

　　在采访的过程中，我逐步深入地认识到这个典型的重大意义：第一，林秀贞是农村最基层的普通群众中涌现出来的典型，她具有最广泛的代表性。这种代表性深藏于普通农民、普通党员的"普通"之中。她是土生土长的地地道道的农民，与村里的其他农民相比，她没有任何特殊的地方；要说特殊，就是她做出了其他农民都未能做到的事情。第二，林秀贞是经过了三十年风雨考验的典型，她具有最可靠的真实性。这种真实性的最突出的表现是她只管做，而绝对不让宣传，以至于二十二年之后才有人报道。第三，林秀贞不仅关心孤寡老人、残疾人和贫困学子的现实困难，而且关心他们的精神生活，她以自己的实际行动让崇高的精神回归生活，因此这个典型具有最好的示范性。她说自己不仅要做孤寡老人的赡养人，而且要做他们的监护人。在她家住了二十六年的呆傻老人朱书常，不仅得到她生活上无微不至的照顾，而且得到她始终如一的尊重。在家第一碗饭是朱书常的，第一杯酒是朱书常的；在外谁要是欺负朱书常，她就要理直气壮地保护他，她不允许别人拿朱书常当傻瓜对待。她对孤寡老人，不仅要养老，而且要送终，她说要让村里人看着，没儿没女的孤寡老人，即使死后发丧也要同有儿有女的一样。第四，林秀贞是中华民族的传统美德与党员先进性完美结合的典型，她具有最鲜明的时代特征。在她身上体现了传统与时代的统一，人性与党性的统一，小善与大善的统一，平凡与伟大的统一。在构建和谐社会的今天，林秀贞这个典型是顺应了时代的呼唤而出现的。林秀贞有很好的党性修养，很高的党性觉悟，但她的党性觉悟没有停留在思想上，而是体现在行动上；没有脱离生活实际，也没有脱离普通百姓，她让传统美德成为她思想行为的根，她让党的先进性成为她思想行动的魂，她让二者得到了完美的统一。这样的先进性植根于群众，植根于社会，植根于中华民族之魂，因此，才具备了真正的时代特征。在《普通党员》这篇报告文学的结尾，我这样写道："我们的党在呼唤千千万万个林秀贞。我们的民族在呼唤千千万万个林秀贞。我们的和谐社会也在呼唤千千万万个林秀贞……"我能发现和挖掘林秀贞这个典型是我的幸运，我能写出林秀贞这个典型，是时代赋予我的社会责任。

在如何表现林秀贞这个人物的问题上，我经历了一个由热到冷的短暂过程。开始，那种激动的情绪促使我挖空心思去寻找美好的语言和深刻的哲理，试图用色彩浓烈的文字来叙述生动的故事，表达深切的感受，揭示思考的成果。后来，激动的情绪逐渐平和之后，冷静地思考，又认识到，让人感动的是林秀贞事迹的本身，而绝不是描写这些事迹的文字，面对一个不需要任何夸张和描绘的采写对象，面对丰富而翔实的生活素材，面对如此真实的人物和故事，任何华美的语言都是苍白无力的。我断定，多么高超的描绘都不如以记录的方式，白描的手法，朴素的语言，原汁原味地把她的事迹摆在读者面前更能说明问题。于是我决定将自己的采访手记原样端出，由这九篇采访手记构成一个"记录式"的报告文学。

《普通党员》的创作，再一次印证和丰富了我的几条创作理念：第一，百姓的生活比作家的想象更精彩。百姓的生活是原汁原味的保有足够水分的生活，是丰富的多色调的生活，是充满智慧的生活，是蕴含哲理和人生况味的生活，是用生命创造的生活，其精彩的程度是任何凭空的想象都不能企及的。第二，记录比任何描写都更容易逼近生活的真实。记录，首先强调的是作家对生活的敬畏和尊重，其次要强调写作的过程要保住现实生活的水分，不能随意压缩和抽象，再次要强调保持生活原有的价值取向，不能凭主观愿望去歪曲和亵渎，同时要保持生活原有的味道和色调，不能随意添加主观意趣。第三，心灵间的沟通，最短的距离是直线。这需要与生活规律和节奏相吻合的自然的作品结构，需要白描的、对生活原生态没有污染的写作手法，需要朴素的、不增加生活外壳厚度的文学语言，需要浓郁的、有利于传达语言信息的上下贯通的文气。第四，作品的魅力在于它自身的个性。记录不是自然主义的创作方法，它更讲究独到的构思（只是防止违背规律的标新立异）；百姓的生活不是不能加工提炼的生活，相反更要求作家有独特的生活视角，抓住生活中最有表现力的东西、最有生活指归的东西；心灵间的沟通就是作家的心灵、作品人物的心灵与广大读者心灵之间的沟通，因此作家与人物之间的心灵沟通是第一步，作品与读者心灵的沟通是第二步。以人物为中心，抓住人物心灵的独特个性，利用作品这一具有个性的媒介，心灵沟通才有可能实现。

《普通党员》在去年被《中国作家》杂志作为"七一"献礼作品刊发后，引起了广泛的反响：一是引起了各级党组织的重视。衡水市委很快作出向林秀贞同志学习的决定，河北省委在省会为她组织了报告会，并向中央推荐这个典型。二是引起了各级新闻媒体的关注。一年的时间内，有几十家中央和地方的新闻媒体对林秀贞进行了上百次采访和报道。三是引起了广大群众的关注。一时间《中国作家》第七期被众多读者争购和索要，很多人写了阅读笔记和读后感，众多的读者来信飞往南臣赞村和作者所在单位，且有很多普通百姓长途跋涉到南臣赞村探望。四是引起了中央的重视。今年"七一"，林秀贞作为全国优秀共产党员被中央表彰；八月份，中宣部组织中央各大媒体七十多人赴衡水集中采访。随后，人民日报、中央电视台等几十家报纸、电台、电视台的品牌栏目同时进行了大力度、高密度、全方位的宣传报道。此外，人民网、新华网、央视国际、光明网、中国广播网等均在首页醒目位置开设林秀贞事迹专题。如今，林秀贞已成为全党全社会学习的楷模，她的事迹已经家喻户晓，深入人心。

人们在被林秀贞的事迹深深感动、备受激励的同时，也在深深地思考，南臣赞这样一个地方为什么会出现林秀贞这样的一个人物？林秀贞几十年如一日始终不渝的高尚行为的内在动因是什么？我们应该如何更加深入地理解林秀贞这个典型，以便更好地向她学习？我们应该如何充分发挥这个优秀典型的重要作用，以推进社会主义和谐社会的建设？这都是一些非常现实的问题。为此，我想在原报告文学的基础上扩展为一本关于林秀贞的书。《大爱无疆——林秀贞采访手记》这本书的出版，或许为解答这些问题提供一些必要的可靠的参考。《林秀贞采访手记》是这本书的主体，它是以翔实的材料集中塑造林秀贞这个典型形象。另外几部分为附录，是帮助读者进一步理解这个形象的：《年谱》为这个典型形象提供了具体的背景材料，《林秀贞及其知情者的话》从不同角度对这个典型形象进行了诠释，而《关于林秀贞的讲话和评论》则是省领导和评论家们在一定高度上对这个典型形象的分析及概括。主体部分突出了人物的典型性，附录部分则增加了这本书的综合性和资料性，我期望能为研究林秀贞提供一些方便。

2006 年 11 月

《运河旧事》序

　　景涛的书稿《运河旧事》清样摆在案头，大运河畔特有的乡土气息扑面而来。我似乎又听到了大运河滚滚前行的浪涛，听到了运河岸边纤夫的脚步和号子，听到了河堤上看船的孩子们与船头上的孩子高调门的对话，也听到了运河两岸大田里麦浪的翻滚和村庄里牛羊鸡鸭的嘶鸣。大运河从隋朝开始一直流淌至今，为两岸人民带来福祉，把运河流域的农耕史往后推演了一千多年。回溯运河的历史，惊心动魄的事件数不胜数，而《运河旧事》中的记述，则全是在民间流传的琐事佚闻，这些东西乍一看倒没有什么要紧的，而细读起来，却能让人一下子进入当时的历史场景。一篇很短的文字，就像当年流传很广的歌谣一样，成为那个历史时段生活色调和旋律的标识物。

　　读着它你会产生一些感慨，也会引发一些思索，但它给你最多的会是悠长的回味和久违的淡然与释然。大运河在继续不停地流淌，今天和明天都将随之变为过去，而只有过去了的生活，人们才得以对其进行清醒地辨识和品味。那些尘嚣和粉末都渐渐消散，留下的虽经风化而仍不失其质地的事物，才让人看清那生活的纹路脉络和善恶美丑。

　　《运河旧事》传承着运河的古韵，承载着运河文化。那一个个鲜活的人物，无论是官是民，是男是女，是老是少，是美是丑，都是大运河的儿女，都是运河的乳汁哺育出来的，因而，他们的思想观念和行为方式，他们的物质生活与精神生活，都散发着大运河的奶味。

　　要了解冀东南与鲁西北这一带的运河文化，《运河旧事》可称为具有丰富内涵和较高价值的人文史料，从中可以看到这里农耕文明在一个世纪的演进，可以发现商业文明在这里的发端和衍化，可以体会那些特有的民风民俗的生成或由来，可以体味大平原蕴积和深藏了千年的神韵。随着岁月的无情转换，人们生活的物质遗存在不断地泯灭和消亡，而依存于物质遗存的那些精神自然也会随之消亡，即使那些独立于物质遗存之外的精神遗存，也会因传承的漫长过程而风化。因此这些东西需要抢救，《运河旧事》实际上是一种抢救运河文化的成果。

更为可贵的是，《运河旧事》将运河岸边的农村生活引入了文学，其中的文章既有文学的构思，又有文学的描写；既有对生活的剪裁和提炼，又有丰富的想象和主观情感的渗透；既有人物场景和情节，又有思想和意境。作者虽然没有循规蹈矩地按文学写作的套路去写，但应该算是别具新意的文学创作。

《运河旧事》中的篇章大都可以归入散文一类，但又不是一般概念的散文。这些文章在很短的篇幅内，把人物写得活灵活现，把情节和细节叙述得饶有兴味，把作者的主观情感隐藏得很深，能够让读者去思考，去回味，这一切都体现出作者丰富的生活积淀和较好的文学修养。现在文学界的有识之士在呼吁和期盼精短的散文，《运河旧事》在这方面可以给人一些启示。

《悠悠情缘》序

李羚将她即将出版的书稿《悠悠情缘》寄给我，约我为它作序。凭着她的委托与信任，我认真阅读了这部书稿。概括我的阅读感悟和思考，大致可以用六个字："真情、良知、美思"。

诗文以情为贵，尤贵情真。作为诗文的作者，写作应该是充满情感的表达，作为读者最容易引起阅读快感与共鸣的就是真情。李羚的诗文感情真挚，读来能清晰地感受到情感的脉络与波动。她在抒发亲情的文字中，我感受最深的是"牵挂与感恩"："牵挂是浓浓的亲情／是母亲在油灯下细细编织的冬衣／针针相连，线线相牵／撕不开，也扯不断"（《牵挂》）；"掬一捧黄土／每一寸都浸透着父亲辛劳的汗水／那弓似的背影／让我心酸／使我骄傲"（《背影》）。她在抒发友情的文字中，我感受最深的是"坦然与真诚"："缘分使我们相识／默契使我们相知／理解使我们深刻／一声朋友饱含多少深情／坦然和真诚把双手紧握"（《朋友》）。而在她抒写爱情的文字中，让我感受最深的则是"甘甜与辛苦的交织"："想时很苦／忆时很甜""梦时很近／醒时很远"（《相思》）；"没有你的日子／再美的风景／也黯然失色／只有思念／我品尝不尽的苦果"（《没有你的日子》）。凡此种种，都是发自内心的，朴实而真挚，没有那种矫情与夸张。

良知是作家的生命。没有良知的作家不可能写出有社会意义的作品。李羚的诗文作品中，让人明确地感受到作者的社会责任感和鲜明的善恶是非观。"向善"是李羚作品的主调，"疾恶"是李羚作品的重拍，而"惜弱"则是其作品的谐音。歌颂和崇尚善良美好事物的篇章比比皆是，憎恶和鞭笞丑恶事物的文字占一定数量，而同情弱者的诗文也随处可见。更为可贵的是在一些文章中，同时体现了这三个方面内容，让作者的良知得以完整地表现。在《梦之恨》中，作者讲述了这样的故事：女儿怀着一个善良纯真的梦（到城里挣钱买套大房子让娘住，请好医生为娘看病，让娘过几天好日子）走出大山，到大城市闯世界，而在城市遇到的色狼则是自己在母腹中的时候就已走出大山与母亲失去联系的父亲；当她受尽屈辱将要实现梦想之际，才得知母亲已去世十年；设计雇凶将色狼杀害之后，才明白了自己与色狼的父女关系。善与恶交织，爱与恨交织，强与弱转换，行与法相违，强烈沉重的悲剧色彩，把作者的良知烘托出来。

文学追求美。美的诗文能陶冶人的性情，让人更热爱生活。李羚的作品中，对美的事物，美的情感，美的思绪，美的举止，都怀有一种崇敬，都有不同方式的崇尚与赞颂。她的"思念之美"，主要在那些回忆故乡的文字中；她的"憧憬之美"主要在那些书写爱情和友情的文字中；她的"识辨之美"，主要在那些观察和透视生活细节的文字中。李羚诗文的语言，如山间小溪清澈而欢快，这样的文字作为诗文内容美的载体，是很和谐的。

祝愿李羚以这本书为新的起点，继续深入体察生活，继续刻苦探求文学创作的特点和规律，写出更多更好的作品来。

2007 年 7 月

《王习三传》序

当阅读浮躁成为普遍的社会现象，文学书籍首先就面临着被边缘化的危险。虚构文学施展它非凡的艺术想象力去吸引大众，而纪实文学则仰仗人物与故事的真实可信来赢得读者。读者们心不在焉的眼神匆匆扫描着浩如烟海的书目，谁也难以断定哪一本书能够幸运地使某个读者的眼神在它的身上定格。

其实，纪实文学中的传记文学作品首先进入读者眼帘的是传主的名字。哪个名字在读者心目中印象最深刻，哪本书便会成为首选。王习三是一个享誉世界的名字。从20世纪60年代起，王习三的内画作品就出口海外，为世界众多鼻烟壶爱好者争相收藏。70年代末王习三被授予"中国工艺美术家"称号，他的名字更加为世人关注。80年代开始，他连续被邀请到美国、加拿大、新加坡、澳大利亚等地开展学术活动，以其鬼斧神工的内画技艺和非凡的人格魅力征服世人。他以超人的智慧和实践精神推进内画技艺的革新与升华；他以更加高远的见识，与人共同发起创立"中国鼻烟壶研究会"；他带领自己的徒弟们开创了冀派内画，并使之荣膺"第一批国家级非物质文化遗产名录"；以"美国历届总统肖像"等为代表的一系列内画精品，与王习三这个名字一起成为国内外广大内画爱好者心中永久的珍藏……"王习三"这个名字是属于中国的，也是属于世界的，是属于现在的，也是属于未来的。

冀派内画这枝艺术奇葩萌生于百花凋谢、寸草不生的"文革"期间。它的诞生本身就是一个奇迹。作为冀派内画创始人的王习三，更是一个传奇式的人物。他所遭受的人格摧残让我想到了开创"人物传记"这种体裁的先人司马迁；而他两次自杀未遂又让我想到了司马迁在《报任安书》中的那段话："（《史记》）草创未就，会遭此祸，惜其不成，是以就极刑而无愠色。仆诚已著此书……虽万被戮，岂有悔哉！"王习三在那个时期，生命和爱情都能放弃，唯独不能放弃的是内画。为了内画，他终于选择了屈辱，因为内画，他又重新获得爱情和生命的价值。

王习三这个人物的传奇性除了他遭受非人的摧残和痛苦、几次欲死复生之外，更让人惊异的是他人生的每一步都伴随着天赐的机遇。正是这些机遇成了冀派内画，成就了王习三。入世之初，他本来就要抬脚踏上教师的讲台，偶然一个家庭变故，让他转而成为内画大师的门徒；迁返原籍之后，高压政治已经把他内画的理想挤得粉碎，却因农民深埋于心底的求富本能，破天荒地让这个专政对象画几只"小壶"到天津去寻找买主，从而引出了冀派内画诞生并走向世界的一条生路；爱情被剥夺之后，本已万念俱灰，生死难卜，却因天赐良缘，重又燃起爱的火焰，虽数次几乎被恶水浇灭，但最终结出爱的硕果。改革开放的春风吹来，王习三每一步又都有新的机遇，每个机遇均被他牢牢地抓住，从而让冀派内画成为光耀华夏、享誉世界的艺术瑰宝。同时，又让冀派内画与时俱进，成为它的发祥地——衡水地区的一个文化产业，竟发展为四万人的内画艺人的新兴集群。

一个艺术流派的诞生，必有其深刻的社会人文背景。而其创始人往往就是那段历史的一面镜子。我们可以从王习三身上重读"文革"十年那段历史，可以重新回顾改革开放三十年的伟大历程。把冀派内画的形成过程放到"文革"十年和改革开放的背景上来考察，可以真正体验艺术与生活的辩证关系；把冀派内画的发展放在王习三的人生历程中来考察，可以真正体会人生与艺术、人格与艺术、人性与艺术的内在机理；把冀派内画成长过程的厄运与幸运、挑战与机遇放到一起来考察，可以看到艺术发展的偶然与必然、常规与悖论的矛盾与统一。无论在他一连串的厄运之中，还是在他不断接踵而来的机遇之中，都从不同的侧面深刻地展示了王习三的人性和人格魅力、思想与艺术才华。邓友梅先生给王习三概括了六个字：善良、谦虚、质朴。应该说是恰如其分。但我想再补充六个字：执着、痴情、智慧。我认为，前六个字可以概括他作为社会角色的基本特征，而后六个字则可以概括他作为艺术角色的突出特点。

在 20 世纪 80 年代初，李玲修以"反思"的视角，写了王习三从 1966 年到 1976 年十年的"囚犯"生活，题目为《笼鹰志》，这篇报告文学作为"反思文学"的名篇已经写入中国当代文学史。在 21 世纪初的今天，李玲修又全面汇集和审视王习三从青少年时代至今的人生历程，写了《笼鹰凌云记——内画大师王习三传》，让人们更加全面深入地了解王习三其人，领略王习三的人生境界和艺术天地，则是从另一个角度对中国当代文学继续做出的新贡献。这本书的出版肯定会引起读者广泛的关注，相信它能把读者探寻的眼神引入一道亮丽的人生风景。

2007 年 12 月 16 日

谈谈余秋雨的文化散文

作为散文家的余秋雨，20 世纪 80 年代后期以来就陆续发表了大量的文化散文力作，90 年代初期以来以《文化苦旅》和《山居笔记》为代表的系列性文化散文集陆续出版。作为新时期"新潮散文"的重要作家，他的作品引起文学界和广大读者的广泛关注。我认为，余秋雨文化散文的魅力集中表现在它那具有开创性的鲜明独特的艺术风格。

博大沉雄是秋雨文化散文艺术风格的首要因素。他从内容到形式都超越了当代散文逐步形成的创作模式，以其表现对象的深沉博大，理性思考的开阔凝重，诗性激情的汹涌澎湃和表现手法的汪洋恣肆，使作品表现出非凡的气度和夺人的魅力。如果说，那些经过精心构思，精雕细刻，带有"五四"以来散文传统的当代作品，让读者去感受"一泓清泉""一片绿洲""一个美景""一组人物"……那么，秋雨的文化散文，则以不事雕琢的笔致让读者领略莽莽苍苍的大海，高远深邈的太空，开阔无际的原野，奔腾不息的历史长河……他在探求和透视中华民族的兴衰变迁时，那种寻根溯源的追忆，那种苍凉的感慨与浩叹；他在剖析和阐述中国知识分子的人格和精神时，那种博大深沉的文化反思，那种凝重冷峻的理性批判，那种意象高远的文化人格重建的呼唤……都能把读者引入更广阔、更深邃的崭新艺术境界。《一个王朝的背影》把整个清王朝放在长城之外那黑黝黝的山岭铸就的"一张罗圈椅"上进行从物质到精神的解剖，使人不仅清醒地看到清王朝兴衰的深层原因，而且也领悟到历代封建王朝兴衰的共同缘由，让读者感受历史演进中物质世界和精神世界的博大与深沉。《道士塔》

则通过一系列古老物象的追溯和形象再现，把黄河文明的盛衰放入笔底，描述中的历史浮沉感，抒情中的悲凉与无奈，思考中的纵横开阖，都是一般散文少有的景象。

清醒冷峻是余秋雨文化散文艺术风格的另一要素。秋雨是文化史学家和文艺理论家，他对中国的文化历史了如指掌，对中国社会的发展兴衰十分熟悉，对中国的文化历史问题有独到的、深刻的理性思考。他善于借助文化遗迹和自然山水来展示传统文化的兴衰起伏，将传统文化及其典型人物置于具体的环境中予以历史的解读，给以清醒冷峻的理性批判。"何时才能问津人类自古至今一直苦苦企盼的自身健全？"这是《文化苦旅》《山居笔记》等着力探索的核心问题。作者说："我发现自己特别想去的地方，总是古代文化和文人留下较深脚印的所在，说明我心底的山水并不完全是自然山水，而是一种'人文山水'。"的确，他的作品就是在凭借山水人物来探求和透视我们的民族文化底蕴和传统文化精神，剖析民族文化和古代知识分子的人格构成。在鞭挞古代文人中的历史罪人时，那种理性批判的清醒和冷峻是显而易见的；就是在热情讴歌古代优秀知识分子的人格光辉时，也能清醒地转换视角，探求与之相关联的更为深远、更为广阔的领域。在《风雨天一阁》中，作者说："范钦既没有丰坊的艺术才华，也没有丰坊的人格缺陷，因此，他以一种冷峻的理性提炼了丰坊也会有的文化良知，使之变成一种清醒的社会行为。"天一阁之所以能以一种怪异的力量屹立着，"实际上，这也就是范钦身上所支撑的一种超越之气，超越嗜好，超越才情，因此也超越时间的意志力"。在此基础上，作者在结尾部分又提出一连串的问题：保存中国历史的天一阁本身的历史是否有待于进一步发掘呢？什么时候能把范氏家族和其他许多家族数百年来的灵魂史袒示给现代世界呢？登天一阁时我的脚步非常缓慢，我不断地问自己："你来了吗？你是哪一代的中国书生？"（他说当代知识分子是现代文化的创造者，又是民族传统文化的孑遗，故有此问。)这些提问增强了文章的沉重感，也摆脱了那些怀旧之类的霉变气息，以入乎其内又出乎其外的理性批判精神，开拓了新一层的思想境界，给人以思考中的清醒和冷峻。

余秋雨文化散文艺术风格的又一要素是把思考的锋芒、睿智的发现与激越的抒情相结合而形成的那种明丽与昂扬。思想的触角所到之处能切中问题之要害，能发现别人所不曾发现的东西并形成自己的思想成果，而这种思想成果不是那种抽象干瘪的理念，而是以饱和着激情和形象的语言托着的有血有肉的东西。一篇《废墟》可以让我们尽情领略这种风格特色。这篇散文可以作为一首诗来读。作者把"废墟"这个概念的内涵作了革命性的扬弃，进行了创造性的丰富和充实，把人人都可能思索过而没有思索透的问题剖析得如此清晰透彻，把人们想表达而难以表达的思想，如此明丽地表达出来，而且处处都渗透着积极向上、奋发昂扬的精神。他说废墟是课本，废墟是人生的过程。废墟是营造的归宿，又是新的营造的起点。废墟有一种形式美，把拔离大地的美转化为归附大地的美。所以"我诅咒废墟，我又寄情废墟"。他说，没有皱纹的祖母是可怕的，没有白发的老者是让人遗憾的。没有废墟的人生太累了，没有废墟的大地太拥挤了，掩盖废墟的举动太伪诈了。所以他呼唤"还历史以真实，还生命以过程"，并断言，这就是人类的大明智。他说，中国历来缺少废墟文化，中国历史充满着悲剧，但中国人怕看真正的悲剧；没有悲剧就没有悲壮，没有悲壮就没有崇高。所以他作出结论："中国人若要变得大气，不能再把所有的废墟驱逐。"他说，废墟的留存，是现代人文明的象征。废墟，辉映着现代人的自信。古代的废墟实在是一种现代的构造，现代，不仅仅是一截儿时间，现代是宽容，现代是气度，现代是辽阔，现代是浩瀚。因此，我们要挟着废墟走向现代。

秋雨文化散文的艺术风格还表现在语言的运用上。那种博大沉雄，那种清醒冷峻，那种明丽与昂扬，不仅表现在那些描写对象上，表现在他对于描写对象的思考与剖析上，表现在那种哲理的阐发和激情的抒发上，而且也强烈地表现在他那鲜明的语言艺术上。有的地方，语言表达潇洒随意，尽情释放，一泻千里，成为那种博大沉雄风格的外壳；有的地方，语言成为满载理性与感性、思考与激情、现实与想象的方舟，那种语言的张力很好地体现出作品的沉雄、冷峻与昂扬。另外，秋雨的文化散文在文体上的变革，是这种艺术风格形成的前提条件之一，这是我们应该从艺术形式与内容的关系方面进一步探索的问题。

真情 诗意 思想

　　读完郭华同志的散文集《心境》(中国青年出版社,1997年12月出版),掩卷思考,想到近几年读过的散文,大体有这么几类:一类是专业作家的散文,其优秀者总让我强烈感受到作家独具的艺术匠心,有些地方真使人折服,然而也常为偶尔暴露的刀斧之痕而扫兴;一类是平常百姓的散文,其优秀者常使我为其带着浓烈生活气息的喜怒哀乐所感染,然而也常为其不谙散文创作的艺术规律而糟蹋了一些好题材而惋惜;另一类就是政界领导者的散文,其优秀者常使我为其思想老辣,洞悉世事而深受启迪,然而又常常为其对世事看得太透而心灰意冷。郭华的散文可算作后一类人物的作品,但他的散文却与这类作品的一般特点不同。他是从繁杂的政务中努力摆脱出来,寻找利用那些时空和情感的缝隙,去执着地追求一种清新自然的艺术境界,读来使人感到一种轻松和愉悦,产生对一些美好事物和情愫的向往与追求。同时我又感到郭华的散文,又兼有前两类作品的某些特点,特别是那种浓厚的生活气息,真挚朴实的情感,比较熟练的艺术表现,都是足以称道的。

　　细说起来,郭华的散文可以说是有真情,有诗意,有思想。

　　人们都说,"诗贵乎情",散文何尝不如此。无论什么题材、什么风格的散文,都要靠真情打动人。这本集子中的不少作品之所以能以情动人,原因之一是作者能毅然地把心交给读者,同时又能把真挚的情感渗透到文章的构思和行文中去,让人在读的过程中时时能感受到不断涌动的情感"潜流"。《心境》一篇中写"我"与奶奶的情,奶奶对"我"的情,奶奶对曾经帮助、尊敬过她的人们的情，都渗透在一系列情节的叙述中，娓娓道来，看似不动声色，其实涌动的感情潜流甚至是可以触摸的。《亲情》一篇写自己与儿子的情，在"我"与子之亲情的叙述中，又穿插进父亲对"我"的亲情，奶奶对"我"的亲情，甚至点到因祖父早亡，祖父与父亲未能建立亲情，等等，使整篇充满一个"情"字。20世纪60年代初生活困难时期，父亲让"我"到县城教师大会上吃那顿白菜粉条炖猪肉，奶奶带"我"到县城食堂吃烩饼，"我"到香港时与在家的儿子通电话，这些情节都是感人至深的。而更使人感动不已的是，作者把不同对象的亲情自然融合起来，并使其相互烛照，相互感染，从而使情味的浓度不断升级。

美好动人的情，是以美好崇高的思想为灵魂的。细读郭华的散文，你会透过浓浓的情，领悟到文章深处的思想。在一些篇章中，文章的思想像一根线串起了生活的珍珠。试看《泰山琐忆》，本文由五个片段组成，五个片段又可独立成篇，即使这样一组作品，也可以看到那根贯穿全篇的思想线索。《"孔子登临处"的遐想》中说："倘若是后一种原因，实在佩服后来开山者的勇气，他们不以'圣人'的足迹为道路的尽头，孔夫子没有去过的地方，他们也敢涉足，并且开出一条路来。"《万绿丛中一点红》中说："如果幸福的花儿真的开在悬崖上，你怎么办？"《暮色苍茫十八盘》中说："攀登的勇气在于前面有更艰难的路程；攀登的兴味在于不断攀登。"《云海涛涛览众山》中说："可以遐想，甚至可以做梦，但双脚决不可离开坚实的土地，决不可离开这植根于地心深处的雄山。"《终生难忘泰山行》中说："自从踏上你的盘山路，我想说，我想笑，我想尽情地倾诉，我想纵声欢歌！我想涉足新的天地，我想追求新的生活。"这条思想的线，简要地说就是，为了崇高的人生目标而不断地、不懈地、脚踏实地地去攀登，去开拓，去探索，去追求。这条线串起了泰山的所见、所闻、所思、所想，使文章既有活的灵魂，又有生动丰富的血肉。从结

燕赵文艺名家丛书·文学

构上讲，散文忌"散"；从取材上讲，散文宜散。把散的题材，用集中的主题统一起来，可以做到形散而神聚，才算具备了散文的本质特征。可见郭华是深深懂得这个道理的。

郭华散文的思想，还表现为那种似叙似议的、极朴实而富于哲理性的语言概括："因为吃饱了肚子而拥护农村改革，我把这种态度自嘲为'饿出来的觉悟'，并常常觉得境界不高而羞于启齿。后来，读了一些革命前辈的回忆录，发现许多战功卓著的开国将领，当初跟上共产党闹革命，居然也是因为吃不饱肚子。"（《假设永远吃草根树皮》）"因此，不争论，干起来！天空中那只雁飞过来了，让我们一齐放箭，先把它射下来，等雁成了囊中之物，是烤是煮都好商量！"（《不争论，干起来》）文章中这样的思想闪光随时可见，有的成为主题的组成部分，有的干脆就是文章的主题。

真情之所以感人，思想之所以闪光，关键在于意境的创造。在特定的意境中才可能有打动人的真情，才可能有折服人的思想闪光。也许正因为此，郭华在散文中很注重意境的创造。《当学生真惬意》把意与境的自然融合，就是个挺好的例子。在这里，题目即意：当学生，真惬意。具体一点就是，来到党校由领导干部转变为普通学员，于是无官一身轻，只身外出，可以随意走，尽情玩，不必再顾忌"身份"和"影响"问题；可躺在草地上，望着蓝天白云，放开思绪的缰绳，不受干扰地想你要想的事，想你要想的人，享受普通人的幸福自在。这种意是与这样的境结合的："清晨，红霞初露，校园里便到处都是晨练的学员。广场上，树林中，礼堂门前，人工湖边，跳舞的，打拳的，舞剑的，跑步的……""七点半，通往教室的甬路上开始涌动人流，各色各样的，提着的，背着的，在腋下夹着的，领导气派的，学者风度的，统统迈着急匆匆的脚步走进教室。""这里的课堂纪律是最好的，从来没有哪一个学员因违反课堂纪律受到老师批评，更不用说揪耳朵、刮鼻子。这里的老师也是教学作风最民主的，从来对学生都是和颜悦色微笑授课。"这里的"官""不仅变得轻松，而且变得年轻，甚至恢复了几分童稚。开起玩笑来南腔北调，搞起恶作剧五花八门"。可见，正是因为有了这样的境，才生出了"当学生，真惬意"的意；也正是这样的意，才使这种境有了"神"。在这样的意境中，作者抒发的感情是何等真挚！作者要表达的思想是多么实在！（需要指出的是，这里的思想不是消极的处世思想，而是表达追求人的全面发展的思想。）这本集子中，诗意较浓的篇章很多，诸如《乐在其中》《童年雨雪》《村戏》《我们有个温暖的家》《明江百里入画来》等等，但其意境的创造有的可以看出作者是精心构思、独具匠心的，也有的则是信手拈来，浑然天成的。

散文是个很宽的领域，可以包容多种多样品种和样式，可以运用多种多样的生活题材，可以在多方面进行艺术的探索，也可以从多方面为我们从事的事业服务。郭华同志从事过散文以外多种体裁的文学创作，同时又在多种不同的岗位做过领导工作，可以说创作经验与生活经验都非常丰富，盼望他今后有更多的优秀散文作品问世。也盼望看到他其他体裁的文学作品问世，更希望他的文学创作继续帮助和促进他在工作岗位上做出更大的成就。

1998 年 3 月

《大地采风录》序

柏川是一位思维敏捷文笔泼辣的新闻记者，同时又是一位酷爱文学不懈追求的文学作者。他只念过一年初中，丰富的人生阅历磨炼和丰富了他的头脑，使得他以与众不同的独特的目光来观察我们这个世界，思索社会与人生。他来去匆匆却长年累月笔耕不辍，既纵横驰骋于新闻领域，又潜心于文学创作。他写诗，写小说，写杂文，也写报告文学，如果从他第一篇变成铅字见诸报端的诗歌算起，他的文学创作生涯已经十四度春秋了。

这些年来，柏川怀着火一样的热情投身于时代潮流之中，撷取灵感与现实撞击的诸般印象，勤奋耕耘于文学的沃土之上，写出并发表了数百篇文学作品。这些作品我大都拜读过，我以为它们既是柏川参与现实生活留下斑驳足迹的印证，又是他春蚕吐丝般文学创作历程的记录。如果将这些作品整理选编出来，无论对于作者总结自己的创作经验，还是作为艺术实践的结晶奉献给广大的读者，都将是有意义的事情。

记得在一年前，新闻界和文学界的一帮朋友们就鼓动柏川"何不辑册成书"，他尚在犹豫未决，现在我终于有缘读到他经过反复筛选而编成的报告文学选集《大地采风录》的初稿。握卷在手，一口气读完之后，我觉得有许多话要说，于是伏案疾书写了如下诸般文字。用报告文学的形式迅速地反映改革与现实生活，在我们这个时代已逐步形成风气。因为报告文学是以人们正在关注的现实生活中的人物和事件的"热点"为题材，充分发挥其敏感、迅捷、灵活、现实感强等特点。能够缩短文学与现实的距离，能够强烈地拨动读者的心弦，能够使文学作品及时地作用于社会生活，能与当前改革开放的主旋律形成有力的协奏。所以报告文学身价陡涨，成为现实生活的"宠儿"。小说家在写报告文学，诗人在写报告文学，散文家也写报告文学，文秘工作者也写报告文学，新闻记者也写报告文学……于是报告文学的传统模式被打破了，那具备不同视角和不同文学表达方式的报告文学作者们，都从各不相同的文学价值观与审美观来创作自己的报告文学作品，使得报告文学园地中呈现出百花竞放、五彩缤纷的可喜局面。

尽管报告文学作品如夜空的繁星一样数不胜数，然而大体可以归纳为两大类别：一类是那些专业作家们从纯文学的角度惨淡经营而成的艺术品；一类是那些业余作者们偶尔被现实生活撞击而成的"急就章"。柏川选在《大地采风录》中的作品，大都是属于后一类的。他常年活跃于改革和经济建设的第一线，走马观花式采访撰稿，记者的责任感驱使他在完成报社交代的任务之后，又操笔干起了报告文学这种营生。一开始作为练笔，他还有点力不从心，待到驾轻就熟之后，他的写作热情就一发而不可收了。而紧张的工作节奏和家庭的诸般琐事，又容不得他有更多的时间冥思苦想、精雕细刻，他只能像写新闻稿那样一挥而就。对此常以为憾，只能报以苦涩的笑。

《大地采风录》这类作品具有三个突出的特点。

一是强烈的现实感和浓郁的生活气息。专业作者侧重于寻找艺术，而业余作者们则侧重于寻找生活，前者容易从艺术的角度观察生活，后者容易从现实生活中发现艺术。由于业余作者们往往受现实生活浪潮的撞击而触发对生活的审美，他们在构思和写作报告文学时，总是急于首先把现实生活中最生动、最强烈、最能表达自己的感受的内容展示给读者，在此基础上把自己的审美感渗透其中，使之成为现实生活中的一种自然生发物。作者是受现实生活的撞击有感而作，同时又有强烈的回报现实的功利意识，这就为其现实感强和生活气息浓厚的形成提供了条件。《大地采风录》写国营企业的厂长如何鏖战沙场创造"石破天惊"的业绩，写位在"八品"的乡镇干部如何冲破重重难关艰苦创业"造福一方",写农民企业家如何借改革开放的东风实现"能人效应",也写身处逆境的诗人和土生土长的画家如何一鸣惊人的艺术道路,这些各具风姿的人物画廊历历在目,蔚为大观,使读者从中感受到各种不同的生活氛围,认识到各种各样的典型人物,从中发现改革和建设现实中各种各样的问题。

二是浓重的地方色彩。报告文学是纪实文学,而业余作者又往往在稳定的较小范围内取材,加之作者对一定地域内的历史与现实、政治生活与经济生活、社会风俗与自然条件等非常熟悉,这就容易使其个人的作品成为某地地方色彩的体现,使读者得以全方位地集中了解某一地域及其代表性的事件和人物。《大地采风录》就是黑龙港这一特定的地区改革开放中部分代表人物的风姿展览,读者可以通过认识这些领导生活新潮流的人物来认识黑龙港地区的过去与现在。书中展示的众多人物无不具有鲜明的个性,但他们又都有着性格气质上的共性,勤劳、坦诚、坚韧、有拼劲,这就是黑龙港苦难的历史与变革的现实共同造成的性格。书中人物都有着自己成长发展的具体环境,诸多人物赖以形成的诸种环境,共同衬托出一个活生生的"黑龙港地区"。如改革开放新形势下的燕赵热血男儿如何艰苦创业,以大运河为背景的改革者如何思考历史、现实和未来,具有光荣革命传统的冀中平原上的党支部书记如何开展思想政治工作。伴着时代的足音怀着对新生活的憧憬,生活在黑龙港这块土地上的人民以独特的姿态迈步走向新的时代。

三是单刀直入写作方法。不必讳言,这类作品在艺术构思上比较单纯。较优秀者,大巧若拙;较一般者率直有余,蕴藉不足。我觉得《大地采风录》中的作品虽然有此缺憾,仍不失开卷有益的效用,值得一读。"栽桃育李一代风范"把安平县北郭村农中校长苑书田及他开创的职业教育,按层次"一至十三"的顺序由远及近、由浅入深地展开,事件叙述层次清晰,引人入胜,人物的刻画眉目清楚,给人留下深刻的印象。"燕赵诗魂"写诗人姚振函身处逆境而奋发有为，终于"一举成名天下知"，语言风格自成一体，遣词造句上独运匠心，有一种诗的意境和韵味，淋漓酣畅地描绘了诗人坎坷不平的人生和对艺术的苦苦追求。其他一些篇什，也都渗透着作者苦心孤诣的构思，较为成功地刻画了一个又一个充满血肉的人物。

我极为崇尚古人所说的"天道酬勤"蕴含的含义，这对于柏川的文学创作也是最恰当不过的注释了。一部二十万字的《大地采风录》记录着他的艰辛和欢乐，探索和追求，这不仅对于作者本人，而且对于众多的读者也一定不无借鉴意义吧！另外，柏川的文字展示了一定的功力，文笔犀利而不失委婉，语言生动流畅中又隐隐透出一股阳刚清健之气。令人读来意味不尽。

以上是我初读《大地采风录》后信笔写来的几点感想。今录于此，是为序言。

1991 年 10 月

画"龙"与点"睛"

谈写作技巧，常有人谈到画龙点睛。但大都重在谈如何"点睛"，很少有人谈及"画龙"及"画龙"与"点睛"的关系。

"画龙点睛"首先是画，然后才是点，龙是基础，点是关键，龙未画出，睛则无从点，"皮之不存，毛将焉附？"甚或画龙成猪，"妙"点其睛也会腾云而飞？所以初学写作者，最忌因寻求捷径而舍本逐末，而应该是先求画好其龙再说妙点其睛。

鲁迅先生的小说《祝福》中，三次重点写祥林嫂的眼睛，是运用"画龙点睛"法的典范。《祝福》恰是在写好祥林嫂第一次丧夫后不堪婆家虐待逃出到鲁家做工，第二次丧夫又亡子后被"大伯"逼出再到鲁家做工，最后受到鲁镇人的普遍鄙视而连捐门槛赎罪的一线希望也破灭后沿街乞讨这三个阶段日甚一日悲惨遭遇的同时，通过写她三次眼神的变化，有力揭示了祥林嫂这一悲剧形象的变化过程及其内蕴，强烈地表达了封建礼教和制度"吃人"的主题。倘若没有祥林嫂悲惨命运的具体描写，眼睛"画"得再好，又有什么用呢？可见，画眼睛是写人物的辅助手段，而并不等于写人物本身。

"画龙点睛"也指"立片言以居要"揭示文章主题。杨朔的散文《荔枝蜜》写作者小时候上树摘海棠花被蜜蜂螫了一下，之后每见蜜蜂"总不怎么舒服"，但在广东从化温泉喝了荔枝蜜，并在养蜂员老梁的引导下参观了蜜蜂大厦，观察和了解了蜜蜂采花酿蜜的情形及其生活习性之后，方认识到蜜蜂的伟大，于是写道：

> 透过荔枝林，我沉吟地望着远远的田野，那儿正有农民立在水田里，辛辛勤勤地分秧插秧。他们正在劳动建设自己的生活，实际也是在酿蜜——为自己，为别人，也为后世子孙酿造生活的蜜。

这是全篇的画龙点睛之笔。它告诉我们：建设社会主义的劳动人民勤劳，伟大，可敬可爱。而这一意义是早已蕴含于前边的描写中的。可见，所谓"点睛"，是在画的基础上的升华。所以这两句话像举起了一束火炬，一下子照亮了全篇，揭示出文章的深刻主题。试想，没有关于辛勤的蜜蜂的那些具体描写，这束火炬去照亮什么呢？

"画龙点睛"，先"画"后"点"，不可本末倒置；"画""点"结合方能形神兼备。只潜心于"点"而不致力于"画"，不是捷径而是死胡同。

由此而联想到艺术与生活的关系，艺术的真实自然高于生活的真实，然而缺乏真实的生活，真实的艺术则是无从谈起的。在这方面作者也没有捷径可走。

朱自清的《白水漈》

　　朱自清先生的散文以表现挚情见长，其游记散文则更善于把真挚的情感溶于朴素自然的写景状物之中，1924 年写于宁波的《白水漈》（《温州的跟踪》之四）即属这类佳作。

　　白水漈是温州的一个瀑布，"但是太薄了，又太细了"竟至"有时闪着些须的白光，等你定睛看去，却又没有——只剩一片飞烟而已"。小得似乎微不足道，而作者开篇却特别郑重："几个朋友伴我游白水漈"。来游，且有几个朋友相伴，可知瀑布虽小，"诱惑"却大。

　　若有若无的白水漈摆在面前了。作者却从眼前之景宕开去，联想到从前的所谓"雾縠"，再收回来，用"雾縠"那种薄若烟雾的纱绢的形态来比喻这"太薄太细"的瀑布；使瀑布虚化，又使之具体化——实体却给人以虚幻之感，而虚幻之形又借这具体可感之物以定形，虚实结合，白水漈的形态、神情传达出来了。你看，"闪着"的"些须的白光"引逗你的眼神去追赶，当你定睛看去，它"却又没有"，可大概又怕你太扫兴，总算给你留下"一片飞烟"。

　　外部形态总是有特定内质的，原来"全由于岩石中间突然空了一段；水到那里，无可凭依，凌虚飞下，便扯得又薄又细了"。水源细小，故须有所凭依瀑布才能保持一定宽度和厚度；而"突然空了一段"便使其失去凭依，自然由宽变细、由厚变薄；细薄无力，当然搁不住"扯"，于是白水漈被扯得"太薄""太细"了。"雾縠"是固体的纱绢，抓得住抻得起——故"扯"字由"雾縠"的比喻生出；瀑布被"扯"得太薄太细，时而变作烟雾——故"雾縠"的比喻又是从"太薄太细"而来。从"太薄太细"的概述到薄若"飞烟"的描绘；从"雾縠"的比喻到"所以如此"的探求，都是从一种形神相似而又内在相连的关系中，环环紧扣步步深入地引读者在屈曲跌宕中追逐嬉戏，之后，使人得到一种"原来如此"的满足。

然而更有趣的还是那"最是奇迹"的"空处"："白光嬗为飞烟，已是影子；有时却连影也不见。有时微风过来用纤手扯着那影子，它便姗姗地成了一软弧；但她那手才松，它又像橡皮带儿似的，立刻服服帖帖地缩了回来。"把微风拟人化，让其纤手"一扯"，瀑布便与一个"生命"联系起来，让你自然联想到仙女手中"随风"飘舞的素练；而"手一松"又使人看到，它确非任意驱遣的死物——"服服帖帖"已显示它有心灵，"缩"字又使它有了意志。它像"橡皮带儿"而并非"橡皮带儿"啊！看似虚幻却可触摸，不定型却富弹性，非生灵而有生命。细细品味，虚从实来而归于实，"生"自"死"来而真意在生，白水漈形象的塑造充满了作者的辩证思维。

白水漈形象的生命力进一步表现于一种"争夺"："或者另有双不可知的巧手，要将这影子织成一个幻网。——微风想夺了她的，她怎么肯呢？"这"不可知的手"大概就是白水漈生命意志的代表吧？即是变作影子，也是属于白水漈的，它们仍织成白水漈的有机生命之体，不可分割。微风不能夺去，作者深感欣慰，如微风真的夺去，作者"怎么肯"袖手旁观呢？作者的主观倾向潜滋暗长，逐渐鲜明起来，此刻，他已完全融身于这意境中了。

篇幅越短小，越应将强烈的情感藏在自然的气势之下。作者正是通过这朴素自然的描写来寄托强烈感情的。朱自清作为民主革命者，从1934年的黑暗统治中"走出来"，呼吸到自然界的新鲜空气，欣赏着祖国美丽的山川，必然爆发一种极力摆脱黑暗束缚，追求幸福美好生活的欲望，这也就是小小的白水漈对作者有极大"诱惑"力的原因之所在。这篇短文作为"心灵的窗口"，让我们看到了作者对美好事物的执着追求；作为"社会的窗口"，让我们看到了封建军阀政治统治下社会的浓重阴影；作为"文学的窗口"，让我们再次感受到有真情的短小精粹的散文的生命力。

1982 年 4 月

朱自清的《绿》

朱自清的散文写得美。他善于把真挚的感情用细腻的笔触融入所描绘的景物中，创造出一种贮满诗情的意境。我们细细品味，便会产生身临其境的感觉。他 1924 年写的《温州的踪迹》之二——《绿》就是这样的篇章。

文章开宗明义，第一句就说："我第二次到仙岩的时候，我惊诧于梅雨潭的绿了。"这句话突兀有力，尤其"惊诧"二字使人注意力集中到他要描写的梅雨潭上。同时又启示下文：梅雨潭啥样？有怎样的绿？

梅雨潭是个瀑布潭。所以作者在第二自然段里先写梅雨瀑，而不直接写潭，使文章刚开了头就转了弯，这样文笔含蓄又吸引读者。作者写梅雨瀑，是由远而近，由放到收。他先把镶在湿湿的两条黑边里的一带白而发亮的水和它"哗"的声响给我们看、听。然后又写上梅雨亭。在亭上"不必抬头，便可见它的全体了"，亭的出现，很自然地把瀑布潭水联系起来——亭对面是梅雨瀑，"下面深深的便是梅雨潭"，同时作者又不露痕迹地点示：这深深的梅雨潭便是绿的所在。下面继续写瀑布，其中插入梅雨亭的介绍，并由梅雨亭展翅浮宣的姿态，写到周围的山，从仰视半环状的高山而产生的"如在井底"的感觉，又自然写出秋季薄阴的天空以及岩石和草丛。这些描写使原来已构成的画面又扩展到最大限度，然后再在这个大背景上描写梅雨瀑。这一放一收，使景物鲜明而且集中了。从描写瀑布被扯成几绺到写微雨般落着的纷纷水花，以至写出梅雨瀑得名的原因，这时我们便恍然省悟，怪不得是这么个新奇的名呢。可是作者和一般人的

品鉴文汇 刘家科文艺评论集

感受并不相等——"我觉得像杨花格外确切些",这细微的观察,突出了水花的另一个特点:纷纷扬扬,温柔可亲。而这正与作者此时此刻的心情相吻合。紧接着他又渲染这种情调:"这时偶然有几点送入我们温暖的怀里,便倏地钻了进去,再也寻它不着。"这便赋水花以生命,更显其微妙可爱。这时我们会觉得:这幽雅的意境中,一切都那么和谐,都那么惹人喜爱,以致几滴水花都生出那样的情趣。作者不是客观描绘这些景色,而是成了景中的人物!他完全沉浸在里面了。可见作者此来并非一般观赏,且另有一种心情在。他不是重嚼别人嚼碎的馍,而另品出了新味道。在寻水花而寻不着的迟疑中,作者或许会由此而联想到其他千千万万朵水花的去向呢!

第三自然段,笔锋突然一转写道:"梅雨潭闪闪的绿色招引着我们,我们开始追捕那离合的神光了。""招引"和"追捕"使气氛活跃而稍有紧张,使我们屏息注目那神秘的"绿"。往下写怎样从亭上到潭边,然后才把早已润饱的笔放在一个"绿"字上。以上由瀑布又写到潭,越收越紧,而下面对绿铺开描写,放开来,又增添了整个环境的色彩。这,在下面看得更清楚。

作者描写绿,是先从整体的形象写起,继而展开丰富的想象,借助于比喻、比拟等手法,传达绿的情态神韵、塑造绿的形象,先以极大极大的荷叶作比,写梅雨潭的清碧一色,绿得"奇异""醉人",竟至使人产生"想张开两臂抱住它"的妄想。渲染绿的可亲可爱,这是水花钻入怀里那种情调的进一步推进,并非若有若无不可捉摸的"神光"。这着实可爱的绿唤起作者记忆中那些美好的形象:松松地皱缬着的少妇拖着的裙幅,轻轻跳动的初恋处女的心,滑滑明亮着的明油,软嫩的鸡蛋清,曾触过的最嫩的皮肤,还有温润的玉。取这些东西作比,写出绿的飘逸柔美、细嫩丰实、青碧一色、毫无杂尘等多方面的优点,写出了它纯洁的质地,传达出它娇美的神态。这些比喻给读者以视觉的形象,也有触觉的感受,使读者不禁展开想象的翅膀，凭自己的经验和体会把绿的概念具体化、鲜明化，形成完整的艺术画面和可爱的优美形象。到这里文章又来一个转折："但是你们却看不透它"。这既照应了前面说的"厚积"的特点，强调它的难以形容，又启示下文，转入对绿色的专门描写。到底绿是怎样的颜色？作者举出四样全国闻名的绿景来和它比：北京什刹海拂地的绿杨，杭州虎跑寺旁的绿壁，西湖和秦淮河的绿波。但他们各自有着太浓、太淡、太明、太暗之嫌，怎么能比得上呢？这使作者禁不住发自内心地慨叹了："亲爱的，我将什么来比拟你呢？我怎么能比拟得出呢？"由绿的奇异无比而引起作者的直接抒情，激起了感情的波澜。这种感情是触景有感而发，因而使人有余波不尽之感。还应注意，作者在这里直接对绿交心了。第三人称转为第二人称，更增添了感情色彩。

作者没有找到一样合适的东西来比拟绿的颜色，这样委婉的笔调，正是以平中见奇的笔锋，把绿的纯洁非凡的形象屹立了起来，他进而把自己的生活理想融汇进去。接着作出这样的设想（幻想）：裁绿为带，赠给轻盈的舞女，使她临风飘举；挹绿为眼，赠善歌的盲妹，使她明眸善睐。这样的想象，使绿更理想化，但这怎么能够成为现实呢！所以作者又禁不住直接抒情。他把绿拟作一个十二三岁的小姑娘，抚摸着、吻着，并以长者亲昵的口吻称作"女儿绿"，这样使上面"想张开两臂抱住它"那种感情发展到顶峰，对绿的挚爱使作者达到痴狂的程度，而我们怎能不引起共鸣呢？我们也禁不住重复那句话了："我舍不得你，我怎能舍得你呢？"文章结尾重复开头一句，只是多出"不禁"二字。但这重复却是另有深意，它不仅与开头遥相呼应，使结构严谨细密，更要紧的是表达了那种不忍离去的依依之情，使文章含不尽之意。这使我们产生更深一层的疑问：在温州梅雨潭只不过是千百秀美景色之一，为什么作者竟如此之动情呢？我们不得不想一想1924年那样的时代，半殖民地半封建的旧中国千疮百孔，浓血污秽，正处于黑暗中。作为正直的有民主主义思想的小资产阶级知识分子的作者，还没有跟定共产党参加革命、推翻这个黑暗世界的认识，但他对这社会的黑暗污浊是深恶痛绝的。他从社会的污浊黑暗中走进大自然温和的怀抱，看到梅雨潭那么纯真美好的"绿"，怎么能不触动自己的情怀呢？无论是潭是瀑，或者山石草丛，甚至是天上的流云，没有一样不浸透着这种真挚炽热的感情。这就是人们常说的"情景交融"。

的确，情景交融是这篇散文的显著特点。更具体点说是融情于景。作者在现实中耳闻目睹了种种社会黑暗现象的存在，他满腔不平无处发泄，只好在大自然中寻找抚慰，"绿"便成了作者寄托感情的寓所，也成了作者汩汩之情涌成的泉口。对梅雨潭环境的好感，对绿的挚爱，通过作者的娓娓倾吐，使大自然洋溢着作者暂时寻得的欣喜和欢乐的色彩，使得"我"跟大自然融合起来。景是情中景，情是景中情，我是景中人，情与景如此的弥合无迹，收到了强烈的艺术效果。

这篇散文另一显著特点是写景的放、收与文气的紧张、松动有着紧密的配合。"绿"是全文描写的中心点。开头突兀地起笔，点出绿，一下抓住人心，在文气上是"紧张"的，接着按游踪步步写景，由远及近使文气"松动"。写景中先是远景的瀑布特写，接着勾勒全景，使白云、山石、亭、瀑、潭构成一个整体，声、色的描写，充分渲染出绿所处环境的静谧美好。这都在松动中进行。接着由氛围转到绿的描写，结构上由放到收束集中，文气上则由松动变为紧张，全文一下发展到中心段。"紧张"中作者铺开笔墨，比喻、对比、拟人、呼告、变换人称等，调动各种手段，写出绿的可亲可爱，又是放。结尾虽与开头紧密照应，有强调意味，但文气上却松动舒缓下来。这样紧张—松动—紧张—松动，形成了和谐的艺术节奏，恰切地传达了作者主观感情的波澜起伏，也使行文缓急有致，摇曳多姿，增强了生动性。读者读之，既为作者对自然美好景色的时放时收的描绘所沉醉，又为那或紧张或松动的文气所吸引，更为那真挚的感情所打动，从而得到充分的、美的艺术享受，又一次领略了朱自清先生散文艺术的高超技巧。

1980 年 5 月

好看、耐品、宜藏

——读《滋味——与 50 位文化名人聊天》

　　张继合从1999年开始,用一年多的时间,采访了五十位中国文化名人,并为每人写了一篇文章。2003 年,这些文章结集为一本书,名曰《滋味——与 50 位文化名人聊天》,由大众文艺出版社出版。这本尚带墨香的著作摆上我的案头,我就饶有滋味地阅读起来,随着他那活泼生动的文笔,我也似乎进入了聊天的现场,得以近距离拜望一位位文化名人。

　　细读此书,掩卷思之,我觉得它有如下特点:

　　一曰好看。所谓好看,就是读着顺畅,容易进入,书的文字和内容比较吸引人。大概是看腻了那些板着面孔、故作高深的文章,张继合文章的自然随意让我产生了新鲜感。按说写的都是名人,且是文化名人,大都有些神秘和高深莫测,文章写起来似乎也应该深奥一些。而张继合却反其道而行,把文章写得这样简单明了。从这种阅读感觉追下去,我发现他写的文章谋篇布局不拘一格,都没有固定的套路;走笔行文活泼简洁,写人状物都是简单的白描;同时披露了一些名人的凡事俗举,让名人更真实可亲。张继合写施蛰存是"被'边缘化'的文学前辈",写他的生活条件至今还简陋得惊人,并写"他身处陋巷而不改其乐"。他把听到的和看到的作了个对比:"前天晚上,复旦大学的贾植芳先生还津津有味地谈论起老友施蛰存,说施蛰存先生有一位贤惠的妻子,还有一所'小洋楼',客厅里铺着一寸厚的地毯,又洋气,又排场……"而当"我登上了二层阁楼"看到的一切却"使我不敢相信自己的眼睛:一个较大的房间,南北分别架着一大一小两张床，靠床是一副写作用的旧桌椅，此外，没有其他什么压得住阵脚的家当了。中午，室内没有亮灯，借着昏暗的光线能看见靠窗的书桌、藤椅，迎面的一张双人床上，九十五岁的施蛰存先生正在午睡，枕上的华发细密、蓬松。""窗外，白雨跳珠。沉睡了许久的施蛰存先生终于醒了，他高声唤人：'拿痰盂，吐痰。'然后，孙女搀扶他拄着拐杖，缓缓走到书桌前坐下，微微地喘息。随后，又高喊孙女：'倒茶'，清茶冒着馥郁的香气来了，老人抿起嘴，欣慰地笑起来。"贾植芳的幽默调侃，使施蛰存在典型环境中的典型举止更真切、更生活化。这样让人读到的首先不是文字的形式，而是生活的内容。

二曰耐品。就是从书中读得到文化名人高雅的精神和情趣，这些东西耐得住咀嚼和品味。他写卞之琳先生爱书，用了这样的细节："他不愿意把研究自己的书《断章取义》借给我，当着面儿，就毫不顾忌地表达这个意思：'不借，不借！借出去就回不来了。'他脸涨得通红，只是没有能力阻拦女儿对客人的草率允诺，他眼巴巴地望着他的宝贝书被我装进皮包里，好一副怅然若失的样子。临出门，他还用模糊的声音提醒：'别忘了还书'……"在作者笔下，九十岁的卞之琳爱书爱得竟像一个孩子；而此后仅仅三个月，卞之琳便永远离开了人世，他再也看不到那本《断章取义》了。这样的细节深深地印在我的心上，让我久久地思索，反复地寻味。他写九十三岁的王朝闻的幽默和睿智就引用了王朝闻自己的一段话："在穷苦闭塞的农村，很多农民都有一个令人反感的共性——喜欢讲男女之间的黄笑话，乐于听两性之间的荤故事。一旦讲起来，神采飞扬，唾沫横飞……后来，见得多了，想得多了才逐渐明白了其中的奥妙。为什么会这样呢？一个字，穷。贫穷就导致婚姻不自主、生活不自由、文化生活缺乏色彩。无疑，这是低俗原始和不健康的生活状态，而中国的艺术家所面对的就是这样的人群。要为这样的阶层服务，就要用健康的东西来引导他们的精神，滋养他们的心灵。否则，国家养活那么多文艺单位和文艺人才干什么？"

这是著名美学家讲的大白话，这大白话却引出了深刻的道理，也体现了王朝闻的艺术良知，细细品味，可以让人获得很深的教益。此外，像他写文怀沙的笑谈"风骚"，写方成的含蓄与幽默，写钟敬文的世纪沉思，写铁凝苦恼中的快乐，等等，都写出了人物的精神和情趣，都值得细细地品味。

三曰宜藏。就是他记述了很多具有史料性的东西，因而具有收藏价值。这些东西散见于一些篇章，不是系统的东西，但这些东西对于某些方面的系统研究有参考价值。作者写在书里的，大都是与人物直接面谈的内容，都是第一手资料，且有些人物被他采访以后，不久便逝世了，因而这些资料就更珍贵。

散文的真性情和意象美

一

散文，天性自由，没有固定格式，没有清规戒律，有多少写散文的人，就有多少各不相同的散文观；有多少散文作家，就有多少各不相同的散文作法。然而，不论散文体态如何千变万化，它们共同的追求却是不变的，那就是彻底展示作者的真性情。凸现真性情者便可与读者进行心灵的交流，没有真性情者则不可能走进读者心中。

散文文体的大众性带来散文作者的大众化。什么人都可以写散文，只要有一定的文学基础，有特定的生活体验，有足够的表现欲望；什么题材都可以写进散文，只要这些题材渗透了作者的生活体验，渗透了作者的思想感情，凝聚了作者的理性思考；什么样的表现形式都容易被散文所接纳，只要不是分行排列的诗歌，不是用于舞台和屏幕的剧本，不是大部头的小说。近年来散文创作普及与繁荣的现实正说明了这一点。不仅专业散文家写散文，小说家、诗人也写散文，不仅学者写散文，科学家也写散文，不仅干部职工写散文，下岗的、种地的、围着锅台转的也都写散文。由于时代的变迁，社会的前进，生活的变奏，观念的更新，文化素质的提高，人生道路的曲折，使这些不同层面不同境遇中的人们，试图通过散文来谈感受、抒情怀、道心曲、诉苦闷、泄怨气、剖灵魂、调整心态、平衡心理、陶冶性情。在这些作者的笔下，述说着真实的故事，描摹着真切的情状，流淌着真挚的感情，散文于是有了真性情，有了自己的灵魂。

什么叫真性情？叶至诚在 1979 年发表于《雨花》第七期的《假如我是一个作家》中有这样的话："不勇于有'我'是怯懦，因为怯懦，作品必定也是脆弱的。有意把'我'隐瞒起来犹如欺骗，欺骗的作品必定为读者所不齿。"文中还说："我将信奉这样一条原则：即使是真理，即使是人民的呼声，如果还没有在我感情上找到触发点，还没有化为我的血肉、我的灵魂，我就不写，因为我还没有资格写。要是鹦鹉学舌地去写，那不是我。"叶至诚的话曾被作为新时期散文个性解放的宣言，我看，这些话也可以说是散文的真性情的注脚。

巴金的《随想录》可谓凸现了真性情的散文。作者在动乱时期所目睹或亲历的"极端残忍"而又"十分滑稽"的悲剧与闹剧，以及家庭和个人的坎坷遭遇，使之对人生的思索与认识有了一个历史性的超越，更加臻于深刻和成熟，于是他将自己的人生沉淀，深刻思索，以及坦诚、智慧和品格都熔铸于笔端。在那些怀人之作里，我们看到的是一颗赤诚、磊落的拳拳之心；在那些反思过去，针砭时弊之作里，我们看到的是一颗爱国忧民的赤子之心。尤其是在针砭时弊中，作者总是时时将自己摆进去，带着强烈的自省意识，将个人的批判与社会的批判结合起来，使作品具备了巨大的启示力与震撼力。

散文要凸现真性情，要寻找自己的灵魂，并非只能写严肃的主题，深刻的思想，崇高的感情，伟大的品格。散文题材的自由多样决定了散文内容的丰富多彩，也决定了作者寄托于作品中的真性情的丰富内涵。不同题材，不同风格，不同意趣，不同思想观念的散文，都可在凸现真性情上大胆探索。我们希望看到更多的"最直接、最真实、最彻底地展示心灵、透视人格、凸现精神"的优秀散文作品。

二

当代散文文体、题材和风格的拓展带来散文审美标准的多样化，读者可以从各自的审美视角去选择和欣赏自己喜欢的散文佳作，评论家可以操起具有自己独特穿透力的审美观念去评价自己认为值得一评的散文作品；我们既不能用一个标准来规范读者，也不能用一个标准来限制评论家。但是，无论文体如何变革，题材如何延展，风格如何创新，任何散文作品都不能舍弃它的意象美。一篇散文如果不具意象美，它就失去了自己作为文学作品的艺术特质，读者不会喜欢，评论家也不会认可。

优美的散文之所以美，不在于作者写了什么，而在于作者写出了什么。客观事物或景物的美并非因为写进了散文就成为散文美，客观事物或景物的丑也并非因为成为散文的素材就成了散文的丑。散文的美与丑取决于作者寄托于那些事物、景物或情理中的思想和意象。因而，散文美是主观寄托于客观中的东西，而不是客观事物中固有的东西。客观事物或景物皆有其物象，物象入眼入耳便成为作者的印象，印象与作者的意趣和思想对接，酝酿升华而成为意象。而意象才是构筑散文美的材料。意象具有强烈的主观色彩和个性特色，是作者得之于心而形之于文的东西。借用苏东坡《前赤壁赋》中的几句话来说明这个问题倒是挺有意思："唯江上之清风，与山间之明月，耳得之而为声，目遇之而成色，取之无禁，用之不竭，是造物者之无尽藏也，而吾与子之所共适。"此"声"此"色"即作者主观之意寄托于客观之物的结晶，是已为"吾与子"所共"适"之物，绝非作者耳尚未得之之声，目尚未遇之之色。

在散文作品中，成为作品构成材料的情、景、事、物、理、识等等都应有其象，不仅有其形象，而且有其意象；只有具备了意象美，才能产生艺术感染力。我曾被一篇叫作《听叶》的散文所感动，作者描写了"落叶"的形象，又凸现了"落叶"的意象，她从落叶那里听到了生命的信息："有时，落叶的声音十分温和柔美，从树上缓缓脱下，轻轻地，一拍接一拍，仿佛徘徊的脚步，这是熟透的黄叶在无风的深夜里陨落的情景……而有时，深夜的落叶又十分的凄清和哀婉，一片掉下来，你要等待，凝思，才能听见落下另一片，这声音仿佛是压抑的叹息、忍俊的泪珠。这样一片一片，都让人惊悸、战栗，仿佛听到了柴可夫斯基那第六交响乐，在无限的人生悲怆中隐含着对生命的回顾和依恋……最令人不安的，让人整夜难眠的大风中的落叶，满天跌落飞瀑，星空下呈现着两年决战的气势，一切都在铮铮撞击，尖厉鸣叫，仿佛一切都要此刻撕碎、摧毁、最后陨落。"

落叶是客观的物象，而这客观的物象与作者富有哲理的人生感悟和细腻深微的艺术感觉相碰撞，便会借助想象而升华为散文的意象。有位散文家说："意象是涅槃后的物象，其实已经不是物象，而是物象的精魂。能使物象涅槃的，能提摄物象精魂而使之逸出的，是作者的哲思与诗心。"这种哲思诗心不同于常人，而又相通于常人，植根于物象，而又逸出于物象。这样的意象群在一篇散文中形成和谐圆融的整体意象时，才算具备了真正的散文美。

最近有论者指出目前的散文创作离文学越来越远了，其表现一是把散文写成说教，二是把随笔写成思想提纲，三是把"大文化散文"当作百宝箱，四是更有等而下之的一些文字也混入散文行列。这四种现象有一个共同的问题，就是忽视散文意象美的创造。此外，又有人指出学者散文热中的一个问题：学者散文在读者市场走俏，从本质上讲并非美学和文体意义上的散文热，而是 20 世纪 80 年代中后期以来一种虚假的学术文化热的曲折反映；在这种畸形文化消费时尚中，文人学者自拟清高、自炫其才、自剖自白的散文便受到了来自市民社会的青睐，其实这些散文已非本来意义上的散文，同样是缺乏散文意象美的创造。我看，前者所举散文的问题一般是多"象"少"意"，或以"象"代"意"，而后者所举散文的问题一般是多"意"少"象"，或以"意"代"象"。不管是哪种倾向，都是散文意象美的缺失，都会导致散文艺术水准的降低。散文的确宜凸现意象美，尤其在散文创作和革新热潮方兴未艾的当今，对此更要特别关注，既需要作者的关注，亦需要读者和评论界的关注。

施政作家的真情与良知

  合格的作家必须具备并始终保持的文学基因是真情与良知。有真情与良知者，方可能创作出感人的优秀作品；无真情与良知者，就没有创作的基础和前提。而作为施政作家，又与一般作家不同，他们整天处于政治活动中心，极易沾染官气与腐气，保持自己的真情与良知是有困难的。非常可喜的是，张成起同志的诗文抒真情、说实话，辨是非、明善恶，让我真切地感受到了施政作家可贵的真情与良知。在张成起同志的诗文中，最打动人的是真情。读这些作品，能让读者触摸到作家的呼吸和心跳，感受到作家真实的喜怒哀乐，从而受到感染，引起共鸣。借《老屋》表达的母子之情，以《女儿的贺卡》引出的父女之情，在《九月的情思》中抒发的师生之情，从《八旬老农的情怀》里道出的干群之情，都是发自内心的。作者在《世纪之梦》的后记里说："我仅仅是想把笔作为 B 超机的探头，方格纸作为 B 超机的荧屏，随着探头紧贴肌肤的轻轻滑动，在荧屏上无遮无掩地展示我的五脏六腑……"这段话是张成起诗文展示真情的形象的注脚。

  在张成起同志的诗文中，最能启迪人的是作家的良知。读这些作品，能让人深化对是与非的析辨，对善与恶的思考，对美与丑的探求。作家的良知，不是空讲道理、空发感叹，而是在政治旋涡的挣扎中展现的。在他的诗作《赴新任周年寄妻儿》中说："秉烛三更笔泣血。"在《灯下漫笔》中又说："漫掷朱笔万事轻。"可以想见，作者拿起那支笔是多么沉重，而放下那支笔时又多么轻松，一重一轻，相辅相成，凸现了作家的良知在张成起心中的位置和分量。

在张成起这里，真情与良知是密不可分的，良知是真情的前提和基础，而真情是良知的延伸和展开；良知是其风骨，真情是其血肉；真情与良知构成其作品的灵魂。之所以能做到这一点，我以为除了作家良好的基本素质和深厚学养之外，仕途的坎坷起着催化和升华的作用。古今中外的施政作家凡有成就者，大都有官场失意的激愤，又有视文学如生命的执着，二者相辅相成，才使作家更贴近民众，更疾恶如仇，更引发归隐的意念，更追求文学的高深境界。张成起同志是新中国培养的领导干部，不能与旧时代为官的作家作简单类比，但二者终究有相通的地方。我们可以从中悟到一些带有规律性东西。张成起之所以能保持自己的真情与良知，首先在于他从政的目的不是图做官，而是图干事。"才疏无谋图大业，清汗几滴润小城""勤为耕耘汗作雨，嗤于宦海巧扬篷"（《贺燕南诗社成立》《灯下漫笔》）是他的务实精神；"六度寒暑三思过，一身正气两袖风""与君同为布衣身，愧领小印重千斤"（《灯下漫笔》《答彭君》）是他的社会责任感；"落锄粗手愧无茧，踏浪泥足喜有根""痴心犹思桃源梦，男耕女织是故乡"（《生日抒怀》《病中偶书》）是他的亲民思想；"有寒有暑世千态，无怨无悔酒一杯""笑沐四时风和雨，冷观半世浮与沉"（《赴新任周年寄妻儿》《生日抒怀》）是他的平和心态；"回首苍茫寻悔处，举目遥见杏花村"（《生日抒怀》）是他处世的消极态度，而"梦闻燕赵春雷动，松眼荷锄耕未迟"（《春日无题》）又是他入世的进取态度……从张成起的诗中，我们可以反复体味其中众多因素的相互交织、相互渗透、相互矛盾、相反相成，它们构成了张成起作为施政作家的真情与良知生长的土壤，成为我们探求张成起诗文思想内容与艺术特色的重要依据。

2005 年 2 月 8 日上午于衡水

精品创作二题
——写什么和怎么写

如果将精品创作作为一个课题来讨论的话，我以为最简单也最重要的问题便是写什么和怎么写的问题。

写什么是选题的问题，也是基础性的问题，或者说是前提性的问题，选题把握得好，就具备了成功的可能性。否则，精品创作就不具备成功的可能。由此看选题又是决定性的问题。

怎么写是创作的问题，也是关键性的问题，或者说是要害性的问题，怎么写的问题把握得好，成功的可能性就会变为可行性，甚至变为现实性。否则，选题即使是非常好的，精品创作的目标也难以实现。

一

先说选题问题，就是说写什么的问题，在这方面我以为要坚持四条原则。

第一条原则是价值原则，就是说你选准的题材本身应该是有价值的。那么如何判断题材的价值呢？我认为要从两个方面去考虑：一是思想价值，二是艺术价值。

思想价值有时代性，同一类题材，在不同的时代，其思想价值是不同的。鲁迅的《阿Q正传》，矛盾的《子夜》，曹禺的《雷雨》，巴金的《家》

《春》《秋》，老舍的《茶馆》，刘心武的《班主任》，以及卢新华的《伤痕》，等等，都是时代的产物，也正因为它们的时代性，才使其在文学史上占有一定地位。最近人们普遍关注的电视连续剧《闯关东》虽然反映的是历史题材，但山东人当年闯关东的那段历史所体现的中华民族的骨气和精神，则是当今这个时代所需要的，要不然就不会在社会上引起那么大的反响。具体一点说，我的《大爱无疆》之所以获得全国"五个一工程"奖，最重要的一点也在于林秀贞具有典型的时代特征，林秀贞这个典型与其说是我们发现的，倒不如说是建设和谐社会的时代强音将她呼唤出来的。

艺术价值在选材阶段，具有潜在性，就是说这个题材的生活内容和思想内涵是要通过深入挖掘，才会发现它的艺术价值的。这种艺术价值的潜质在哪里？一是看这种生活内容的丰富性，只有丰富多彩的生活才可能在艺术加工的过程中，让我们得到更多更好的可以进入艺术思维的素材。二是看这种生活内容的特异性，生活的特异性内容，可以催化作者艺术思维的变异和升华。艺术思维最忌走老路，最需要的是变异，是变异中的升华。三是看这种生活内容的曲折性和反复性，曲折和反复是把社会生活引向复杂和深刻的动力。地球上的很多矿藏都是多少万年前地壳变迁、天地翻覆的结果。四是看这种生活的褶皱和纹理，是否细密，是否含有大量的有价值的精彩细节，这些细节是让生活进入艺术的铺路砖。

我们都读过《红楼梦》，曹雪芹所选的这个题材，可以帮我们理解这个问题。其一，大家公认《红楼梦》是中国封建社会晚期的一部百科全书，此即题材的丰富性。其二，《红楼梦》写出一个封建王朝从兴盛到衰败的历史，这个历史是个性化的历史，是具有特异性的历史，它的特异性成就了曹雪芹崭新的艺术思想。其三，《红楼梦》把封建王朝的兴盛推至巅峰，也把封建王朝的衰败坠入深谷，极其曲折反复，极其复杂深刻，这使曹雪芹的艺术探索披沙淘金，淬火锤炼，直至炉火纯青的地步。其四，《红楼梦》是用大量的生活细节堆积起来的，那些细节独立地看便是一粒粒艺术的珍珠，而整体地看则是巨大的艺术宝库。当然，在《红楼梦》没有写成之前，这个题材的艺术价值是潜在的，这也让我们从中看出曹雪芹的艺术洞察能力和开掘能力。

同时，我们还应该注意到，艺术价值也是有时代性的，这种时代性往往与艺术思潮有关。艺术思潮可以有力地成就一批艺术精品，也可以无情地摧毁一批艺术精品。

第二条原则为生活原则，就是看作者对所选题材这种生活适应不适应，有没有激情和能力驾驭和开掘它。这一条至少要从三个方面去判断：一看生活经历，二看生活积累，三看对那段生活葆有的热度。

生活经历是基础性的因素，这种基础越厚实越牢固越对创作有利。较长的生活经历比较短的生活经历，从了解和深入程度上看是有区别的，从积累的质与量上看也是有区别的。对所选题材的同类生活有较长的经历，是生活原则的支撑性因素。同时又要看到生活经历的其他区别，比如一般性经历与特殊经历的区别。一般性经历涉及生活面宽阔，而特殊经历涉及生活面狭窄，但从某种角度上可能更深刻。另外，还应注意到在经历的生活中，你是什么角色。是官是民？是强势群体还是弱势群体？是参与群体活动，还是孤立的生活圈子？在分析自己的生活经历时，其实你也把所选题材进行了初步思考，对到底选不选的问题有了些掂量。

生活积累是关键性因素。如果没有丰富的生活积累，生活经历即使较长也没有很大的意义。怎样才算有积累？无非是两大类，一类是素材积累，一类是思考积累。素材的积累主要是人物、事件、情节，特别是生活细节。这些积累有文字素材固然好，但刻骨铭心的生活即使没有文字留存，也是可以再随意调出来的。思考的积累主要是对那段生活有评价，有分析，有自己的观点和认识。所以思考的积累质量高的话就是思想积累。应该注意，思想积累是附着于素材积累的，素材积累是思想积累的载体。空洞的思想是没有用的，只有从具体素材中生发提炼出来的思想才有价值。

生活热度是激励性的因素。一是说在那段生活现实中，自己是无精打采地混日子，还是充满激情地参与生活？二是说现在对那段旧生活回忆起来是无动于衷，还是饶有兴趣？前者决定你对生活切入的方式和把握的方式，后者决定你拾起那段生活的勇气和信心。

我有十年的农村生活经历。十年中我始终是一个最普通的青年农民。所以我体验了农民多种多样的劳作方式，饱尝了农民在艰难生活中的酸甜苦辣，与同是农民的各类人物有密切的交往，对底层的农民有着天然的感情沟通。所以我的《乡村记忆》写的全是一般认为上不得台面的农民百姓。我在这十年中，没有任何文字积累，但我一进入写作，那些鲜活的人物和丰富的生活细节就争先恐后地跳出来。我对十年的农民生活，始终葆有足够的热度，尽管我在这十年之间并非充满激情，但随着时间推移，我对那段生活的热情不是日益淡化，而是与日俱增的。我自觉我当年对现实生活的观察和思考是持续深入的，因此它深深地埋入我的心底，成为我最活跃的生活矿藏的一部分。这也是我选择写我所生活过的农村题材的重要原因。

生活原则问题，还应注意直接生活与间接生活的区别。比如历史题材就是间接生活。

第三条原则为弹性原则，就是所选题材的可塑性。题材本身是客观的，是相对静止的东西。但拿它进入创作，它就应该活起来，生动起来，成为作者拿来塑造形象的材料。可塑性需要注意三点：一点是其精神内涵的可塑性，二点是其情感蕴含的可塑性，三点是其艺术品质的可塑性。

精神内涵的可塑性，是看其能否经过艺术家的开掘和塑造进入较高的思想境界，任何作家的创作都是在调动和运用他的所有人生经验和思想积累。对于某一题材的创作，除去所选题材本身，还会加入很多这个题材之外的东西。如果这个题材可塑性强，那会带来多个效果：一是题材本身经过作家的创造性思维，达到意想不到的高度，出现意想不到的境界；二是由于题材之外的东西加进来，自然融汇，使之发生自然变异和升华。

情感内涵的可塑性，是看这种生活题材能否唤起作者创作激情，能否让作者在进入创作状态后，把自己库存中的情感矿藏打开，让其他相宜的情感因素加入进来，形成一种激荡、炽烈、燃烧的情感之流。如果是的话，那么作者的主观情感就成了作品的主宰，就具备了新的艺术生命力

艺术品质的可塑性，就是看这种题材是否有多重艺术价值。比如既可以写成小说，也可以写成散文，还可以写成报告文学，甚至诗歌。更比如可以写出阳春白雪的高雅，也可写出下里巴人的质朴；可以写出历史的波澜壮阔，也可以写出生活的鲜活细腻；等等。

由此可见，这是作家进入创作过程后才体验到的，但有眼力、有经验的作家在选材时一般应是有预感的。

第四条原则为个性原则。个性原则主要是指所选择的生活题材有多侧面的个性特征。这些个性特征可以让作家找到合适的角度，确定作品的主题和色调。题材的个性大约有三点：其一是生活内容的个性，其二是生活方式的个性，其三是这种生活对语言要求的个性。

生活内容的个性，首先是地域性。特定的地域往往有特定的个性。比如鲁迅所描述的鲁镇，沈从文所描写的湘西，贾平凹所描写的商州，都是有个性的地域生活。这种生活有着浓郁的地域文化积淀，而这正是文学的绝好原料。生活内容的个性还有专业性，比如有些作家描写的北大荒、大油田、大戈壁、集中营、土改、特区等等一些具有专业个性的生活，都出过一些优秀的作品。此外，还有因人物经历和性格构成的生活个性，因团队经历和特殊任务的个性构成的生活个性，等等。

生活方式的个性，比如因风俗而形成的特殊生活方式，因自然条件而形成的特殊生活方式，因长期的政治背景而形成的特殊生活方式，等等。特别是这种特殊生活方式对人性的束缚、扭曲，对一种特异文化的生成、

推演和积累，都有可能成为作品的艺术个性。

对这种生活所要求的表现语言的个性，也是选题所不可忽略的问题。文学是语言的艺术，其他艺术也各有自己的表现语言。如果生活内容的个性对表现它的语言提出有特点的要求，说明这种生活题材有成就特色作品的天然属性。如果生活的一般化使表现语言都趋于规范化，文学就失去了意味。

综上所述，价值原则是客观性的，是对一般的作家说的；生活原则是主观性的，是针对特定的作家说的；弹性原则是客观和主观相结合的，主要看作家对题材的洞察和把握能力；而个性原则是超乎客观和主观的，说它客观，它不是一般的静止的存在，说它主观，作家又不容易抓得住、把得稳，随机性较大。而作家一旦把握了个性原则，则创作便会出现艺术上的突破。

二

说完选题的问题，现在再说写作的问题，也就是怎么写的问题。我以为以下四个方面是不容忽视的。

第一是开掘生活。

首先要开掘生活的审美价值。生活素材中哪些东西能进入作家的审美过程，是要经过反复甄别和提炼的，如果甄别得清晰，提炼得纯粹，作品的审美价值就高，否则作品的审美价值就低。如果将一些不能进入审美程序的奇闻轶事塞进自己的作品，其艺术品位必然会降低。如果甄别不清，将具有审美价值的东西舍弃，或将其包裹在一般素材之中而得不到提炼和升华，那也会严重影响作品的艺术品位。

其次要开掘生活的认识价值。有认识价值的生活素材不一定有艺术品质，但是有艺术品质的生活素材中是包含着认识价值的。一方面要把有认识价值的素材赋予其一定的艺术品性，另一方面要把包裹在有艺术品质的素材中的认识价值提炼出来。艺术价值品质低下的作品不可能成为艺术历史长河中的一朵浪花，而认识价值低下的作品也不可能成为思想历史长河中的一朵浪花。

其三要开掘生活的情感价值。生活素材中能唤起作家情感波澜的内容，特别是能使作家借以抒发美好的、高尚的、炽热的，甚至是燃烧的、情感的素材，是最有价值的东西。因为任何文学艺术作品，归结到底，都会凝结为一个"情"字，没有情就没有艺术的生命。生活中的情感之矿如何挖掘？那要看作家丰富的想象和联想，《文心雕龙》说："登山则情满于山，观海则意溢于海。"其实这就是挖掘情感价值的结果。

第二是记录生活。

首先是尊重的记录，是把经过挖掘和提炼。经过审美过滤和情感过滤的生活记录下来，而不是描绘下来。因为文学中的生活其要义在于它的真实性，而记录是不容易失真的写作手段。这里讲的记录是针对着描写说的，是一种保持生活真实性的手段，是强调作家不能歪曲事实，不能编造生活，不能修饰生活，不能丢失生活的水分。

其二是感知的记录，是把作家自己感知的生活真实记录下来。文学作品中的生活真实，不可拘泥于生活现象的真实，而重在作家的心灵对生活感知的真实。同样的生活、不同的作家感知的结果是不同的，那不要紧，我们记录的是不同作家对生活的真实感受，只要这种感受是真实的，那就足够了。

其三是艺术的记录，就是依据作家自己的艺术构思来记录。作家的构思是在生活的基础上大胆地联想和想象的结果。借助艺术构思而形成的意境，需要一种真实的记录，而防止语言的障碍或表现的歪曲。作家如果能真实地把自己想象的美好意境真实记录下来，那应该是写作的最高境界了。

第三是抒发性灵。

文学是人学，是人性之学，是生灵之学。优秀的文学作品都是抒发性灵的佳作上品。而性灵是具有隐秘属性的东西，它深藏于人的心底，把它请出来是很困难的。

首先是敢于坦露性灵。文学作品是人与人之间心灵沟通的媒介。双方都打开心灵，才可能真正沟通。只有作家先打开心灵，读者才可能用心灵去感受。不同的作家有不同的生活经历，有不同的生活体验，有不同的生活积累，有不同的感知方式和不同的天赋，所以作家们心灵的奥秘是多姿多彩的，也是读者渴望看到的。巴金的《随感录》之所以受欢迎，就在于他在特定的政治背景下，敢于把真话从自己心里掏出来。同样的道理，不同的作家如果敢于将不同的心灵奥秘之窗打开，肯定是读者渴望的一种境界。

其二是善于抒发性灵。文学是语言的艺术，抒发性灵的介质是文学语言。平淡自然的风格，需要质朴洁净的语言；豪放粗犷的风格，需要激情四射的语言。不同的风格对语言有不同的要求，但是有一点是共同的，那就是心灵之间的传导，需要质地纯度极高，且线路最短的导线。用我的话概括，就是心灵之间的沟通最短的距离是直线。不必要的修饰和缠绕会成为传导和沟通的障碍。

我在散文语言运用上掌握的原则是以简约的语言捕捉生活片段的要义，把事实及其本质的揭示简单化；用细腻的语言探寻人物内在世界的隐秘，把思想感情的抒发寄托于细节的记述；用白描的手法改造一般描绘性的语言，让描写向记录靠近，同时增强语言传神与含蓄的功能，让散文的语言尽可能避免"外表的炫耀"，而力求具备"并非突然呈现的内在光彩"（果戈理语）。

有位诗人说，有两种散文：一种是"内容的散文"，一种是"文字的散文"。我解释说，"内容的散文"只见内容不见文字，让读者感到没有文字的障碍，直接接触到内容；而"文字的散文"只见文字不见内容，让读者费尽力气破解文字障碍后，却找不到内容。因此我追求"内容的散文"而非"文字的散文"。一位评论家说，有两种叙述方式：一种是"夸张的'文化升华'"，一种是"对'文化升华'保持着高度的警惕"。我解释说，如果有了夸张的"文化升华"，使"原在"世界失真，那么与读者的心灵沟通就有了虚假的成分。因此我坚持抑制"文化升华"的平白叙述。一位学者说，有两种文字：一种是"时尚的华美的文字"，一种是"土得掉渣冒烟的文字"。我解释说，没有装潢与修饰的语言当然是很土的，尽管土，但能直接无碍地传达那些真实的心灵信息，让读者心酸眼亮也就足够了。因此我学习的就是那种没有装潢与修饰的文字。

第四是张扬个性。

个性是作品魄力的根。没有个性的作品是平庸的作品，那么如何使作品具有个性呢？那就是在选好具有个性的题材之后，通过艺术加工，使题材内含的个性充分展现，这就是张扬个性。

形成作品个性的因素很多，但要害的因素大致有这样几点：一是运用题材的特殊角度。同样的生活素材，但你应该有自己特别的视角，特别的切入点，从而挖掘出有个性意义的内涵。二是对规范体裁的把握与突破。作者都应该有明确的体裁意识，并善于区别不同体裁的界限，自觉遵守和运用特定体裁的既定规则。但作者又应根据所写内容的需要，大胆突破体裁的审美成规，以丰富和改造原有体裁的审美规范，使作品具备自己的个性。三是对规范语体的改造。作者在从事某种体裁的创作时，必须采用与这种体裁相应的基本语体。但是作家还要凭着自己的经验和审美情趣，获得某种独特的语式、语感、语调，创造出一种富有艺术魄力和独特个性的自由语体。让自由语体改造和取代规范语体，从而实现作品的个性特征。四是向着建立自己艺术风格的目标努力。如果从以上三个方面奠定了基础，就应该自觉地为建立自己的艺术风格而努力。风格与语体密切相关，但它却是一个比语体丰富、复杂得多的概念，语体无疑是构成风格的最重要的因素，但它本身还不是风格。只有作家将语体品格稳定地发挥到一种极致，并与作品的其他要素完美结合成为具有艺术生命的有机整体时，这才形成风格。

我坚信，个性产生魅力，风格产生持续稳定的魅力。为此我作了些努力，但做得很不够。我将继续努力攀缘于我所追求的散文个性，在这条艰苦的途径上，时时遥望我所崇尚的平淡自然风格的高悬的目标。

和读者朋友谈读书

（大纲）

你我他同是读者，是读者间的交流。是读书的体会和经验。以期互相启迪。

一、我们为什么要读书？四个需要：

1. 传承的需要。

2. 自修的需要。

3. 选择的需要。

4. 生活的需要。

为什么要传承？传承是社会、人生的普遍规律。没有传承，社会无以前进，人生无以延续，国家和民族就会衰败和消亡。此种传承，主要是思想文化的传承，精神的传承，而前人思想文化的精神载体主要是书籍。读书是传承的前提性过程。

一个人从生下来就存活在一个二元复合的具体世界里。

其一元是物质世界。你所需的地域，这个地域的山水林田路、村庄房舍、街道人群、家族、家庭，没有这个具体的世界，人是无法生存的。

这个物质的世界决定着你肉体的生存。

你必须继承这个物质的世界，不然你何以生存？而物质世界的继承是比较容易的。在基本物质条件具备时，肉体的生存比较简单。

另一元是精神的世界。精神的世界则决定着你灵魂的生存。

为什么？因为，你所处的国家、民族、部落、家庭，都有自己特定的思想文化及习俗。每个人都是在这个特定的思想文化笼罩下成长的。每个人的思想都深深打着自己那个国家、那个民族、那个宗教、那个家庭的大烙印。

精神文化的继承分两个层次：一个是生活过程中的自然浸润，即使不读书，也略知一二；另一个是通过读书学习，主动的继承。这是一种系统、全面、深入的继承。

那么，我们的思想文化，只需要继承，不需要创新吗？当然需要创新。没有创新，社会如何进步，生活如何改善？但是，创新一定是在前人思想成果的基础上进行的。任何创新都不是空中楼阁。如果不读书、不继承，只想创新，那就是想建造空中楼阁。

由此可见，读书不仅是传承的需要，更是创新的需要。

这本来是一个非常简单的道理，但作为一个问题是需要认真思考的。

自修的需要。自修是个啥概念？自修就是人的自我修炼，是精神的修炼。人活着要有自己的精神世界，这个精神世界必须是自我塑造、自我构筑、自我修炼而成。那么，塑造、构筑、修炼的原材料从哪里来？主要从书籍中开采。

人的精神世界首先要确立世界观、人生观、价值观。这是精神世界的骨架。三观的形成和确立，是一个艰苦的修炼过程。这个过程中，读书学习、实践锻炼、思考分析，三者缺一不可。通过读书吸取前人的经验和智慧，通过实践锻炼去验证自己的所学所悟，通过思考明辨是非，确定自我意识，把前人的智慧变成自己的财富，使之成为自己的思想成果。

世界观、人生观、价值观的确立是一个寻找真理、辨别是非、汲取精华、剔除糟粕的过程。三观必须是正确的、健康的，符合自然、社会规律的。那如何达到这样的标准？必须在读书和思考上下苦功夫。

有了正确健康的世界观、人生观和价值观，那等于你的精神大厦有了基础和框架。在此基础上，你可以尽可能丰富完善自己的精神世界。比如爱情观，你追求什么样的爱情？你认为爱情应具备哪些要素？哪种爱情适合你的性格和修养？这些恐怕大都是在你少年时的读书实践中逐渐形成的。比如家庭观，你认为幸福的家庭应具备哪些条件？如何对待长辈？如何对待兄弟姊妹？如何对待后辈？如何处理邻里关系？这其中的道理，除了家长的教育外，大都是在读书的过程中逐渐明晰的。再比如享乐观，你认为什么是享乐？不同的人有不同的看法和追求。有人享受创业的奋斗和成功，而有人则享受自由安逸；有人想入伍，建功立业，而有人则想当一个平民，与世无争；有人想搞艺术，有人想搞实业。这些东西，也是从小在读书的过程中形成的观念。方方面面、形形色色的精神导向，都不是天生的，都是后天形成的，而其形成的历史大都与读书有关。

我想和大家一块儿探讨一下德国大哲学家叔本华通过读书自我修炼的问题。

叔本华的父亲是一位商人，父亲的财富可以供叔本华一生过着奢华的生活。其母亲美丽风雅，在汉堡这个人文荟萃之地，过着奢华放浪的生活。父亲曾与叔本华约定，如果他放弃做一个学者的念头，一生经商，继承父业，就带他游历欧洲各国。但游历多年之后，叔本华却决定不继承父业。父亲死后第二年，十九岁的叔本华恳求母亲放弃店员的职业，用六年的时间完全用于读书，积累了丰富的学识，为以后的哲学研究打下了基础。

叔本华通过读书思考，放弃了经商，放弃了荣华富贵。他修炼的，就是确立了这样的人生观和价值取向。富而无知而又不求知的醉生梦死之徒与禽兽无异。

愚昧无知伴随着富商巨贾，更加贬低了其人的身价。穷人忙于操作，无暇读书，无暇思想，无知是不足为怪的。富人则不然，我们常见其中的无知者恣情纵欲，醉生梦死，类似禽兽。他们本可做极有价值的事情，可惜不能善用其财富和闲暇。

　　叔本华修炼的第二个成果是：反对读而无思的人。

　　读书而不加思考，决不会有心得，即使稍有印象，也浅薄而不生根，大抵在不久之后又会淡忘丧失。

　　记录在纸上的思想，不过像在沙上行走者的足迹而已，我们也许能看到他走过的路径，如果我们想知道他在路上看见些什么，则必须使用我们自己的眼睛。

　　叔本华修炼的第三个成果是：不读畅销读名著。

　　我们读书之前应谨记"不要滥读"的原则，不滥读有方法可循，就是不论何时，凡为大多数读者所欢迎书，切勿贸然拿来读。例如正享盛名，或者在一年中发行了数版的书籍都是，不管它属于政治、宗教，还是小说或诗歌。你要知道，凡为愚者所写作的人常会受大众欢迎的。不如把宝贵的时间用来读伟人已有点评的名著，只有这些书才是开卷有益的。

　　第四个修炼成果是：媚上媚俗的文人，无论当时多么显赫，他们的作品和他本人很快就会被历史遗忘。

　　无论什么时代，都有两种不同的艺术，似乎是各不相悖地并行着。一种是真实的，另一种不过是貌似的东西。前者成为不朽的文艺，作者纯粹为文学而写作，他们的进行是严肃而静默的，然而非常缓慢。另一类作者，文章是他们的衣食父母，但他们却能狂奔疾驰，受旁观者的欢呼鼓噪，每年送到市场上无数的作品，但在数年之后，不免令人产生疑问：它们在哪里呢？他们以前那煊赫的声势在哪里呢？

狂奔疾驰，实质是粗制滥造！欢呼鼓噪，实质是利益驱动下的疯狂炒作。读者万万不可陷入他们的圈套。一些所谓的作家，声称"短篇不过夜，中篇不过旬，长篇不过月"，这样的作品能看吗？

叔本华读书修炼的成果不仅如此，更重要的是在此基础上的哲学研究。他的"意志哲学"思想影响了 20 世纪很多伟大的思想家和文学家。鲁迅受尼采影响，而尼采思想的源头在叔本华。

德意志民族是一个热爱读书的民族，热爱思考的民族，为人类贡献了很多伟大的哲学头脑，康德、黑格尔、叔本华、尼采、海德格尔等等。这个现象是值得世人深思的。

抉择的需要，就是选择人生道路的需要。

什么是抉择？我在一篇文章里曾这样概括：抉择是人生的方向盘和制动器。人生的每一步都面临着抉择的考验。关键时刻的抉择决定着你人生道路的方向和目标，决定着你人生的幸福与成败。

那么抉择靠什么？我想起码要有这四靠：一是靠辨别是非的能力，二是靠区分美丑的能力，三是靠认知自我的能力，四是靠把握规律的能力。

能辨是非就不会走错路；能分美丑就不会走歪道；能知自我就不会干自不量力的事情；能把握规律就能把自己的人生之路走得通顺。

这四靠首先靠读书学习和实践锻炼。而读书学习是入门和基础。

读到这里，有一个人我不得不说。因为这个人在读书与人生抉择的关系方面，曾给了我深刻的启示。

这个人名字叫邵淳，是我相交了近五十年的老朋友。

邵淳是北京人，家在北京南苑。他从中央财政金融学院毕业后到我的故乡河北故城县的要庄村劳动锻炼。那时我中学毕业，在村里是个普通农民。我们的友谊从那个时段开始。

因我们都爱读书，并且都爱写作，便自然地越走越近，亲近到他的情书都让我看。他是大学生，我是中学生，我自然是他的学生；他比我大八岁，他自然是我的老大哥。我的读书和写作，是在这个老师加老兄的帮助下逐渐入门上道的。

他博览群书，且善于精读。虽然能过目成诵，但精读的功夫却不肯少下。有一次一个同事给他理发，他坐在凳子上始终在看一本书。同事说："每逢给你理发，你都看书，装什么用功啊！你光做样子给人看的吧！"说着夺过他手里的书，停下理发的推子，说："你说说，你刚才看了哪几页，是什么内容？"邵淳不慌不忙，把他刚才看的几页书复述了一遍。哎呀，几乎一字不差给背出来了！

邵淳把读书与社会实践、人生道路联系结合得很紧。他善于思考，把从书中得来的知识和智慧，在实践中消化吸收。遇事能作出正确判断，作出正确抉择。

生活的需要，有一句话叫"读书是一种生活方式"。

这句话不错，有的人在读书中成长，有的人在读书上中工作，有的人在读书、在休闲，有的人借读书疗伤，有的人借读书打发光……

人的精神生活，不可能没有书的陪伴（不识字者除外）。但于不同的人来说，读书的生活方式千姿百态，丰富多彩。

我看作家贾平凹二十九岁时给他妹妹的一封信后，对"读书是一种生活方式"有了更深刻的理解。我甚至认识到在有些读者那里，"读书简直成了一种生存方式"！贾平凹和妹妹在信中谈读书主要是回忆，但更重要的是对读书的思考。

那封信的要点如下：

1. 以书为生。因为人生的苦闷，他苦苦追寻，终于找到了"读书"

这种生存方式。

2.以书为粮。为了有书可读，他可以做任何事情，甚至可以"偷"。因为生活中不能没有书。

3.以书为本。他把读书当作人生首要的事情，坚持多少年之后仍"不敢忘了读书"。

4.以书为师。在读书中立志、立德、立言。

5.以书为友。任何朋友都可以抛弃，唯独"书"这个朋友不可一日不交。

张开爱的翅膀去寻找

——读《我寻找你，用全部的爱》

衡水日报《滏阳花》今年 7 月 2 日载的《我寻找你，用全部的爱》是一篇有特色的散文。作者用"全部热情，全部忠诚与爱"为读者开启了一扇通向生活深层的小窗，引导读者张开爱的翅膀，到生活的"广袤的天地间"去寻找自己"期待已久的"爱与理想。

人不能没有爱，更不能没有理想。

但爱是什么？理想在哪里？似乎全在自己心中，又似乎在生活中藏着，于是要用自己的心，到生活的深层去寻找。

作者依据这样的心理过程，放开了笔墨——到农村，到城市，到山区，到特区……在那"遍野鲜花"中，"漫卷红旗"下，"诗海歌潮"里，找到了"被评为全国劳模的农民企业家，乘坐小轿车的乡村百万富翁，帮助乡亲们共同致富的带头人"，找到了"誉满海内的企业改革者，短期内改变亏损面貌的年轻厂长，有头脑、有魄力、有胆识的工程师"，找到了"特区拔地而起的厂房和宿舍大楼"，找到了"山乡餐桌上丰盛诱人的盘盏"，找到了"市场如流的人群的嘈杂"，找到了"红领巾映红的稚嫩的脸蛋"……

然后作者肯定地说："我看到的是实实在在的你。""你"是谁？就是我们盼望和寻找的爱与理想，就是我们今天"四化"建设大业的具体化身。作者把文章的中心思想埋得多么深，又举得多么高！

散文最忌拘谨，作者注意了这一点，笔墨放得开，也收得拢；散文最怕平直，作者也注意了抒写角度的转换。但仍缺乏文气的起伏跌宕，这得算是这篇散文的美中不足。

1985 年 8 月

肆

《墨韵新诗一百首》自序

多年来我一直致力于"书法与文学"的课题研究。这个研究是塔形结构，塔基为两部分，一部分是我的文学与书法创作实践，另一部分是我的文学与书法理论探索，而塔身与塔尖则是在此基础上的"书法与文学关系重构"。书法与文学关系重构又有两个分支，一个是书法与古典文学，一个是书法与现当代文学。《墨韵新诗一百首》就是书法与现当代文学关系重构的成果之一。

这本书首先是一个中国新诗的精短选本。入选这个本子的新诗大致是符合如下条件的：一、思想艺术俱佳，具有一定的经典性；二、在新诗发展的某个时段曾产生过一定影响，至今读者还记得和喜欢它；三、它的作者是在新诗创作上有一定成就的诗人，在新诗发展史上留下过自己的足迹；四、这些诗的整体组合能够反映新诗发展的大致脉络。

这本书又是一个书法读本。所选诗作又必须符合我以新诗为题材的书法创作原则。这些原则是：一、其鲜活的诗句能吸引我欣赏它的语言美；二、其鲜明的节奏与充沛的感情能激发我书法创作的欲望；三、其独特的美感方向能影响我书法创作的立意；四、其新奇的意象能启发我产生书法创作新的构思；五、其深邃的意境能把我带入崭新的艺术境界，深化我书法创作的主旨。概而言之：让文学滋养书法，用书法托举文学。

编著这样一本书，是我的一种尝试，此后还会有第二本、第三本……为此，我特别期待专家和读者的批评与指点。

2010 年 9 月 8 日

我看葛涛山水画

读书之余，我喜欢看画。我看画的过程大略有渐次深入的五个阶段。第一是浏览，有如劳作间隙在林下湖畔闲走，随随便便看风景；进入第二个阶段就有了观赏，偶见美境佳构免不得要驻足赏玩；而第三个阶段便进入了阅读，不仅要读出画里的内涵，还要读出点画外的韵致；第四个阶段则要发问，看得多了，想得多了，想法也多了，就生出一些问题，我不由得要追问一些为什么；待步入第五个阶段我就开始寻找，寻找什么？寻找我心目中的好画家，寻找能解答我问题的优秀作品。

最近，我找到了青年画家葛涛，看到了葛涛的一批山水画。葛涛山水画启发我对那些思虑已久的问题作了重新思考，似乎找到了解答的路径。这大概有三个方面，我把这三个方面的问题归结为三层关系：

第一层关系，笔墨与造化。山水画家必有自己的一副山水笔墨，这副笔墨是从古人和现代的师傅那里学来的；山水画家又必须宗法造化，让造化浸润心田，用造化的神性改造自己学来的那副笔墨。笔墨与造化相互作用，渐入默契，才造就出优秀的山水画家。那么，笔墨与造化的关系需要建立在一个怎样的支点上呢？我从葛涛的山水画实践中发现了几个要素。其一是借造化的神性启悟笔墨。比如他"乘物游心"，从游历山川时人的呼应提携，悟到笔墨的"呼应提携"（《东崂印象之六》）；再如他数访一景，从数次就一景写生，悟出"突出奇构，虚化为之"方能显现"圣洁"之效（《北海禅宗》）；又如他"苦行观化"，"与自然风化得自然之机"，悟出"自然"之气要以笔墨求之（《苦行观化》）等等，诸如此类笔墨的顿悟皆由造化而来。其二是用忠实的笔墨追宗造化。他"三日一山，五日一水，对景以水墨写生"（《太行石板岩》）；他把名诗禅语之韵融入笔墨，在毫端墨影中彰显造化精髓（《崂山四水》《崂山九水》）；他苦求知音，借墨润笔，以"曲高"而和山水之韵（《知音》）；他"费慢笨之功，穷追画理"，其笔墨之忠实足可让造化为之动容。其三是用独具个性的中国画程式把笔墨与造化熔于一炉。葛涛的画追神，追山水之神；葛涛的画脱形，以脱形山水营造纯粹之境；葛涛的画善用积墨，积墨成玉，把造化与心悟汇于玉的辉光之中；葛涛的画重韵，以韵传神，让读画人去想象画外之境。

　　第二层关系，天造与心造。有评论家说葛涛的山水画"境由心造"。的确，这是很中肯的评价。但我同时又看出了另一面：心由神造。这个神是造化之神，亦即自然山水的神性。我发现在葛涛身上，自然山水有四个层面：一是心中的山水。葛涛用山水养心。不论是依山听泉（《依山听泉》）、秋雨赏荷（《最爱秋雨赏秋荷》），也不论是寒林觅句（《寒林觅句》）、深山拜石（《拜石图》），他都是把一颗心交给山水，让造化的乳汁哺育。二是胸中的山水。葛涛用山水培气。大雨倾盆，整日不停，由山妻撑伞，伞下作画（《骆驼峰》）；烈日挥汗，几欲晕倒，苦行探道，泼墨崂山（《崂山一水》）；狂风过境，风力十级，巨木拔根，仍能勉力成画；自然山水之气，确乎壮其胸怀。三是情中的山水。葛涛用山水寄情。静观风雷（《静观风雷起》）是情的蓄积，携杖寻诗（《携杖寻诗》）是情的浸润，观雪忘归（《东崂印象之五》）是情的净化，泼湿江南（《泼湿江南》）是情的倾泻。四是意中的山水。葛涛用山水炼意。越"人生风华""复归禅境"，方得《无上清凉》；过岁月之隙，看尘埃落定，始见《故园遗梦》；读古人禅句，悟"淡然言说"，便有"远眺九水"（《远眺九水疗养院》）；随夫子上山，看烟波钓叟，始得《东崂印象》……用山水养心是根本，用山水培气是基础，用山水寄情是文脉，用山水炼意是精髓。四者俱备，才算有心，而"境由心造"才算有了源头活水。

第三层关系，传统与当代。葛涛山水画呈现的中国传统人文精神和传统笔墨功力在青年画家中是不多见的。而我特别看重的则是葛涛山水画的当代审美特质。其突出者有三：一曰朦胧美。打开他的画作，我首先感触到的是满纸云烟，蒙蒙雨雾，若隐若现，若即若离。它激起我的想象和联想，把我引入一种空灵而迷幻的艺术境界。二曰沉静美。我看到画中崎岖的山径，婉转的溪水，看到屋舍俨然，人静如禅。让我走进画的境界，忘记世事的喧嚣，得到一种静谧的抚慰。三曰散淡美。那有意无意的笔触，那信手皴染的墨块，那漫置山中的亭阁，那自然茂密的林木，都让我进入慢节奏、慢曲调、慢步履、慢思索，感受着一种久违的慢生活气息。

我想，当今已进入高清时代，一切都分毫毕现，一切都真切得无以复加，恨不得连空气的结构都要用肉眼分辨出来。人的视觉失去了空间，人的思维也失去了空间。这样的高清时代，人的内在审美需求应该是"朦胧"；当今又是喧嚣和浮躁的时代，似乎每个人都在为生存和利益而坐立不安，这样浮躁的背景下，人们内心的审美渴望应该是"沉静"。当今还是那种快生活时代，人们都在疲于奔命地赶生活，一切的一切都要求快，那么"慢"已经成为一种奢侈。因而"散淡"也应该成为当下人的审美需要。如此说来，葛涛山水画的朦胧、沉静和散淡就具有了时代内涵，就有了当代审美特质。

作为年轻画家，葛涛是坚定和清醒的，他既未因已有成就而自满，也未因好评叠加而飘浮，他依然"费慢笨之功"向着更高的人格、更高的学养、更高的笔墨标准而攀登。我也将一如既往地做我浏览、观赏、阅读、发问、寻找的山水画之旅，我希望积以时日，再找到葛涛能启我新思、解我新疑的新的精品山水。

2012 年 12 月 14 日晨

《冀派内画图典》序

　　中国内画艺术在我国改革开放的几十年里迎来了空前的繁荣和发展，逐步形成了京、冀、鲁、粤四大流派，在国内外的影响也日益深入。在所有流派中，冀派内画异军突起，迅速壮大，不仅形成了自己独特的风格，建立起强大的阵容，而且成为一个年产值几亿元的文化产业。《中国冀派内画图典》的出版，将向我们全面展示活跃在以衡水为中心的河北大地上的这支艺术劲旅的整体风貌。

　　这部图典除了具备一般文化艺术典籍的性质与功能之外，我认为还有这样几个主要特点：第一，它从总体上勾勒出了冀派内画作为一个艺术流派的主要脉络和轮廓；第二，它以代表性内画艺术家的简要介绍及其代表性作品鲜明地呈现了冀派内画的艺术特点和风格特色；第三，它客观地反映了冀派内画在艺术上的传承关系及其在这个艺术门类发展上的突出贡献；第四，它充分展示了冀派内画的强大实力及其可喜的发展前景。这样一部图典，是内画爱好者了解冀派内画艺术的向导，是内画收藏家日常使用的工具书，是图书馆、艺术馆、展览馆里必不可少的资料翔实的典籍。

　　我相信，这部图典的出版将是冀派内画发展的一个历史性的总结，也是它前进道路上的一个里程碑。我也希望，通过这次总结和盘点，冀派内画能够继续扬其所长，补其所短，促进自身艺术风格的丰富与深化，推动这个特色文化产业的扩张与升级，为中国、为河北、为衡水的文化大发展大繁荣做出更大的贡献。

2011 年 12 月 11 日上午

《王东瑞画册》序

　　东瑞是个有艺术担当的画家。

　　担当来自忧患。东瑞自己说："近年多有困惑，经常为艺术的发展方向感到茫然。""鄙人好读书，有益者皆可入目，过数年已有不安之感。"东瑞爱学习，好思考，能发现问题，日积月累就有了类似古代知识分子忧国忧民的意识，不过，东瑞所忧不同的是为中国艺术的方向而忧，为中国画及内画的艺术前景而忧。这是一个艺术家最为宝贵的品质。

　　忧患起自警醒。东瑞警醒的是什么？其一，他看到当下内画艺人多以临摹为能事，以技术难度为资本，而临摹又读不懂前人作品，仅摹其皮毛，长此以往，内画凭什么自立于艺术之林？其二，他看到"价格混淆艺术真实"的本质：艺术被市场左右，市场价格代替艺术标准，画贩子在起哄，画家也在起哄，那么画家的艺术良知和操守将在哪里安身？其三，他看到内画艺人多不爱读书者，不谙世事，没有思想，缺乏艺术追求，把自己困到自我的小天地里，玩一点小技巧，赚一点小钱，心安理得地进入小康，那么内画事业将有谁来担当？

　　警醒催生探求。东瑞的探求有明确的目标，那就是"寻传统文心根脉，探自然幻化之奇，以创造属于自己的艺术语言为己任，改变内画的发展方向"。东瑞的探求有可喜的成果，那就是以批评类文章阐述自己"内画学术化"的思考，以外画的圆融、古雅使儒家思想和佛家禅学相互渗透，以自己原创作品使内画彰显艺术个性，他和刘艺子等同人的"新内画"不仅有了一个概念，而且有了渐次丰厚的内涵。

愿东瑞这位"新内画"的探路者，在崎岖险峻的攀登中，开辟更加广阔的艺术世界。

2012 年 5 月 30 日

《田茂怀虎画展》发言

我对专门以一种单一的题材作画的人怀有一种警惕。他们或者是一位高明的画家，或者是一个平庸的匠人。因为单一的题材有两个侧面：一个是极容易把握。只要有足够的功夫，完全可以借此达到画匠的水平。这不需要过人的才华和高深的境界。另一个是极难作新的开掘。即使有足够多的才气和高妙的手段，也不容易在单一题材上营造出丰富而深刻的艺术境界。

那么，田老虎是哪一种画家？我肯定地说，他是第二种。因为他既有过人的才华，又有奇妙的笔墨；既有深刻的思想，又有高远的境界。今天看了画展，和以前看过的那些画作叠加起来，我感到他的画暗合了我经常思虑的关于画的三种境界。

第一个境界是"千姿百态"。就是说他笔下的艺术形象丰富多彩而绝不雷同。无论是看"百虎图"那样的单幅的画作，还是综合看那些系列的作品，进入你视野的"虎群"，的确是形态各异，并且活灵活现。一是它们的形态各不相同，二是它们的姿态各不相同，三是它们的神态各不相同。这说明，田茂怀先生具有丰富而开阔的形象思维，他的脑海中有一个虎的世界。这种形象思维的能力，这种对于形象极为细微的分辨力，是画家之所以能成为"大家"的基础和前提。

第二个境界是"千变万化"。单一的题材，更为可贵的是艺术和技法上的变化。田茂怀先生是具备这种能力的。且不说工笔与写意之变，也不说大作与小品之变。我只想说，他在构思、笔墨与境界上的变化。"弄潮的虎"与"护犊的虎"是不同的构思，"和谐的虎"与"争斗的虎"是不同的构思，"逍遥的虎"与"称雄的虎"是不同的构思，"长醉的虎"与"远瞻的虎"是不同的构思，等等。有不同的构思，就需要不同的笔墨去表现，有了不同的笔墨，才能把不同的构思转换成不同的境界。

第三个境界是"千门万户"。《史记·孝武本纪》说汉武帝的"建章宫"，度为"千门万户"。后人用"千门万户"形容屋宇深广。我们可以说，田茂怀先生多年的艺术营造，已经为虎的家族建了一座"建章宫"，这个宫就有千门万户。我们走进哪个门，透过哪个户，都可以看到不同形象、不同神态、不同艺术内涵、不同艺术背景的"虎"。作为以"虎"为主要题材的画家，能达到如此境界，实属不易。

当然，田茂怀先生除了画虎之外，也兼攻人物和其他动物，他并不是只会画虎的画家，只不过是以虎为主，以虎成名罢了。

2012 年 4 月 25 日下午

关于书法创作的几个问题
——在北京通州的书法讲座稿

各位领导、各位同志、通州区的朋友们：

大家上午好！

今天很高兴与大家见面。有机会和大家坐在一起，共同讨论一下有关书法的问题，也是一个互相学习的机会。有这么一个机会，我感到非常荣幸。但有一点很抱歉，到北京来和大家对话，不习惯说普通话，可能交流起来有一点障碍。

我是河北故城县人。但在我上中学之前，我的家乡一直是山东武城县，属于鲁西北，所以我说的是鲁西北方言。记得在我上高小的时候，我们的语文老师给我们上普通话这一门课，他编了一个顺口溜，"我家在山东，不会标四声，山东老底调，正和北京城"，他用这么一个歌谣，来把鲁西北方言和普通话对应，找到那个标准。所以，我想呢，今天我说得慢一点，说清楚一点，可能还不影响咱们交流。

我们的汉语言是一个很复杂的系统，多种方言并存。在好多的方言之间，相互之间是听不清楚的。但是，记录语言的文字，是统一的。特别是从秦始皇推行"书同文"之后，不论是什么样的方言，用汉字记录下来，都是清楚的。所以，我们知道，汉字是汉族这个大家庭最具体也是最重要的纽带。因为用毛笔写汉字，所以后来就有了书法。因为用汉字记录语言，所以后来就有了文学这种语言艺术。在中国几千年的文明史上，贯穿着一个文学发展的历史进程，也贯穿着一个书法发展的历程。

文学和书法有割不断的联系，有着很深的渊源。今天就想和大家讨论书法与文学的关系问题。

要讨论这个问题，我想首先要有一个前提。这个前提就是要弄清另外两个问题。第一个问题，就是书法是什么，作为当代人，我们应该如何认识中国书法。再一个问题，就是我们作为书法的爱好者、习作者，我们应该追求什么。在这个基础上，我们才好讨论书法与文学的关系。所以今天要和大家交流的就是三个问题了。第一个，作为当代人我们应该怎样认识中国书法；第二个，作为书法的习作者，我们应该追求什么；第三个，就是书法与文学的关系。

一

我们先说第一个问题。作为当代人，我们应该怎样认识中国书法。为什么提出这样一个问题？我们要清楚现在这个时代。有专家写文章说，当代书法是"尚式"的时代，魏晋尚韵，唐代重法，宋代尚意，元代复古，都是这样发展过来的。当代书法是"尚式"的时代，就是崇尚形式。论功夫，论修养，论创作，我们都比不了古人，所以现代人就在形式上做文章。"尚式"这个问题是一个可以讨论的问题。那么我们这个时代是一个什么时代呢？我想，大家都清楚。第一就是一个信息时代，信息爆炸，我们都处在信息爆炸的冲击波里。这种信息爆炸使人很难安静，经常使人处于一种焦躁的状态。再一个，现在这个时代，是价值交易的时代。任何场合，任何情况，任何人，都不得不承认价值交易原则。交易是我们这个社会一种平衡的权杖，什么都是交换。还有一点就是，我们这个时代在一定程度上说，是一个被铜臭浸泡的时代。再有一点就是说，我们这个时代是人心浮躁的时代，浮躁成为一代人的特征，好像人就生长在泡沫当中，处在瞬息万变的环境里，不能沉静，很难看到泡沫之下的真实情况。这样呢，就需要我们爱好书法、学习书法的人，来摆脱这种环境，沉下心来，从中国书法这一传统艺术本身去看它，去认识书法到底是什么。

我想，我首先把它概括为"四个不是"，讲书法不是什么。第一个"不是"，书法不是简单的汉字书写法则；第二个"不是"，书法不是没有思想内容的空洞形式；第三个"不是"，书法不是用来赚钱的工具；第四个"不是"，书法不是哗众取宠的杂耍。下面就把这"四个不是"展开来说一下。

第一个"不是"，书法不是简单的汉字书写法则。为什么？它是什么？是一种文化；是一种精神，是汉民族的一种民族精神；是一种艺术，是我们汉民族的一种传统艺术，汉民族独有的、其他民族没有的艺术。同时，书法是一种时代风骨，是一种时代的特征，是一种带有时代特征的文化。

我说它是一种文化，是因为书法有庞大的实践群体和广泛的受众。中国喜欢书法的、写字的、阅读书法作品的太多了，它有一个庞大的群体，一个广泛的受众。再一个，书法有着悠久的历史，有着繁荣的现在，还有着我们可以预期的长久的将来。第三个，书法有自己的理论，有自己的法则，有自己的习俗，有自己的价值角度。还有一点就是，书法有与其他文化相通的血脉关系，它是中华文化大家庭中的重要成员。基于这几点，我们说，书法是一种文化。

我说它是一种精神，是考虑到这么几点。第一点，它在自己的发展史上，始终渗透着汉民族的民族精神。这个我们可以去体会。第二点，它是汉民族精神品格的一种载体。我们经常说哪一个时代的书法、哪一个时代的经典，我们能够从中去感受这个民族的精神品格。第三，它是我们民族精神传承的一个接力棒，或者是一个渠道，一代代地往下传。所以我说，书法是我们这个民族的民族精神。

我说它是一种传统艺术，是汉民族独有的传统艺术，我也有这么几点考虑到的。第一个，它有自己的艺术理论体系，它有自己的审美法则和标准，它有自己的艺术规律和艺术个性，它有自己的艺术形象和艺术景观。所以综合起来考虑，我们应该说，书法不是简单地写字，它是一种艺术。

我说它是一种风骨，原因有这么几点。第一，它承载着时代精神，每一个时代、每一个朝代、每一个历史时期的书法，它都有那个时代的烙印，都是在一定的时代背景下产生的，它跟当时那个社会是紧密联系的。第二个，它承载着当时的社会风尚。第三个，它渗透着当时的那种民族气节。第四个，它也承载着我们汉民族的时代风韵。所以，我说它是一种风骨。

书法是一种文化，是一种民族精神，是一种独特的艺术，是一种风骨。它不是简单的汉字书写法则，这是我说的第一个"不是"。

第二个"不是"，是说书法不是没有思想内容的空洞形式。书法是线条的艺术，好像线条就是写字，这个线条底下没有什么，我们只管把这个线条写好就行。其实不是这样的。那么书法有什么，它才不是空洞的？我想，第一，它有它很自然的文字内涵。你写一首古诗，或者写一副对联，那些文字都是有内涵的，那些内涵自然就成了书法作品的内容。第二，书法作品的内容有两重性，除去书写的文字内容外，还有书写者对这段文字的理解和感知，所以书法也有思想情感，这个思想情感也是书法的内容。第三，书法有它自己的节奏和韵律。第四，书法有它的文化气息。我把这四点展开来说一下。

我们写字，不管是写一首诗也好，写一段话也好，写一副对联也好，不是简单地写字，实际上是在传达文字本身固有的内容。我们要写这个东西，素材本身、文字本身或者说这首诗本身，就有它固有的思想内容在里边。同时，书写者对这首诗有他的认识和体会，这种认识和体会也会带到书法作品当中去。还有，我们要创作一幅书法作品，为什么要用这首诗那是有自己的目的，有作者寄托在这首诗里的感情因素。所有这些东西都会成为这幅书法作品的思想情感，成为这幅书法作品的内容之一。那么，书法有它的节奏和韵律，这个也是两个层面。一个层面就是体裁本身就具有的。你比如说，古诗、绝句或者是律诗，或者是古文，它那个文章本身、诗本身，都有节奏和韵律。另外，你要写它，你要把它作为书法作品进行创作的话，你在书写的过程当中，也要掌握这种节奏和韵律。所以，书法有它自身的节奏和韵律，这种韵律也是两个层面。

我说它有文化气息，是说一幅好的书法作品都有书卷气，那种书卷气你是可以感受到的。它有它的情致和韵味，你欣赏它，你可以去咂摸咂摸、咀嚼一下。它还有它的题旨和意境，你想传达什么，这是题旨，体现这个题旨的诸多因素的总和就是意境。所以我说它有文化气息。另外，我们还应该认识到，书法的内容和形式是不可分割的。我刚才说的这些内容，你可以去考虑，内容和线条这个形式是分不开的。我写字只管把这个字写好看、写得美就行了，不是；要是那样的话，你只掌握了写字的技巧，你还没有进入书法的殿堂。

因此，我们说，不是说你会写字就可以称作书法家，你得懂得文化，懂得艺术，得有知识，有学养，你还得能感受这个时代的脉搏。在这个前提下，你会写字并且写得好，才可能成为书法家。这是我说的第二个"不是"。

第三个"不是"，就是书法不是用来赚钱的工具。为什么说这个事，因为现在好多人都是还没起步呢就琢磨着怎样赚钱。那样的话，他肯定没把书法当成艺术，他也不可能写好，也不可能有好作品问世。所以，我们说，我们要把书法当成一种严肃的艺术，绝不能把它当作商品，不能把它当作赚钱的工具。书法作品具体说起来，它有商品价值，但是它没有商品属性。书法和其他艺术品一样，如果你让他进入市场，它是有价值的，是可以交易的，但是它没有商品属性。因为艺术创作不是商品生产，艺术家的艺术灵感和才华是没有办法用钱买来的。如果你单纯地为钱而创作，一个方面，你这种做法就是对书法艺术的一种亵渎；另一方面，这也是一个有良知的艺术家和他的艺术品格所不能容忍的。所以，我们学习、创作书法的动力，要依赖于我们对书法艺术的执着和追求，而不能把眼光放在金钱的诱惑和对金钱的向往上。我们在这个问题上应该有个鲜明的态度，我们应该说，书法可以卖，但万万不可以卖钱为目的，对书法艺术的忠诚，是任何书法家都应该遵守的道德操守。很难想象，一个没有艺术良知和操守的人，能创作出真正的书法作品。

第四个"不是"，书法不是用来吸引观众的杂耍。为什么？因为现在有好多人急功近利，走捷径，甚至走旁门左道。我们刚才说了，把书法当成赚钱的工具，是书法家的道德操守所不容许的。如果我们把书法当作一种玩意儿，随便去搞，制造什么冲击力，写什么丑书，搞这一套，也是书法家的道德操守所不容许的。我听人说，谁谁谁会用双手写字，谁谁谁会反着写字，谁谁谁会写形象字，谁谁谁专写丑书，我认为这都是旁门左道，都是对书法不尊重的一种行为。另一个，如果把书法当成吸引观众的杂耍的话，是书法作品本身的艺术品质所不允许的。书法作品的品位，不允许掺入那些杂七杂八的东西。一件高品格的作品，首先要具备纯正的韵味。这种纯正来自书家兴趣和意趣的纯正，绝不能像江湖上混饭吃的人，什么招都能使，搞那种哗众取宠。这是我讲的最后一个"不是"。

我刚才讲这几个"不是"，实际上我在讲书法到底是什么，我们应该怎样看待它，怎样认识它。

我们作为当代人，作为喜欢书法、练习创作的当代人，我们对中国书法有一个基本的立场、基本的原则和态度，我们才会有一个正确的立足点，我们才可能在一条正确的路子上往前走。那么，我们的基本立场就是维护中国书法的尊严，我们的基本原则是用艺术的标准来判断书法创作当中的一些问题，我们的态度是对书法要有敬畏之情，要有痴迷之心，要有孜孜以求的精神。我前边说了那么多，我就是想说这么一句话。这是我跟大家交流的第一个问题，作为当代人，我们应该怎样认识中国书法。

二

下边我说第二个问题。我们作为书法的习作者，我们应该追求什么。我这里概括了"五个要"：第一，要学会生活；第二，要学会继承；第三，要学会创作；第四，要学会鉴赏；第五，要有一点书外功夫。

接下来我就把这"五个要"稍微展开一点。

第一个"要"，强调我们要热爱生活、学会生活。好像这是一个与书法风马牛不相及的事情，其实这是书法的一个根本性问题。为什么？因为我们知道不懂得生活就不懂得艺术，这是真理，任何艺术都是艺术家从真实丰富的生活中提炼出来的，书法自然也不例外。可以这样说，不懂得生活的人就不懂得什么是书法，不知道书法的真谛在哪里。那么要学会生活，我们做什么？

其一，我们要有自己的世界观。我讲的世界观不是讲政治，我是讲咱们有认识这个世界、认识自己所处的生活的立场和方法。不论是唯物的，还是唯心的，历代的艺术家都对自己赖以生存的这个世界、这个社会、这种生活有自己的原则。你的原则能切入生活实践、能看清这个社会的一些真相，就说明你这个世界观是管用的。你要观察生活、认识生活，你要能看到生活表象后边的真实，你得有你的原则和方法。所以，我强调第一个，你要有自己的世界观。

其二，要有自己的生活体验。一方面是在生活当中的经验积累，你经历得多了，思考得多了，你就会有接近现实的辨别能力。这个东西是什么，不是什么，是好的还是坏的，是美的还是丑的，你得有经验才能去辨别。一方面，你会有一些素材的积累，因为任何的艺术创作，最基本的材料都是生活积累。没有生活积累就很难进入创作，特别是生活当中那种典型的环境、典型的人物、典型的细节、典型的场景，都是非常宝贵的生活素材。所以，我强调你必须要有生活体验。

其三，我强调的是你要有自己的读书生活。为什么说是读书生活，不是说看书？就是把读书纳入你常规的生活当中，使之成为你获取知识或者间接地体验、获得认知的一个重要的渠道。

其四，最好是要有多样性的艺术爱好。比如说，在我国诗、书、画是分不开的，诗就指文学，画是中国画，诗书画之间有千丝万缕的联系。你要有多种爱好、多种练习，以书法为主，从不同的角度切入去理解、认识书法，去更准确地把握书法。

其五，就是要利用好自己的工作平台，提高自己认识生活、理解艺术的水平。这里强调的是，虽然你不是干艺术的，是做其他工作的，但不管你在什么工作岗位上，那都是你认识这个世界、认识你所处的社会和生活环境的一个平台。你利用得好，你这个工作平台会帮助你认识社会、认识艺术。它也是你生活的一部分，是很重要的一部分，所以你要把它利用好，不要把你的工作和爱好截然分开，或者把它们对立起来。咱们中国历史上的好多艺术家、书法家、文学家，都是在这个社会上有一定角色的。当然这跟当时的以文取士有关系了。那些人在社会上都是有一定职位的。他在那一个位置上，可以借以认识那个社会、掌握好多信息和资料，他对社会、对生活看得更清楚、更明白。我们现在大都是一个平常的工作，平常的工作也是你认识的一个平台，所以你要利用好。这是我讲的要热爱生活、要学会生活，生活是咱们从事艺术的大前提。

第二个"要"，强调的是学会继承，特别是书法，必须去继承。书法有超稳定性，就像赵孟頫讲的，书法"用笔千古不易"。它有超稳定性，这种东西必须继承过来，两千年来前人积累的那些经验都是很成熟的，你要继承过来，必须学会继承。那么怎么继承？一要从源头上继承。我们要从根上去学，比如我要学草书，你从章草那儿学起，学正书，去从隶书那儿学起。从根上往下学，千万不要去学当代人，不要被当代人谁谁谁写多好所迷惑。要是那样的话，你就误入歧途了。所以我这里强调，你必须从源头上继承。说具体点，你要从汉魏晋唐的古帖当中去继承。我们有传世的经典法帖，必须从经典法帖中去继承，在经典上下功夫。二要懂一点中国书法史。这书法一步一步是怎么发展过来的？每一个朝代、每一个阶段、每一个人对书法作了哪些贡献？这些贡献在其发展的历史当中起了什么作用？你要了解一些，才能真正帮你去了解一些书法史。三要懂一点中国书法的理论。我们去系统地学理论可能不是那么容易，但是你要懂一点基本的理论，那样你就不容易走偏，你知道这个事这么做是对的，那么做是不对的，你要知道这个。这种东西有它的理论、原则，你要学一点理论，你会知道哪些是能做的，哪些是不能做的，怎么做好，怎么做不好。同时我要强调在继承过程中，要把临帖、学点中国书法史、掌握一点书法理论这三点结合起来。在你练习的过程当中，一方面练习，一方面提高，它会慢慢进入你的脑子里，让你理解得更深透一点，因为他们是互相联系的。

第三个"要"，讲的是要学会创作。我们练习的目的是什么？我们练习的目的是真正掌握这门艺术，我们要进入创作，我们要写出有艺术品格、有艺术价值的作品来。那什么叫书法创作？这个事很难说清，但是有几个点我可以跟大家提示一下，大家可以一起思考和讨论。第一点就是在你临帖、练习的基础上，你有了一些自己的想法，比如说字的写法、章法的安排，你在练习的过程当中可能有这方面的积累。你要把你的这些想法贯彻到你的作品中去，这就是有了创作的由头。就是说你的创作不是瞎想的，是有原因的。第二点，就是贯彻自己想法的时候，你要有具体的素材，我要写一首诗，我写副对联，我选这么一首诗、一副对联，这就是素材。你要用这个素材去贯彻你的想法，把你的想法塞到这个素材里。比如，你是学章草的，那你在章草里加入了一些属于自己的东西，或者你学行草的，你对行草也有自己的想法，你对这些东西有自己的理解，对它有一点把握、有一点想法，你真能够把这些想法贯彻到书写当中去了。有时候想的和写的不一样，我想的是这个，但我一写就写不成，或者写着不是那么回事，那就没有进入创作阶段。如果你能把你的想法贯彻到书写当中去，这说明你进入了创作阶段。第三点，为了这个创作，你准备了合适的笔墨，你营造了一个创作的环境，你要在一种目的或一种情绪的驱使下，把笔拿起来，这个时候可能你就真的要创作了。有时候也是偶然的，偶然有一天你突然有一种冲动，拿起笔来想写，实际上也是一种创作。第四点，你写出了一幅作品，自己看看认为确实实现了你的想法，内容和形式感觉吻合，这说明你有了创作的成果。至于你的成果是优秀的，是一般化的，还是挺勉强的，这就要看具体情况了。我是给大家讨论什么叫书法创作，这是最基本的东西，我们应该理解咱搞创作的话应该知道什么。不是说你随便拿一张纸来，随便一挥而就，认为这就是创作，你自己感觉多好都不行，这不符合法理，没有内容，没有创作的要素在里边，那就不是创作。有好多人也把那当作创作，实际上他不懂得什么是创作。关于创作，我还想说的是创作的前提是什么。前提是学古入古，继承、学习古人的那些经验，你要钻到里边去；你没钻进去，还没继承过来，你就想创作，那就没有前提。那么创作的正确的路子是什么？就是入古出新。我们真正地把古人的东西学到手了，然后我们跳出来，能加上自己的一些想法、一点意趣，有自己的一点东西，这叫入古出新。前提是学古入古，正确的路子是入古出新。如果你只会临写，写出来跟古人的东西一样，没有自己的一点东西，那就不是创作。那么我们创作的高度在于什么，创作的高度在于内容与形式的统一。现在往往一些人搞一些大赛，那些评委在那里评，说这个作品好，那个作品不好，他只是凭直接感受说，却很少考虑刚才咱们讲的书法作品那两个层面的内容。就是书写的文字本身的内容与作者体会、情感这个内容，二者加在一起，内容和形式是吻合的，那才是好；他没有研究什么，就说这幅作品好，那就是瞎说。所以，我强调的就是，创作的高度就是内容和形式的统一。

第四个"要"，讲的是我们要学会鉴赏。因为我们只有能鉴别才能识高下，有鉴别才能有提高。在提高鉴别能力和欣赏水平上，应该注意这么几点。首先你得掌握好与坏的鉴别，这是就书法作品的性质而言。比如说，在法理上、在原则上、在体例上，这作品有问题，就判定它是坏的。你写的作品中规中矩，内容和形式都好，那它就是好的。我们第一个要学会鉴别什么是好的、什么是坏的，从性质上说，我们要学会这个。知道什么是好坏才能够有进步，你才能够有一个前提。第二个要掌握美与丑的鉴别。从美学标准去说，当代美学标准差别很大，审美趣味不一样。但是从大的方面说，美与丑还是有截然分界的。有一次在北京的一个讨论会上，有个人大讲特讲审丑问题，说大丑就是大美。实际上，他讲这些东西不成立，因为中国书法是传统艺术，是我们民族特有的一种传统艺术，他有超稳定性。他的审美的原则和标准是延续下来的，如果你突然给他改变标准，把丑变成美，那是不可能的，大多数人不会认可这种东西。所以我们一定要重视什么是丑的、什么是美的，这是第二个鉴别。第三个就是高与低的鉴别。这是就作品的品格和品位来讲的。人的修养高，才会有高品位的作品。它和人联系着，你的修养好，你的审美标准也高，你的手也跟得上去，你这作品就有可能是高的。所以我们要讲书法家自身的修为，讲提高人的品格，讲怎样才能提高咱们的起点。提高咱们的审美标准，才能够鉴别高低。只有我们具备了这种鉴别高低的能力，我们才能够向高看齐。

第五个"要"，讲的是我们要学一点书外知识。陆游有一首诗是写给他儿子的，他说"汝果欲学诗，功夫在诗外"。陆游六十年间万首诗，是中国历史上现存诗作最多的诗人。同时他的词的质量也都是高位上。他是积多年的经验和体会说的那句话。你想作诗，功夫却在诗外，并不是光学作诗本身就可以了。就像我们刚才说的，你要学会生活，你要学会认识这个世界，你要有自己的修养，你要提高自己的品位，你要掌握很多东西，你要学会体验，这些东西你都要有，你才能够提高。你自身提高了，诗才能提高。书法也是一样的，诗外功夫和书外功夫是一样的。我要说书外功夫，有四个方面提醒大家注意。第一个是文，文就是文学；第二个是史，史就是咱们中国的历史；第三个是哲，我们得要学哲学，因为书法的结构、布局好多都是辩证的关系；第四就是还要学一点美学，要循序渐进地掌握一些这方面的知识。这些都是书外的功夫，我们可以说，"汝果欲学书，功夫在书外"。

三

我和大家讨论了第一个问题，作为当代人，我们应该怎样认识中国书法；刚才又讨论了第二个问题，作为书法的练习者，我们应该追求什么。下边，我们就可以开始讲书法与文学的关系这个问题了。

书法与文学这个话题，是一个很有意思的话题，同时又是一个很有意义的课题。

我先说它是一个有意思的话题，我把这个话题展开来说一下。我说它有意思，想从三个方面谈谈我的想法。第一个就是展开这个话题可以解疑释惑，有好多东西原来没有那么明白，可以借这个话题弄明白。一般的书法与文学爱好者经常见到一些现象，产生一些疑问。但他没有真正去探究过这里头有没有答案，到底是怎么回事。我们要展开这个话题，可能一些问题就会找到答案。比如说这样一些问题，古代书法名帖的书写内容，大多数写的是书家自己的作品，可当代的书家却很少写自己的作品，这个问题估计有人有时候会考虑、会想到。为什么？这是个问题。还有一个问题就是，古代的书家大多书写同时代的作品，可是当代的书家却很少有人写现在的东西。为什么？什么原因？还有，古代的文学家同时也大多是书法家，你想去吧，古代的书法家也大多都有诗文传世。在古代，文学家和书法家是个什么关系，我们是不是认真考虑过？还有，当代书家在书写过程中离不开文学，现在的书法家都在写，他写的内容离不开文学，你想去吧，即使他写一个对联，也有好多都有文学性，更别说他写什么诗文，他的书法作品大多是文学的内容。而当代书家和当代作家却是背靠背的邻居，现在多是谁和谁都不搭界，写字的和作家根本就不搭界，很少有人把这两者结合到一起。那么在当代，文学和书法又是怎样一种关系？如果把这些话题展开，逐个逐个地找一些资料，做一些分析，就会感到非常有意思，这是我说的第一个有意思。第二个有意思就是借这个话题可以明白一些道理。有人说书法是中国人的精神气质，爱好书法的人太多了，特别迷恋的人太多了；也有人说文学是中国人的精神家园，有好多人真的把文学当成精神家园。因为喜欢书法和文学的中国人太多了，但是一般人对书法和文学的爱好多处于感性的状态，我们如果从书法和文学这个角度切入，就这个话题，把人们的爱好注入一些理性的内涵，就会使人的这种爱好、这种兴趣能够更深入一点，更雅一点，从中能得到好多道理。我本人从书法和文学角度曾经选择了三十个话题，并逐个展开，发表过三十篇文章，用这种方法来探究书法与文学之间不同的内在规律和它们之间的联系，也梳理出了诸多历史上的文学家和书法家的范例和典型，从不同的侧面揭示文学与书法之所以共同成就了诸多美的景观。这里面是什么道理？我做了一些探究，感到很有意思，这本书并且附有手稿，我已交给了出版社，出版社正在做一本书，叫《闲话书法与文学》，内容就是讲的书法与文学的这三十个话题。第三就是借这个话题我们能了解一些文人轶事，这也是很有意思的。比如说，没有上过学的朱元璋为什么会有书法名帖传世？朱元璋没有上过学，他却有《大军帖》传世，写得非常好。朱元璋没有文化，他作的诗还让人感到有出其不意的意境。有一次朱元璋召集大臣们，高兴了，说请每人作一首诗，下面的人都纷纷作诗，最后说皇上也得作一首啊，所以朱元璋也作了一首。朱元璋作的诗是什么呢？"鸡叫一声撅一撅，鸡叫两声撅两撅。三声唤出扶桑日，扫退残星与晓月。"前面两句出来，大臣们都说皇上这是作的什么诗啊，到了第三句，大臣们就一片唏嘘了，皇帝比咱们高明啊，三声把太阳叫出来了。为什么朱元璋能作出诗来啊？在这里你仔细探究了吗？第一，朱元璋他会作诗，诗来源于生活啊，文学需要生活，虽然没有读过书，但他只要有生活、有灵感就可能作出来。文学的继承和书法的继承不一样。可朱元璋的大军帖是怎么回事啊？怎么写那么好的字啊？朱元璋在庙里当了四年和尚，跟老和尚学写字学了四年，抄经书，他不是没有继承，所以他也能写一手好的书法。探究探究这些事是很有意思的。咱们知道写词写得好的是李后主，他把词写得凄美绝伦，但他的书法却非常丑，非常难看。你看他写的诗美得了不得，但一看他写的字丑得了不得，那么这个文学和书法统一到一个人身上，是怎么回事啊？我们探究一下这个问题，也很有意思。还有，比如李白、李贺、王勃、怀素这样的天才，为什么都要借助酒来创作呢？都爱喝酒，都爱酒后作诗作书。还有，比如文盲出身的赵匡胤，他也能作诗，作得也很好，并且由他开始朝廷特别重视文化艺术，整个国家重视文化艺术，这个皇朝一代一代地都重视，宋朝的皇帝里面大书法家有好几个，懂文学、懂艺术的人很多，为什么他是这么一个出身，却重视文化、重视艺术，并且在朝廷里面形成一种氛围？这里面有很多道理，可以通过分析研究弄明白。这是我说文学与书法这个话题，是个非常有意思的话题。下面我再说它是一个有意义的课题。

我说这个课题有意义，是说从探究文学与书法这二者的关系当中，能够寻找到书法创作的当代意识和时代特征。为什么？我说这么几个问题，大家多考虑一下。第一个问题，文学用语言和形象直接地反映时代精神（时代的精神特征，它是用语言和形象直接反映出来的），而书法是用抽象的线条间接地反映时代精神（它也反映时代精神，它是间接的）。比如说，书法在魏晋时期重韵，在唐代重法，在宋代尚意，在元代复古，这个发展过程中，你都能从它时代本身找出根据来。比如说唐朝，唐朝的繁荣和昌盛、社会制度的完善和健全都是相辅相成的。一方面是繁荣和昌盛，一方面是制度的完善和健全，它是相辅相成的。唐代的文学，它的这种内容的丰富、题材的多样、作家的群星灿烂、作品的百花齐放，是非常让人感到自豪的景观。但是另一面呢，最重要的是唐诗是诗的一个高峰，也是唐朝最突出的文学成就，这个时候诗歌的体制和技巧，特别是格律诗的体制和技巧达到了成熟的阶段。一方面就是题材多样、百花齐放，一方面就是它的体制和技巧达到成熟，所以到了唐朝，书法也在讲究体制上的完备、法度上的健全。当时的时代，文学的发展、书法的发展都是有内在联系的，这是我说的第一点。第二点，文学是书法创作的素材。从这个角度说它是书法的创作素材，书法是文学的传播媒介和艺术载体，它们是这么一种关系。在书法写什么和怎么写这个问题上，它也能反映时代特征。我在一篇文章当中曾经提出这么几个问题：为什么当代书法不能书写当代内容，不能反映当代生活？为什么当代书法不能表现当代文学？为什么当代书家与当代文学形同陌路、互不相干？为什么当代书家不能用书法表达自己的思想感情？我想这些问题都是书法的时代性问题。我在那篇文章中讨论了这个问题，我提出一个概念，就是"书法与文学关系的重构"，就是在当代重新把书法和文学联系起来。我做了多年这方面的研究，也做了多年这方面的实习。在这个过程当中，我也有了一些初步的成果，就是关于书法与文学，2008年，我在中国现代文学馆搞了一个关于我的一本散文集的书法作品展。我的想法就是"用我的书法来表现我的文学"，引起了好多评论家的讨论。2009年、2010年，我又在石家庄的河北省博物馆和深圳的关山月美术馆搞了两场书法与文学的新作展。这个展览是中国作家协会和中国书法家协会联合作为一个课题推出来的。搞成以后，我又把它交给出版社，整理出了几本书。在中国现代文学馆搞的就是这么一本书，这本书六十幅作品被关山月美术馆收藏了，它收藏以后就把这六十幅作品做了一本书，也叫《乡村记忆》，它和我的这本散文集是同样的名字。另外有一本书，咱们要抽的有一本书，就是新诗墨韵，它叫《墨韵新诗100首》。现在的书家都说新诗不能写，新诗怎么就不能写啊，我就写了一百首新诗，每一首诗我都有一篇我的书法，而且我还有一些文章在讲为什么能写，怎么写，书法与文学的关系为什么能够重构。刚才我提到出版社正在做着一本《闲话书法与文学》，是关于文学与书法关系的三十个话题；另外还有关于这个话题的三本书，我也正在整理，准备交给出版社。有人说白话文以来，"五四"以来，诗歌和文学都是白话，这种白话文学和书法能不能搭界，是一个问题，这个问题要通过实践来说话，要通过实践来探索。白话文学也是中国古代文学延续过来的、传承过来的，它虽然语言有了变化，但它的本质是延续过来的，它和书法同样有不可分割的关系，就看我们用什么理念去理解，用什么方式让它建立关系。

最后我再说一个问题。这一个问题就是说咱们今天主要是讲书法与文学，前两个问题是前提。那么我们讲了半天，书法与文学在我们平时学习书写当中能不能用上啊，我概括了两句话：第一句是用"文学滋养书法"，第二句是"让书法托举文学"。用文学滋养书法，我想大家仔细想想有这么几点，文学能给书法提供什么？第一，文学给书法提供了精美的文字，使书写建立在一个高品位的起点上。让你写一首经典的文学作品，这个题材本身就让你的书写在一个很高的品位上。第二，就是文学作品能够唤起书写者的书写激情，使书家借助文学进入创作状态。比如你一时高兴，想起来了李白的一首诗，"君不见，黄河之水天上来"，马上就调动起情绪来了。它可以激发创作激情，让你进入创作状态。你喜欢这首诗，你理解它，对它有体会，在写的时候它就让你有情绪。第三，是文学的内在节奏和韵律使书法的线条有了灵动的韵律。文学是有节奏和韵律的，在书写的过程中会很自然地渗透到这种线条当中去，所以它使你的作品有了那种灵动的内涵。第四，文学的想象力使书法作品超出了文字的内容，拓展出巨大的思维空间。你写的是一个俗词，没什么大意思，它就没有想象空间；

你写的是很经典的诗句，本身它就有很大的想象空间，人们就会流连忘返，要看看这是什么意思，人们会想到很多很多。它让你的书法作品有想象的空间。第五，文学的意境使书法也相应地拥有了超尘脱俗的艺术境界。文学都有意境，比如说，有一首很简单的诗："千山鸟飞绝，万径人踪灭。孤舟蓑笠翁，独钓寒江雪。"你一想它给你什么样的意境，你一下子就会想起来，那么你在创作的时候就会考虑到，我的书法作品也要给人带来这样的意境，让人看到字、看到作品后也想到那种意境。第六，文学的读者群会使书法很容易扩大自己的受众。因为你写的是文学，书法作品的内容是文学，一首诗可能千百万人喜欢，他喜欢这首诗，也可能连带地喜欢这个书法，所以说文学对书法有潜移默化的滋养。刚才我说要学一点文学。学一点文学是学什么？我想了一个"一二三四"。一诵，就是诵读；二懂，你得理解；三用，应用到你的创作当中去；四创，能真正地创作出一幅好作品来。特别是"诵"和"懂"，比如说，你能背诵五十篇经典的散文，像《滕王阁序》《醉翁亭记》《桃花源记》，你要是能背诵二百首唐诗宋词，在这个过程中就很自然地提高了自己的学养。有了这个过程，你拿起笔来再写，肯定不是你原来那种想法。在这里说一个笑话。我上大学的时候，我们的学校是从北京搬出去的，搬到一个山里面，在山里面建了三个村庄式的校区，是一片荒滩和山。我们下了课没地方去，干吗去啊，我就天天去山里面转，拿着本书背，四年下来，我能背过好多古文，能背好多首诗，特别受益。有一次云南的一个作协主席和辽宁的作协主席，我们几个人碰到一块儿了，一起吃饭，他们喝酒。有的人说，我喝不了了，我唱一首歌吧，我唱一首歌，你喝一杯酒可以吧，他说行。我说，我给你背一篇古文，你喝一杯酒可以吗，他说行啊，他说你背多少，我喝多少，我给他背了第一篇，一字不差，他必须喝一杯啊，不喝不行啊。我背到第五篇，他就说他不喝了，不行了，不知道我能背多少。就是说这个道理，你把它当成业余爱好、休闲，就像唱歌一样，你走着路就哼哼一首歌，你也可以走着路背诵一首诗、一篇文，时间长了你就会积累好多东西。

今天就是和大家一起交流书法与文学这么一个问题，涉及的方方面面，讲了一些我的想法。希望大家能提出宝贵意见，也希望大家能够就这些观点和想法讨论研究，能给咱们书法的练习和创作有一些好处。谢谢大家！

《心迹·墨痕——当代作家手札展》

——开幕式发言

各位领导、各位来宾、各位同仁、各位朋友：

在《心迹·墨痕——当代作家手札展》开幕之际，我谨以本展一位作者的身份讲几句话。

这个展览，自去年在北京开展以来，到石家庄已经是第三次巡展了。下一步还要到烟台、大连巡展，大连之后，还要继续到一些城市巡展。这样一个展览，为什么要花费这么大的精力，持续不断地巡展呢？我以为，这应该看作当代书法的一个现象，也可以看作一个文化事件。它既有书法艺术本身的意义，又有重要的社会文化意义。

我们知道，手札是当代作家学者之间进行思想文化和生活感情交流的便捷方式，因此，它就成为书法反映当代现实生活的一种形式。当代书家大都以古代诗词和经典文句为创作素材，很少涉及当代生活内容，使书法这门艺术与时代生活严重脱节。在这种情况下，作家学者的手札，特别是其中的书信，便成为书法不至于完全脱离现实生活的一种微弱的纽带。这样的展览，其用意是倡导作家学者不要放下自己的毛笔，不要忘记文人与书法的特殊情结，不要让书法与现实生活完全脱节。

我想，当代作家学者手札，又是中国书法的本质和精神传承的重要载体。手札是一种质朴自然的书法艺术形式，它极少有设计、制作的痕迹。作家学者写手札是他们平时写作交流的一种很随意的方式，它是作家平时思想文化和书法修养的自然流露，而不是拉开架式、精心设计和制作的所谓"书法大作"。这种形式恰好承载着书法的本质意义。我以为，书法应该以真实的、质朴的笔墨和自然的神韵为上品，因此书法反对设计和制作。为什么要提出反对设计和制作这样的概念呢？因为，书家最容易陷入设计和制作。而一旦陷入设计和制作，书法创作便会脱离现实生活，脱离艺术本源，违背书法艺术规律。从这个意义上说，《当代作家手札展》的巡展，是一种传承中国书法精神、弘扬书法艺术传统、遵循书法艺术规律的可贵的举措。

除上述两点之外，作家学者手札又是作家学者情怀的一种寄托。他们把自己的社会认知、文化涵养、艺术理想、生活情趣，都渗透在手札这种精美、自然、真实的艺术品种之中，并用它与同行同道交流，与亲朋好友共享。因此，手札往往成为作家学者生活的组成部分。这对于增强书法创作的思想文化理念，加深书法作品的艺术内涵，促使中国书法在现实生活的土壤中健康生长，都是有意义的。

我以为，任何艺术都要面对时代的叩问，都要回答时代提出的问题。那么，时代向书法提出了什么问题呢？我以为，最重要的问题就是当代书法如何贴近时代生活，如何反映时代精神，如何使自己成为属于这个时代的艺术。因为，时代特征是任何一门艺术的生命力和标志。

2010 年 4 月 17 日，河北省文学馆

品鉴文汇 刘家科文艺评论集

《文化名人手札展》接访稿

由这次浙江美术馆的文化名人手札展，我想到了三个方面的问题。

第一个问题是从书法的当代性考虑的。就是说，我们的当代书法为什么不能以它的艺术形式反映当代生活的内容？我们的当代书法为什么不能直接反映当代人的思想感情？我们的先人在两千年的历史进程中，把手札这种承载着现实生活内涵和人文思想的艺术形式发挥到极致，使之成为一种文化经典。拿出一件文化名人的手札，我们可以通过它看到当时的社会生活信息，感受到当时人物的思想情感。但是，当代的文化人大多已把手札弃之不用了，就是书法家们也只是写"白日依山尽""厚德载物"之类的古代诗词和警句，所书写的内容与自己生活的这个时代，与自己所处的生活是不搭界的。

第二个问题是从文化的传统性考虑的。就是说，手札作为一种传统文化遗产，在信息化的当代还要不要传承，应该以怎样的方式传承？

一、我国对一些非物质文化遗产作抢救性挖掘，寻找它的传承人，鼓励和肯定他们在当代背景下的继承和发展，手札应该是文化传承的题中应有之义。

二、文化传承必须有它特定的传承方式，必须为它的生存和流传提供必要的条件，提供物质的和思想的条件。我以为，张瑞田、斯舜威几年来致力于的文化名人手札展就是一种有效、有益的传承方式。

三、文化传承并非全社会都普遍参与，任何一种文化遗产的传承都是限定在一定的范围的。我们衡水是冀派内画的大本营，有四万人从事内画这行当，国家把它作为一种文化遗产来传承的。尽管四万人是一个很大的群体了，但相对于衡水 430 万人来说，也仅是一个很小的范围的。我们讲手札作为文化遗产来传承，并非要求全社会都放下电脑和手机，都来写手札，而是作为文化人的一种习惯和雅好，在一定的范畴内传承的。不是在大众传承，但可让大众共享。

第三个问题是从当代人的生活方式考虑的。当代的生活方式为什么不能多元化一点？为什么不能在快节奏下有一些变奏，加入一点慢的、雅的、经典的内涵？我们衡水的枣强县有个东紫村，这个村的农民安金磊是当代背景下的另类农民。他就过着一种远离农药、化肥，远离现代污染，追求低碳封闭的生活。我们手札作者是不是有一些像文化人中的安金磊？

2011 年 5 月 10 日上午

袁爱民花鸟画意境三要素
——我的读画札记

读袁爱民的花鸟画，最让我心动的是它的意境。

在他苦心经营的意境中，我读出了三个字：无、有、幽。我将其作为理解袁爱民花鸟画意境的三个要点。

凡作画下笔之前，必先有构思。不同的画家，构思的方式千差万别。袁爱民的构思，我以为特点在"三无"，即无多余指向，无多余构想，无多余笔墨。

构思要先立意，而立意最忌不确定性。如果立意不明朗，不确切，甚至摇摆不定、模糊朦胧，构思便指向不明。袁爱民的可贵之处，就在于指向单一、确定，立意非常明确。《清秋》的高远，《晨露》的润泽，《双栖》的温馨，《三蟹图》的恣肆，都是很好的例子。

构思的主体是画的内容的构想，而构想又忌繁杂。袁爱民花鸟画的构想最大特点是抓住要领，将内容自然带出，没有多余的东西。《无相之相》是一幅很有代表性的画作。几叶兰草简洁而自然，在大空白画面的左上角题有几行小字："禅宗曰，无念为宗，无相为体，无住为本，此亦可为写意之精髓也。"把禅宗之意与画家本意结合得天衣无缝。

立意明确，构想简要，用墨自然要简洁了。怎样用墨，也是画家下笔前构思的内容之一。然而这方面构思，必须遵从立意和构想的特点与风格。在袁爱民的构思中，由于立意无多余指向，构想无繁杂头绪，所以用墨就随之而明快简练。这就为笔墨落纸作好了铺垫。

自宋代以来，文人花鸟画逐渐形成了以寄情寓志为内涵的传统。当代花鸟画家也在力求继承这样的优秀传统。然而寄何情、寓何志以及如何寄寓，不同风格的画家都有自己特有的内涵与方式。

袁爱民的"寄情"，我把它概括为"三有"。

其一曰有闲，即有恬淡、闲适的心境。他画荷花的《清静相》，画兰花的《幽谷熏风》，画牡丹的《冶态轻盈》，画小鸟的荷下《听丽》，都把那种恬淡和闲适浸润在整幅画的意境中。

其二曰有思，即有深邃的思绪。他画螃蟹《独步》，使横行毫无对象；他画鸟儿独奏，是为了躲开《冷暖世界》，省却"许多苦思"；他画一截斜竹，能听得《竹风声若雨》；他画一枝梅，就联想到"暗想玉容何所似"……这种种深邃、幽雅的思绪，使画的意境有了人世间的烟火。

其三曰有情，即有真挚、深切的情愫。有心境，有思绪，然后有情愫，而情愫是绘画内容的核心。《风摇青玉枝》对竹的敬仰，《紫霞怀香》对紫牡丹的爱慕，《风定荷香》对荷花的赞叹，《吹香幽梦》对梅花"尘外之姿"的追羡，都是画家真挚、深切之情的自然流露。

我以为，正是因为这"三有"，才使袁爱民花鸟画有了真实的寄托。我把袁爱民的"寓志"归为"三幽"。

其一是幽远的意趣。贾岛在《送集文上人游方》诗中有"远意青天外"的句子。我以为这"远意"即遐远的意趣，而这种意趣的遐远，既是诗的高境界，也是画的高境界。在袁爱民的《君子之怀》中有这样的题款：小竹不妨怀远志，芳兰谁为发幽妍。

其二是幽雅的意韵。画与诗的意韵一样，都是供读者体味和咀嚼的，所以它要提炼得没有杂质，没有俗气，以能抬高读者口味为能事。《风摇晚晴》中荷花那种"舒卷开合任天真"，《君子之德四屏》（之一）中竹子那种"半山寒色与春争"，《禅语》中竹石那种"曾与蒿藜同雨露，终随松柏到冰霜"……都能让人体味画中幽雅的意韵。

其三是幽逸的志向。文人之志，其内涵丰富屈曲，但要点大略在二，一是爱国，二是脱俗。他们在花鸟画中，把作为描绘对象的花鸟鱼虫作为国家的象征，把自己的爱国情怀寄寓其中。而脱俗，则是在营构意境时，把那些世俗之气，那些假恶丑的东西尽力剔除。这种幽深而超越世俗的志向，便是画家的追求。在袁爱民的《春气幽怀》中那种"幽怀得春气，修竹引清风"，《禅语》中那种"谁汲古涧水，养此尘外姿"等，都是其超越世俗之志的标示。

2013 年 11 月 8 日

《何春良画集》序

何春良要出一本画集，约我给写个序言。

所谓序言，无非是放在画集前面，为看画的人作个引导。

其实同一种画，不同的人各有不同的看法，切入点不一样，看到的内容和韵致便各不相同。写序的人无法揣测各人的心思，只有把自己读画的印象和感受说出来，供大家参考。

我在读何春良这些画之前，首先想的是何春良这个人，想的是什么样的人画出了这样的画。中国文化人的一条经验，叫作文如其人，而字如其人，画如其人也是这个意思。我觉得何春良是一个实在人，为人厚道，做事扎实，感情真挚。他本是冀州中学的一名体育教师，擅长篮球、武术之类，且教学成绩突出。他凭着那份厚道与扎实，在本职岗位赢得了许多荣誉。同时，他又凭着自己的天资和执着作画，在国画艺术上孜孜以求，苦心探索，花鸟人物都有较高的造诣，而作为主攻的山水其成绩日渐显著。自2008年以来，多次在衡水市、河北省乃至全国各种展赛中获奖、入展。尽管取得了这些成绩，何春良并没有丝毫松懈，而是更加刻苦努力，正朝着更高的水准迈进。

何春良的山水画，给我的第一印象是厚重。自然山水一旦入画，作者便赋予它特定的思想和情感。其实画的内容不在山水表面，而在山水背后，它背后的思想情感，决定着画的分量。比如他画的《一阴一阳谓之道》把层层叠叠的山水以及山水之间的蕴藏放在远近明暗不同的布局中，并用一种传统理念进行高度概括，虽是写生作品，其思想的厚度和情感的浓度，已让我们感受到它的成熟。何春良山水画给我印象较深的还有一点，那就是灵动。自然山水是有灵气的，而画家要凭借自己的灵气，把山水的精神挖掘和表现出来。何春良的好多山水画作，都能看出他构思的巧妙和墨色的传神。他有时用诸多空白把山水景物结合在一起；有时将山石水木间的云气牵引出来，又让其缠绕在山水树木之间；有时他画出山的崎岖，而崎岖中有悠然的云水；有时他画出山的幽闭，而幽闭中又有些许与外界通透的光明……他能把变幻的山水和复杂的思绪巧妙对接，让画有一种厚重中的空灵之气。

现在，何春良在清华大学美术学院读创作高研班，师从中央美院导师李铁生及助教葛涛继续深造。我想，在不久的将来，我们会看到何春良突破现在的自己，拿出比这本画册水平更高的新作。

2013 年 11 月 15 日

《李炳义画册》序

我了解李炳义其人其画，有个过程。这个过程大致为两个阶段。

第一个阶段：先看其画，后问其人。

在艺术馆的案头放着一批花鸟画，我看着有些意思，就逐个看下去。看后感觉不错，便问这位叫李炳义的作者是怎样一个人。馆内工作人员便找来李炳义的一些情况介绍。仔细看了那些介绍性的文章，我有了一些要领，以为李炳义这个人有三个突出特点。其一是本色。他生长在农村，是一个农民的儿子，他热爱故土，对家乡的一草一木、一虫一鸟有刻骨的记忆，虽经多年的军旅生涯和城市生活，但至今不忘乡土，仍保持农民的质朴本色。其二是本真。他对乡土有真情，对绘画艺术有真情，这种真是骨子里的，是永久的，不是表面的、一时一刻的。他认为，艺术必须保持着那种"自然"和"纯真"，只有这样才会有生命力，而农村田园和乡土正是这"自然"和"纯真"的最好载体。因此，他一直坚持到农村体验生活，去吸收营养和寻找灵感。其三是本分。多年来他用自己的辛勤和智慧在国画的园地耕耘，从不去寻找捷径和谋取虚荣。从在废旧作业本背面练习简笔画，手抄《素描基础》，到师从我国绘画大家陈大羽深造，到北京画院进修，他都抱定一个理念：用自己的每一分努力去换取那应得的每一分进步。我以为，这是一个从事艺术的人最可宝贵的品质。

第二个阶段：既知其人，再看其画。

我了解了李炳义的情况后，再看他的画作，似乎找到了一把钥匙，打开了作者的心灵之锁。很自然把原先看画的感觉归拢起来，有了几点明确的看法。其一，他的画浓厚的生活气息，与他热爱生活、热爱乡土，对乡土有真情实感有关；是他受到了生活的启迪、产生了灵感，并将其转换到笔墨中去的结果，而不是从概念出发的，也不是从书本和画册上转移过来的。其二，他的画天然率真的意境，与他感受生活的方式和提炼生活的深度有关；是他集中了诸多同类感受，又将这些感受精心剪辑和构思的结果，而不是把单一的感受定格到作品中，也不是把复杂的感受不加提炼、不作选择地入画。其三，他的笔墨大胆、果断、简洁、有张力，是他很好地表现那种天然、率真的意境和浓厚的生活气息的保障，也是他向更高标准努力的基础条件。

我想李炳义先生在这样的基础上更进一步，一定会取得骄人的艺术成就。

2014 年 1 月 1 日

田人书法作品讨论会发言

得知要参加今天这个讨论会以后，几天来我一直在考虑一个问题：田人先生这样八十高龄的老人，为什么能够一直保持旺盛的激情和创作力？

据我掌握的情况分析，主要原因在于田人先生身上有一般书家没有的三点优势。

第一点，田人先生不仅是一位实力派书家，而且是一位作家。在他青壮年时代，曾是河北文坛很活跃的文学作者。他不仅搞文学创作，而且在文学领域的诸多方面有深厚的修养。我想，文学对于书法的滋养在田人先生身上有明显的体现。他的近作，突出的特点，就是大草书法作品附有小草的语言叙述。大草的气韵和内涵，与小草的具体内容，相得益彰，增强了书法作品的书卷气。我还欣赏过他自己的自作诗，那更是文墨兼擅之作。

第二点，田人先生不仅是一位书法家，而且是一位有成就的书法研究工作者。特别是对于碑的研究，有独到的思路和见解，有自己的发现和成果。田人先生进入老年之后，仍在探索自己书风的拓展和深化，甚至书体风格有较大的变革和创新，我以为，他不是盲目的，而是有其理论方面的支撑的。

第三点，田人先生不仅致力于书法创作和研究，而且善于参与和体验现实生活。他通过多种信息渠道了解社会，了解文学艺术的趋势，把艺术的繁荣发展与社会的进步变化结合起来思考，使自己的书法创作以独特的方式反映时代。我经常看见，田人先生自驾三轮车到休闲广场晨练，其实这也是他参与现实生活的一种方式。这使他永远是现实生活中的一员，一直保持对生活的热爱，一直对现实保持关注和体验，保持自己对生活和自然的那种好奇和探究，这无疑是艺术创作的源泉。

从第一点看，我以为田人先生很清醒自己的毛笔是在"写什么"。一是什么类型的文辞；二是文辞的内涵和意韵；三是文辞的节奏和境界；四是文辞中寄托了自己的怎样的思想和情感。

从第二点看，我以为田人先生比较清醒自己"为什么这样写"。一是自己遵守怎样的书写法则；二是自己追求怎样的书体风格；三是自己如何继承前人，如何入古出新，有自己的创造和贡献。

从第三点看，我以为田人先生很清醒自己的书法如何适应时代，如何浸透当代的生活气息和当代的艺术趋势，使自己的书法作品具有时代色彩。因为任何艺术作品，其优秀者都是产生它的那个时代的宠儿。

综上所述，田人先生能做到清醒地认识：我写的是什么，我为什么这样写，我写得怎么样？这在一个书法家，是极为难能可贵的。

2013 年 8 月 23 日下午

《尹海金微雕作品集》序

要了解尹海金先生的微雕，我以为，应主要从三个关节点切入。

第一个关节点：粗与细的奇妙转换。

海金有三粗，一曰外貌粗，长得黑，有点粗糙，自谓"傻大黑粗"，但傻字可以略去，其他三字保留，说准确点儿，大概可以认为长得粗。二曰话语粗，过滤语言的网眼比较粗，但粗而不俗，往往是妙语连珠。三曰书风粗，写字大开大合，长枪大戟，风格粗犷。

这三粗如何与精微绝伦的微雕相联系？其实，内在的联系是很奇妙的。海金有句名言："拿出爷们儿劲儿来喝酒，掏出娘们儿心来做事。"他不光有爷们儿气度，而且有很细很细的娘们儿心。除心细之外，眼也很细，凡要紧的事都能明察秋毫。想瞒过他的眼睛，比登天还难。心细、眼细，还跟着一个手细。酒桌上满杯满杯地喝，端杯时手在不停地抖，但两杯之后，手就有了准星儿，酒足饭饱回到家，坐在那间书房里，他的手就可以镂刻微粒了。

第二个关节点：小与大的相反相成。

我观赏海金的微雕作品，发现他追求的有三小三大。一是用尽可能小的材料，雕出尽可能大的作品。微雕首先是在微小的材料上雕，然后才是雕微小的作品。这样双重的微小，才能把雕刀下的鬼斧神工彰显得更加突出。他在半寸大小的象牙料上雕出《唐诗三百首》，就是"小材料成就大作品"的范例。

二是雕尽可能小的字，用尽可能的小来实现容量的尽可能的大。我借高倍放大镜来观赏他的小字，个个站得稳，坐得实，极少有苟且马虎之处。看他用这些字组成的诗篇，篇篇都布局得当，排列有序，没有任何的杂乱或畸形。

三是用小空间来体现作品的大气度。尽管半寸小料雕出三百首唐诗，但该留的空白他还是毫不吝啬的。字与字间的空白，看出疏朗的间距；行与行间的空白，看出大大方方的行列；篇与篇间的空白，看出整体构思的大布局、大框架。

第三个关节点：法与韵的自然契合。

仔细推敲海金的微雕作品，可以看出他的雕刀就是一枚微小的毛笔，雕出的字像都是有书法的法度的，这是他书法风格的另一个特殊的表现形式。仔细阅读微雕作品中的诗文，联想到文学作品的章法，可以看出他在雕刻时胸中装着那诗那文的意境和神韵，他手中的雕刀在游走之间，穿行于那特别的境界之中。

黄胄先生看了海金的微雕作品，为他写了八个大字："巧思妙得精益求精"。可谓中肯的评价。

王习三先生则给他一段批语，其中说道："海金微雕，无论运作间架，布局立意，小中见大，气势雄浑，风格高雅。"这些话更全面具体地道出了海金微雕的风格特色。

应海金先生之邀，姑妄言之，是为序。

2013 年 7 月 1 日

我看沈铁民将军书法

中国历朝历代的将军中，上马杀敌寇、下马书檄文的文武全才是最让人关注和敬仰的。由于古代人以毛笔作为书写工具，大多文武兼备的将军都是书法高手。陆游"六十年间万首诗"，哪一首诗的手稿不是一幅书法作品？岳飞一首《满江红》，不仅辞章气壮山河，而书法更是风骨卓然。而当代，一般人都缺乏毛笔书写的基本功，所以尽管当代将军中文武兼备的人比古代要多得多，但真正懂书法，称得上书法家的，却很少。沈铁民将军，就是这很少的人当中的佼佼者。在一遍遍欣赏沈铁民将军书法作品时，我也在不断地回味陆游、岳飞奋笔疾书的形象。

我想，作为将军书家，浸透在他们书法作品中的，首先应该是一腔激情。而激情正是成就包括书法在内的任何一种艺术的第一位要素。当然，书法有自己特定的艺术规律，它在表现作者情感时，应该是浸润其中，而不是张扬在外的。沈铁民将军的书法，追寻柳公权、黄庭坚、赵孟頫，师法魏碑、汉隶、龙门十二品，集诸家之精华，注入张裕钊魏体的研习之中。使手中之笔在挥洒之间，以内圆积蕴深情，以外方放射灵光。尤其是写给家人的书作，诸如"云想衣裳花想容""一枝红艳露凝香"等，不仅字字含情，句句有意，而且整个篇幅贯穿着不尽的情愫与关爱。而那些大幅的作品，诸如"为有牺牲多壮志""江山多娇""重振中华"等，则把那种爱国爱江山爱人民的大爱之情深入字中，漫出纸外。

有情才能有气，而气则是书法达到一种高雅境界才可具备的特质，情为气的主宰，气为情的载体。看沈先生书法，可以体会到字内的气韵，行间的气韵，篇章的气韵。

沈先生的千字文，用王东宁先生的话说，就是"含锋显劲，气韵独出"。那么"独出"的气韵如何解释？我以为，至少有三点是值得称道的：一是笔锋虽然显劲，但并非锋芒毕露，而是拥抱着一股天地乾坤的自然之气，字字镇定，句句稳妥，是那种屏得住的气；二是通篇始终如一，中间有些必要的波澜起伏，但文气贯彻，韵味高古，是那种放得开的气；三是笔法变化适度，气催笔变，笔带气运，是那种以气韵带出字句、篇章光彩的"内运之气"。我以为沈先生的《千字文》堪称其书法成熟期的代表作。

书法除要有情与气之外，就是要有力。书法的力是什么？不是外显的那种力，而是内含的那种力，是那种不动声色，不事张扬的力。力以情为根，以气为脉。不带情的力是莽汉之力，无气的力是病夫之力。沈先生书法的力，来自爱国家、爱江山，也爱亲人的淳厚之情，来自疾敌寇、疾丑陋，更疾奸佞的疾恶之情，来自那种浩然之正气，来自那种乾坤之底气。一幅"天马自行空，云龙远飞驾"，一幅"为有牺牲多壮志，敢教日月换新天"，一幅"横眉冷对千夫指，俯首甘为孺子牛"，一幅"世上无难事，只要肯登攀"，幅幅力透纸背，幅幅力含万钧，幅幅喝问山河，幅幅力扣人伦。让我们从那些静的文字中，领略到动的气韵，正可谓将军气概、书家风骨。

谁说老牛不弹琴
——读王学明牛画

学明先生的牛画是可以读的。它的线条和形象是特殊的语言符号，如果能读进去，便会让你看到一个真实的、活生生的牛的世界。那已经不是画，而是现实中关于牛的一个个丰富多彩的生活片段。

破解学明先生牛画的语言，我想须从几个方面入手。

第一，我以为，学明的牛是自然牛，不是抽象牛。我看过很多牛画，但那些牛大多是从画谱上搬来的，或者是从古人的笔墨中临摹来的，尽管画得也不错，但总觉得那是抽象的牛，不是生活中自然的牛。而学明的牛，是把生活中那些自然的牛装在心里，与自己的生活素材和独特感悟慢慢融合，不知多久之后，得到生活的一个暗示，他就拿起画笔，把那头孕育已久的牛牵出来。他见过、观察过、思考过多种多样的牛，他把它们一一装进自己的心里，让它们重新孕育托生。所以他笔下的牛就活生生的，千姿百态。你看那幅《九子百牛图》，仔细观赏每一头的形态，你就会明白什么是自然的牛而不是抽象的牛了。

第二，我以为，学明的牛是活着的牛，不是死牛。就是说，经过他的重新孕育，再生，那头牛虽然进入了艺术的家族，但它依然是活力四射的牛。活着的有生命力的牛，在不同的时间和空间里，是会变化的。《古木青山》那头牛，面对千年古树，像是在惊异、思索，似乎是在叩问历史。《荷风一路送香来》那几头牛，面对盛开的荷花，浸润在清凉的池塘，像是交流着对美好的向往。《江南田间水清清》那头牛，站在自己多年劳作于此的田埂上，四野空无一物，田间刚刚泛绿，虽然是农闲季节，但它却并不清闲，像是在回顾，又像是在前瞻，一种彷徨的样子。《秋实》那头牛，卧在地上，休闲而自恋，果树下垂的枝头，把红红的果实搭在它的脊背上，它则是一副似顾非顾的神情。活着的牛都要面对现实，而现实是千变万化的，那么它也会千变万化。画笔下的牛如果不是面对现实的，是在真空里的，那肯定是死牛了。

第三，我以为，学明的牛是灵性的牛，不是麻木的牛。老牛外表上粗笨愚拙，而内里是有灵性的。在农耕时代，牛是农民最亲近的伴侣。牛郎在遇到困难时，只有向老牛倾诉和讨论今后的生计问题。那是神话传说，但并非妄说，是有生活依据的。你看那头《墨牛》，作者在画底有一行题款："莫道一牛蠢物，曾陪老聃著书"。可见它曾是老子的知音。《蟋蟀》中那头牛，似在眠卧，其实是假寐，那两个斗蟋蟀的牛娃，拨弄那蟋蟀互斗，触须的碰撞，撕咬的鸣叫，它都能听得见，你看，那条细细的缰绳，弯弯曲曲，悠然有致地摊在它的鼻下身旁，是它心情的一种暗示吧。《万类和谐竞自由》那几头远近相隔的牛，长长的垂柳，欢叫的鸟儿，都让它们跃跃欲试，在这和谐的春里，自己也要撒撒欢，抒抒情吧。如果把牛画成麻木的动物，是只看到了牛的外表，而没有看到牛的内心的。

第四，我以为，学明的牛是有负载的牛，不是空牛。说到底，牛是画家的牛，是寄托着画家思想感情的牛。明白这第四点，那么前三点就更好理解了。学明的牛正是那种自然、鲜活、灵性、千姿百态的牛，它承载了作者丰富而深刻的思想情感。《暮韵》那牛，透着深沉的沧桑感；《牛赋》那牛，承载着农耕文化的千年古韵；《步入混沌》那牛，带起一股天问之气；《孺子牛》那牛，昭示那种鞠躬尽瘁的奉献；《知音图》那牛，告诉我们，它是人类的第一个知己。看着那吹横笛的牛娃，再看那聚精会神的老牛，我们会想：谁说老牛不听琴！

以上四点，是我读学明牛画所得，我把这所得再用到读他的牛画中去，又获得了更深一层的欣赏和阅读体验。

2012 年 8 月 28 日下午

读国画《大爱悲歌》

我不懂画，但我有一些读画的经验。我把画的品位分作四个境界，作为读画的一般依据。第一境界为最低境界，是一幅画作之所以称之为画的最低标准，连第一境界都达不到者，就不能算作艺术品了；第四境界为最高境界，是一幅画作能基本满足读画者的审美需求，画内的功夫与画外的功夫都臻于成熟的一种境界。能达到第四境界者，我即称之为好画。我对王学明先生最近所作的抗震题材的大画，就是依照平时读画的经验进行鉴赏的。

我的第一境界叫作"入目"，就是一幅画作能进入读者的眼帘，吸引你读下去。这样的作品最基本的条件有两点，就是构图和色调。有一个新颖的构图，给人一个大致的意念，让人去探求其中的内涵；有一个与构图相吻合的色调，给人一种视觉的冲击，唤起读画人的思想记忆，让人给画一个初步的审美概念。这样，读画人有了探求画作内涵的欲望，又有了鉴赏的切入点，一个审美过程才算开始。《大爱悲歌》的构图给我一个强烈的意念：即大灾难对人性的考验。钢筋水泥构架的楼房在强震中瞬间垮塌，而楼中的人即刻成了千吨重压的支撑。这个肉体的支撑下边，幼小的生命得以存活。而这幅画混沌沉闷的主色调中闪烁着一点微红的亮色，给我一种视觉的冲击。那是灾难降临时，暗无天日的世界里的一点人性之光。仅构图与色调两个因素，便把我的眼神紧紧攫住，牵我走入读画的历程。

我的第二境界叫作"入心"，就是一幅画作通过视觉活动，进而走入你的内心世界。它唤醒你的生活积累，引发你的联想和想象，让你在欣赏的过程中，被画的思想内涵所感染。在读《大爱悲歌》这幅画的过程中，我联想到人类历史上曾出现过的诸种灾难，以及在不同的灾难中，那些多侧面的人性之光。诸如洪灾中的大禹，天体垮塌时的女娲，怒撞不周山的共工，填海的精卫……他们让人类看到被天灾暂时掩埋的希望，被混沌暂时遮蔽的曙光。而《大爱悲歌》这幅画中，地震灾害到来时的年轻母亲，用伟大的母爱扛住倒塌下来的水泥过梁和楼板，给幼小的生命以暂时避险的空间。这幅画的主题是母爱，而母爱是一个极其丰富而又恒定的概念。母爱是不受空间限制的，是不受时间限制的，是不因时变而蜕化的，是不以祸福而转移的；她是人类情感之本，是人类信念之本，是人类发展之本，是人类自我完善和升华之本。这样的爱称之为"大爱"，而学明先生在这幅画中表现的主题即"大爱"，正是因为这种特定环境和状态下的"大爱"，与读画者被大爱哺育过的内心相沟通，相感应，相融合。

我的第三境界叫作"惊魂"，就是一幅画的视觉冲击在审美过程中自然转化成一种思想冲击，进而转化成一种灵魂冲击。灵魂是以情感和思想为基础的，而又是超越了情感和思想的。《大爱悲歌》的惊魂之力来自一条短信。这幅画的上方有一较长的题款，其最后的话是年轻的母亲在临死前给自己腹下的孩子留下的一条短信："亲爱的孩子，如果你能活下来，请你记住：我爱你。"这位伟大的母亲深知，母爱是人类生存的根本，是孩子成长的根本，是人类希望的源泉。母亲可以死，但母爱不能死！这位年轻的母亲虽然死去了，但她必须把母爱留给人间！这就是这幅画的惊魂之处了。

我的第四境界叫作"余韵"，就是一幅画在读过之后，给你留下长久的思考，留下不尽的韵味，留下永久的记忆。学明先生这幅画，我不敢说能留下永久的记忆，但给我留下的深深的思考和不尽的韵味是真实的。它让我思考灾难，思考人类，思考人类情感，思考"爱"这个永恒主题。在思考之后，有很多美好的东西生发出来，让我味之不尽……

如果说《大爱悲歌》有美中不足的话，我以为这位年轻母亲用脊梁和母爱护佑下的孩子，面部轮廓应更清晰一些，甚至他的表情和眼神能让人感受到危难中的希望和信念。

　　我借用平时读画的经验读了《大爱悲歌》这幅画，而在读《大爱悲歌》的过程中，又丰富了我的读画经验，又有新的收获。所以我庆幸读到这样的作品。

2008 年 7 月 21 日

写出来的画

——看张伟革作大写意

我看画有多种期待：一是期待借助画家的笔墨看到真实的生活。希望画笔下的一条线、一个点、一个轮廓、一个形象都能把我的联想跟我曾体验过的现实生活衔接起来。二是期待从画家的笔墨看到天然的意趣。希望随着画家笔墨的浸润，触及景物、事物、人物或鸟兽身上那些不易察觉的天趣。三是期待看到画家鲜活的笔墨，并借以触摸生活原生态的灵动与弹性。四是期待画家创造出一个来自生活，但生活中并不存在的崭新意境，让我借此领略艺术与现实之间的微妙，等等。我的期待可能有点过于理想化，看过不少画作，而终无人把我的期待变成现实。

近日，有一个叫张伟革的年轻画家，借我的工作室作画一周，我有幸多次观赏他作大写意花鸟画，他让我不太现实的期待得到一次满意的兑现。

张伟革作大写意花鸟画有这样几个关节点触动了我：

第一个关节点，我感觉他的画是流淌出来的，而不是挤出来的。他那种气定神闲，那种专注，那种内心的涌动，那种笔墨的酣畅与节制，把我引入一个气场。一只鸟从他的笔下飞出来，是什么鸟我辨不清，但我感觉是一个充满了生命活力，展现着智慧与灵动的似曾相识的鸟（《一卷芭蕉宛转心》），一树石榴在他笔下逐个露出灿烂的笑，那种姿态万方的天然的笑容，让枝上的喜鹊引颈鸣唱，那鸟的歌声分明在震动我的耳鼓（《故园秋意》）……看有些人作画，经常见他们凝眉沉思、迟滞难行或率然涂抹，我马上会意识到那是他们在"努"力，在"挤"自己生活的库存，其笔下的线条和形象也像是营养不良的早生儿。张伟革却截然不同，他的画笔如山间小溪，在自然的流淌中，就成就了处处景色。

第二个关节点，我感觉他的画是记录下来的，而不是描绘出来的。庸常画家用笔描绘美丽的图画，优秀画家用笔记录自己的心灵，张伟革当属后者。我看他作画，起初是用眼追随他的笔墨，继而用感觉追随他的笔墨，继而用生活体验追随他的笔墨，最后竟至用心灵追随他的笔墨。此刻，我突然感悟到张伟革是用心灵调动笔墨，用笔墨记录心灵的。鸡有五德（《五德》），何况人乎？鸟秉清气（《清气》），人岂无节？鹅展花韵（《花野韵更清》），难得霞映！兔食清真（《此味清真》），肉食者何感？一幅幅画作，成为我感悟生活的媒介，又是我与作者心灵沟通的桥梁。画家需要生活的积累，需要精神的修炼，需要人格的升华，需要心灵的净化和丰富。如果仅仅练了一些笔下的功夫，无论如何也达不到张伟革这种境界的。

第三个关节点，我感觉他画中的意趣是自然呈现出来的，而不是抽象出来的。好多画，其意趣是作者暗示（如以构图方式、笔墨色彩、传统寓意、题款文字等）给我的，我借助他的暗示，循其笔墨再找他的意趣。然后思之，知道他画中的意蕴是抽象出来的，下笔之先抽象导引，落笔之后不忘抽象，总之是概念化的产物。伟革的画，从头至尾没有给我任何概念，但是他给我的具有内涵的纯正意趣，却催化了我的理性思索。丑恶的老鼠（《天趣》），有何趣可赏？但画面上的一家五只大小鼠，在一堆倒地的禾穗前，竟然呈现出一种单纯、乖觉、亲睦与慈爱。只有画家真正达到"胸中脱去尘浊，自然丘壑内营"的境界，才能从一般人意想不到的浊"物"身上看到美，看到善，看到天然的意趣。

第四个关节点，我感觉他的画不仅是适合观赏的，而且是可以阅读的。读书是借助文字的媒介作用，领会作者寄寓于书中的思想内容；读画则是借助笔墨图形的媒介作用，领略画家寄托于画面的思想内涵。画能让人阅读，我以为它必须有书画的某些特质。其一，有丰富的信息资源，供读者用大脑来获取。一幅《秋光先到野人家》的水墨，树枝之上的五只鸟，对于先到的秋光（秋光是鸟的天堂之季）各有不同的表现，有展翅呼秋者，有仰首问秋者，有闻讯奔秋者，有依近秋之枝而享秋者。看着这样的画面，我的眼睛已不能负载我读画的任务，只得启动大脑去思考。其二，有负载思想的形象，供读者借助形象去领略画中的精髓。你看那《一架春光》，已是满枝花放，映照日月，而枝下的群鹅却处于漠然的状态，仅其中一只偶尔仰头，似乎嗅到了一点春的信息。这仅是自然界的现象吗？面对社会的时代之潮，先知先觉者何其稀也！其三，有启发想象与联想的神来之笔，供读者去弥补画中那些空白之处。伟革的画宁简不繁，重视留白，常让我感到"无画处皆有其意"。《紫冠朝阳》《丹枝绮霞》《野岸秋声》《空翠鸟语》等画，都让我十分珍爱那难得的空白，因为那空白处最能启发我的想象，最能勾起我的联想，它把我引向一种朦胧而微妙的境界！

伟革是一位年轻画家，他已经走出了一条不同凡响的、具有自己个性的作画之路。我期待，他的画在这条路上更扎实、更深入地走下去，让我看到更加成熟、更有自我超越性的画作。

2011 年 10 月 2 日上午

看洪彪写字

看别人写字，我爱挑。一是挑人家遣词用字。熟词太俗，拗句太生，既然是你写字，就该写你胸怀，写你心情；既然是你给别人写字，就写得与他相关相连，最好要写到他心里去。二是挑人家运笔用墨。功夫虽硬，若无临场之变，岂不是匠人？墨色虽美，若无阴晴晦明，深入浅出，岂不是单调窒息。三是挑人家布局谋篇。有字而无局，字有何用？有局而无篇，局徒争力。四是挑人家境界神采。中规中矩而无神采，那是死字；好看顺眼而无境界，那是一潭死水。五是挑人家身法腕力。陆游说："挥毫当得江山助"，你没有身法如何靠得住江山？又有人说："笔墨淋漓日月迷"，你腕力不够，那淋漓之笔墨岂不乱作一团？又何谈日月迷？

洪彪来我工作室写字，我还是带着一股子挑的心劲。可是，看着看着，我却挑不出来了。洪彪写字时的头脑、精神、眼力、手腕均在高位运行，开始我勉强跟进，但随着他状态的升腾，我渐渐地跟不上了。

洪彪写了两个半天，我看了两个半天。看后我回忆思索，归纳了几点，算是我看后的体悟。

洪彪是一个用脑袋写字的人。他写字时脑袋凝神聚意，高速运转，时而深潜滞进，时而跨跃腾移。我说让他为我的艺术馆题字，他笑而不答，却提笔为另一朋友挥之而成："拔翠五云中，擎天不计功。谁能凌绝顶，看取日升东。"开头三字浓墨重彩，拙而发力，结尾几字枯笔迟滞，浩气升腾。乍看让我一惊，再看让我长舒一气，三看使我陷入沉思。这是写给那位朋友的，也是写给我看的：我的艺术馆敢于追求如此之境界吗？我正思索之间，洪彪饮茶一口，忽又坐起挥毫，眼见得四个大字落在四尺斗方上："独一无二"，大草的"独"字紧顶斗方的右上角，其字左部溢出纸边，右部上阔下缩，与左下角几乎贴在一起，是一个上端开张而下端紧抱的"独"。然后，枯笔斜垂，在斗方的右下角最底部拖出一个拙朴有力的"一"。大草的"无"字落笔在斗方的左上角，线条朦胧而骨气凛然，此字尾部垂至斗方高度的五分之四，最后两笔一轻一重在斗方的左下最底部书一个"二"字。整幅作品四个字撑满斗方的四个角，而中间留有很大的空白。洪彪稍作停顿，忽而将笔锋勒细，于空白处写下：刘家科艺术馆惠存。最后将下款写在最左侧边缝间。从"拔翠五云中"到"独一无二"，其实洪彪一直在思考我的艺术馆应该确定怎样的宗旨，站在哪个高度，追求哪种目标，直至"独一无二"落款之后，在场的朋友们才恍然大悟。洪彪不仅思考了用什么词语来表述，更思考了以怎样的书法形式来呈现，达到了内容与形式的高度统一。最近看洪彪的文章《当代书法的尚式之风》，我以为他看到了当代书法"尚式"的必然性，此刻我又看出，洪彪同时也看出了当代书法"尚式"背后必须有内涵的强大支撑。他自己就是在这两个方面努力啊！

洪彪是一个用性情写字的人。洪彪性格直爽而深邃，他在写字时会把潜心思考所得说给朋友听；洪彪又是一个豪迈而独具风骨的人，他绝对不人云亦云，随波逐流，写字时的谈吐与笔墨都让我看在眼里记在心里。洪彪挥毫写字之间与搞印刷的一位朋友大谈当代书籍的设计装潢和印刷，他说自己因印刷的"出血"联想书法形式的溢墨"出穴"，有好多体会和探索。说着说着，就一幅大字突然落成："迁想妙得"。夸张的四个大字，有几个点"出穴"，看来他的思想的确不单是"潜"想，而是在"潜"入的同时，不断地跳跃，所以用了"迁"字。这幅作品从选词到用笔都是洪彪的性情之作，而书法能写出真性情，则是功力、潜质、才气和状态的极致发挥。洪彪与另一位朋友说话，问到那位朋友的名字（迎甫），得知是谁起的名，名中寄托的含意，便欣然命笔："迎风致甫"。他说甫是美好之意，是内在的美加外表的美，而内在的美往往要靠外表来呈现。那么外表最美的时候在哪？在你迎风而立之时。我突然想到杜甫的《饮中八仙歌》，其中说："宗之潇洒美少年，举觞白眼望青天，皎如玉树临风前。"杜甫看宗之之美，抓住了最关键的那一刻，即"玉树临风"之时。洪彪性情所致，竟为一个初次见面的年轻人写下如此内蕴丰沛而意气风发的佳作，让我为之感叹。

洪彪又是一个用眼睛写字的人。在他大谈当代书法为什么"尚式"、如何"尚式"的同时，也在思索今天他的笔墨的"式"。书法之"式"主要是应对当代人眼球的，而书家的眼球则要对观众和读者眼球起引领作用。我看洪彪写字看出了他的"式"有比较复杂的内容。凭我感觉可罗列数端：其一是他的"拙式"，如《明月松间照》《水深鱼极乐》等，拙到极致，拙出美来。其二是"巧式"，如《海啸心宁》《瑞丽浓清》等，巧在遣词，更巧在运墨。其三是"连绵式"，如《横看成岭侧成峰》《岱宗夫如何》等，把线条的变化和连带，纳入视觉的审美，看着养眼，细审则合规。其四是"空间式"，如《娄山关》《鸿朗高畅》《嘉言懿行》等，把黑白空间的运用，搞出意想不到的布局，搞出出人意料的美感。

除此之外，我以为，洪彪还是一个用身法与腕力写字的人。他似乎懂得"太极功"的奥秘，不是仅用拳脚之力打人，而是用全身的"整劲"打人，追求"笔力扛鼎"之功。他似乎又懂得"形意拳"的奥秘，把形和意融为一体，归于一腕，得重则重，得轻则轻，得疾则疾，得徐则徐，放能放到极致，收能恰到好处。让与我同时看洪彪写字的人，不时惊呼，不时感叹……

刘洪彪让我改变了以往看别人写字爱挑的纪录。洪彪来敝馆写字的时间是 2011 年 10 月 15 日、16 日（星期六与星期日）。

2011 年 11 月 8 日下午初记

生长在水晶壶内的画

——记我的一件新藏品

对于画的收藏，我有三条原则。第一条，来路不明的不藏。换句话说，就是这幅画的作者是怎样的一个人，他是在什么年代、在怎样的背景下画的这幅画，这幅画是经过什么渠道和方式流传到我这里的，这一切我必须清楚。否则，我不会收藏。第二条，非原创性作品不藏。就是说这幅作品不是一个画家机械重复画熟了的题材，不是模仿别人的东西，也不是以平庸的审美观和惯用的技法画出的似曾相识的作品。它必须是有新的立意、新的构思、新的手法、新的题材产生的作品。否则，我不会收藏。第三，非个性化作品不藏。如果这件藏品放在诸多同类藏品中，立刻就被淹没，它是大众化的脸谱。即使长得没有任何缺陷，我也不会喜欢。我不收藏那种没有毛病，也没有特色的东西。我的这三条原则够苛刻的。很少能遇到符合我这些条件的东西。所以我的藏品不多。但是我认为，一个人的精力和能力是有限的，不要把有限的力浪费到无价值的事情上去。用那些平庸的作品甚或赝品来浪费我的生命，实在不值得。即使坚持这种收藏原则，我也有不断的惊喜。最近我就得到了一件三方面皆如我意的作品，让我着实高兴了一阵子。

2008年秋天，我因躲避不及，又接待了一位因读了我的《乡村记忆》前来与我交流心得的叫孙洪林的陌生人。意想不到的是我们相谈甚欢。来者是一位内画师，一位在水晶壶、鼻烟壶内作画的年轻画家。他出生在景县农村，对农村生活有很深的情结，他看了《乡村记忆》之后，多少天来久久不能平静，他在酝酿着一种新的创作。他此次来就是与我探讨如何在鼻烟壶内创作《乡村记忆》为题材的内画问题的。衡水是中国内画之乡，是冀派内画的发源地，又是已经形成"四万画师从事内画"的文化产业基地。内画的状况我有所研究。依我看来，当今流行的内画作品，大略有三个类别。其一是把现成的经典画"搬入"壶内。所谓"搬入"，就是把死的东西挪到新的地方，而在新的地方，它仍旧是死的，活不起来，不仅如此，有的还在"搬"的过程中由于功力不够而变形。其二是把现成的经典作品"植入"壶内。所谓"植入"就是把活的东西移栽到另一个新的环境之内，这种"移入"其实就是"移植"。在新的环境内让它得到第二次生命，这种作品在内画行业产生了大量的艺术珍品，是目前藏品的主流。其三是把现成的经典作品"再造"于壶内。所谓"再造"，就是内画家根据自己的理解和体会，把现成的经典画加入一些自己的元素，进行再创作，使其更适应壶内的环境。这样的作品目前为少数，且功过参半，有的成为精品，有的成为废品。其实，我早就期待烟壶的纯原创作品，但目前极少有人这样做。而要以原创为主，全力主攻原创，目前实属空白。今天，我遇到孙洪林，听了他整个思路和具体计划，感到很兴奋。于是我也借势发挥，谈了自己在这方面的一些见解，让他参考。

一年之后，孙洪林又来找我。说要办一个"原创"作品的个人展。这次展览由中国内画泰斗王习三为其主办，就在中国内画之乡展览馆二楼展厅举行。他是来约我参加他的展览开幕式的。我听后一愣，一年之内他搞出这么多原创作品的烟壶，质量怎么样？已欲开口，他从提兜内拿出一本画册，我接过画册顺手翻阅，又为之一惊。件件作品都超出了我的期望。我说，这是我期望中的第四类烟壶，这样的内画不是"搬入"的，不是"植入"的，也不是"再造"的，而是"生长"在水晶壶里的。我当然愿意参加你的开幕式。但我要到京参加一个会议，不能参加你的展览开幕式，不过我要为你这个展览写一个序言。我当即动笔写下千字的序文。后来我得知，这个展览办得很成功。各方面的专家都给予较高评价。王习三大师评价说："这次展览不亚于国画大家的档次"，并列举《快雨》《雨说青山》等作品，当场作了分析点评。中国鼻烟壶专业委员会副会长王继泉，山东工艺美术大师张路华，中国内画艺术大师王伯川、付国顺等人都从不同侧面给予充分肯定和评价。看了这些资料后，我为中国内画的新突破而高兴。

又是一年之后，孙洪林又来找我。这次除了谈他的创作体会和计划之外，给我带来了他精心绘制的一件鼻烟壶。我握在手里，把玩良久。我说，这件东西完全符合我的收藏原则，我收藏了。这个壶两面有画。一面是《牵》：一个老农民倒背双手，牵一头老牛慢步走在田间小路上，而老农前边是他的孙子；老农牵着缰绳的中段，孙子牵着缰绳的顶头。老农牵着老牛，而孙子牵着爷爷，一幅悠然自得且意味深长的画面。另一面是《乡雪》：草屋顶上一色洁白的大雪帽子，屋的背后是长满树挂的杨树林；一位年轻的农妇领着幼小的孩子，在远的雪地上溜达；大雪把一切生活的杂乱和烦恼全部掩埋，农妇也换了一副崭新的心情，带着孩子去赏雪。前一幅古朴，古朴中有一种深藏的意味；后一幅新颖，新颖中彰显着别样的清纯。我想，这件作品，来路清晰，我自己知根知底，了然于心；作品选材、立意、构图，以至于技法，都有创新，实属原创；这样的烟壶在现在流行的产品中独树一帜，放在我现存的几个壶中，也是个性鲜明。这一切就包括了我的收藏三原则，我能不高兴吗？

盎然诗意画中来

——读《米文杰画选》有感

我喜欢诗，又喜欢画。诗中的画常带给我惊喜，画中的诗常使我陶醉。我在诗与画的世界里悠游，不断有意外的感悟与心得。我最近从《米文杰画选》里读出的诗，就是一个不小的收获。什么是画中的诗？我以为须有四个条件。一是要有诗的立意，二是要有诗的激情，三是要有诗的韵味，四是要有诗的意境。在《米文杰画选》里就有这四个要素，于是我认定他的画是"有诗的画"。

我经常对着一幅画作长久地凝视，试图找到它诗的立意。作者为什么要画这样一幅画？他在这幅画中寄托了怎样的思想？米文杰那幅《放学路上》的大画，就让我这样深深地思索。这幅画绝大部分被一棵古槐的少半个树冠占据，右下角只留一个小小的空白，一个在树下通向远方的空白。在这个空白处画着四个体型小得不能再小的孩童。其中三个似乎丢弃了书包慌忙向远方奔跑，另一个最小的孩子被大人拽着，他也要挣脱着跟上去玩。这幅画把树冠夸张到极致，好像可以覆盖孩子要去的所有地方，同时把孩子缩小到极致，似乎孩子们永远也跑不出大槐树的怀抱。这种强烈的对比又告诉我，这遮天的树冠便装在那小小的孩童心里，无论他们走到哪里，大槐树都跑不出他们的记忆。

此刻，我心中升腾起一股强大的暖流，它冲决了我记忆的堤坝，涌现出孩提时代梦幻般的五彩世界……这幅画的立意是什么？它不是要唤醒我们孩童般的纯洁与善良吗？在物欲横流的社会现实面前，唤醒人的良知是多么可贵而难得的事情啊！这种有着深刻的思想、充盈的情感与大胆想象的立意，难道不是诗的立意吗？在诗的要素中，除去立意之外，最具诗性特征的就是激情，因为，没有激情就没有诗。那么米文杰的画，哪些地方表现出诗的激情了呢？概而言之，有三个关节点是我们应该特别注意的。

第一个关节点，是激情扎根在诗的立意之中；第二个关节点，是激情渗透在笔墨与色彩之中；第三个关节点，是激情回荡在生动的气韵之中。米文杰的《宇宙万象》画得非常简约，名为"万象"，却为何如此单调？其实他是由繁返简的一种典型构思。宇宙万象皆由阴阳二者生成，所以他只画了黑色的云与白色的云，画了点儿云团未曾遮盖的林梢。而由阴阳生成的宇宙万象，却留给读者去想象。米文杰的《紫气东来》构图非常奇特，奇伟的山遮住了天空，占据了三分之二的画面，山穹之下只留有小片的林地和向着东方的通道，微红的云气从地平线上浸润而来。它让我们发问：紫气来自何处？让我们自答：来自地平线之下，来自草木之间，而非来自高堂宏宇。又让我们思索：紫气来者何如？如晨曦微露，如神女出浴，如渔夫出海归来，如散布在原野的马群带着红霞涌动……这些话的立意，都如《放学路上》一样，让诗的激情深深扎根于初始的思想与意念之中。

米文杰师法古贤，入古出新，他在总结前人技法的基础之上创造了自己的泼墨技法：将彩与墨层次分明地融合在一起，既有单色又有浑然的杂色。又经多年的揣思升华，其泼彩技法达到了"鲜而不艳，美而不媚，在活泼的色彩中含蕴着沉稳"的境界。这种极具蕴含力的笔墨，成为作者胸中激情抒发的一种独特的突破口。

《旭日灵岩》的情牵山海，意接天日；《泼墨山水》的雄壮宏宇，情透云涛；《别有洞天》的心系天境，身寄凡尘；《烟凤棹网》的混沌天外，清丽舶渚……皆由独特的情感寄托，都有超凡的笔墨色彩，他那支画笔，达到了指山则情满于山，点海还溢于海的地步。有人评价说，米文杰的画

"气韵生动，开张自如"。我有同感，文杰作画，成竹在胸，情思神驰，大笔濡墨，振臂挥洒。在纵横急驰中倾注激情，在勾皴点染中浸透心意。

《万壑林风》是文杰目前最大的一幅画，开张的气势，生动的景象，容纳了他不尽的豪情壮志；俏丽的花木，隐约的人迹，寄托了他似可触摸的万端柔肠。这种宏大与俏丽的结合，豪情与柔肠的融汇，构成了这幅画的鲜明特色，而这特色的核心则在于把诗的激情化作画的魂魄。

清代诗人陈维崧论唐诗的一首诗是这样说的："三唐作者众如毛，杜老波澜一代豪。吟到安时殊细腻，体当抛处更风骚。"陈在这首诗里强调，杜甫的诗之所以在唐代称豪，是因为他的"苦吟"精神和诗歌作品中浓浓的"诗味"。什么是诗味？司空图有一套自己的说法，他的"诗味"观大体是由诗的"韵外之致""味外之旨"和"象外之象"构成的。如果我们用这个理论解释画中之诗的韵味，也要从这三个方面入手。前面讲到了米文杰画中的气韵，而其气韵正是其诗情的载体，气韵与激情相融合，便为"韵外之致"产生创造了条件。

那么他的"味外之旨"呢？《五老观瀑》其味在于禅思，而味外之旨瀑流千载，人生一瞬；《坝上风貌》其味在于山河拥恋，而味外之旨在于顺乎天道，敬畏自然；《咫尺天涯》其味在于修道者"炼"与"悟"的契合，而味外之旨在于芸芸众生不企神赐，则以善良勤劳为天；《茶经》（一、二、三、四）其味在于"经"中之"茶"，而味外之旨在于茶叶要返璞归真，万勿脱离凡尘……文杰的画因为有诗的立意在前头，那么他的"味外之旨"是旨生味而非味生旨，同时，我们也要看到其旨会因味而深化，其味皆旨而纯正，旨与味成为辩证的统一。

说到"象外之象"，我们就要进入下一个问题的讨论了，那就是为什么"画中之诗"要有诗的意境。王国维《人间词话》中有这样两个例子："'红杏枝头春意闹'，这一'闹'字而境界全出；'云破月来花弄影'，这一'弄'字而境界全出矣。"从这例子看，作者选择一个精彩的镜头作正面描绘，或加上各种背景，都用精炼的字来唤起读者的联想，里面含有作者的情意，所以能使境界出来。这个境界，就是诗的意境。在米文杰的画里，描摹出精彩的画面，加上适宜的背景，再用关键的笔墨和色彩唤起读画者的联想，把自己渗透到笔墨中的情意表达出来，这种意与境的完美结合，就是画作中"诗的意境"了。《松山隐寺》这幅画，把山与松描摹得郁郁莽莽，深幽迷蒙，那么千里松山，寺隐何处呢？作者在多峰交会的山坳林木之间，轻轻几笔，勾出寺的轮廓，就是这么轻轻几笔，把作者的情思与画面的景物融为一体，于是境界就出来了。有了好的意境才产生"象外之象"。就是说"意境"中的景象能引起读者丰富的联想与想象，而读者的想象就是象外之"象"了。

《枣林晨溪》这幅画中，一棵枣树的树冠沾满了画面，树冠郁郁如黛，而一片黛色里含着星星点点的枣红。右上角与左下角各留一点空白，左下空白处为静溪，右上空白处是用篝火驱赶雾霭的人儿。这两点空白的点染使画的境界全出。于是强烈的生活气息唤醒了我们沉睡的记忆，让我们产生关于乡村生活的种种联想与想象。这种"象外之象"使"画中之诗"的意境更加生动感人。米文杰的画在带给我画的赏悦的同时，又带给我诗的感悟与陶冶，我将其中可以描述的部分写在上面，以求教于文杰先生与诸位方家。另外，我还有题于《米文杰画选》扉页的四句话，也附于篇末：山有灵犀水入怀，指弹箜篌墨泼彩。健笔挥处春姑笑，盎然诗意画中来。

《中华名翰——衡水侯店毛笔》序

这是一部史志类书籍，其特异之处在于它很像史书中的传记。传主不是人，而是一支历史悠久、中外驰名的毛笔。它将这支毛笔的前世今生作了一番全面的梳理，脉络清晰、情节细致、内涵丰富、语言严谨灵活，可信度高，可读性强。

说它像传记，主要基于三点。

一、这部书的写作要领首先是"忠实于历史，忠实于现实"，使其遵循了传记的真实性原则。市委市政府提出课题，市政协为此成立了编委会，组建了编辑部，像做一个重大工程有序展开工作。编撰人员广泛收集资料，深入进行研讨，跑遍笔乡众多村庄、几百户人家，采访上千人。另外还走出去，沿衡水毛笔营销脉络到北京、石家庄、任丘等地调研考察。他们把功夫下在考察、探究史实上面，把史实作为写作的基础和前提。

二、这部书用翔实的资料与述评结合的手法，刻画出了衡水毛笔的鲜明形象，使其具备了传记的形象性和个性化原则。从"中山兔毫"到"南羊北狼"，从七十多村庄遍地开花到"侯店毛笔"一枝独秀，使读者看到衡水毛笔清晰的历史脉络。从千家万户小作坊到建立毛笔工厂，从毛笔集市到几十家毛笔老字号，从域内到域外的销售网络，使读者看到衡水毛笔的不同时期、不同销路上的身影。从制笔工艺、制笔工匠到现代毛笔企业家代表，使读者看到衡水毛笔生生不息的笔魂。从毛笔业造福乡里、服务民生，到文旅结合、村镇新貌、史馆展示，使读者看到衡水毛笔在经济社会、文化发展中的作用……这诸多方面的笔墨使衡水毛笔有了个性化的立体感。

三、这部书通过"衡笔溯源"一编，使衡水毛笔生发出传奇色彩。公元前 414 年在燕赵之间建立的中山国内，有一片神奇的土地，这里有肥美的细草，有以细草为食的野兔，盛产"毫长而锐"的兔毫，也是制笔的绝好原料。这里拥有大片大片的野生竹林，《诗经》描绘其"绿竹猗猗""绿竹青青""绿竹如簧"，汉武帝时曾"斩淇园之竹以为用"，《史记》《后汉书》及左思的《魏都赋》都有淇园之竹的记载，衡水至今仍保留一座落于茂密竹林中的"竹林寺"，此竹是做笔杆的天然原料。当时的中山国手工业生产发达，技艺超群的工匠云集于此，各类工匠中就有那些制作毛笔的能工巧匠。诸种条件催生了蔡邕《笔经》所记的"中山兔毫"。这一片神奇的土地是哪里？就是现在的衡水！

"中山兔毫"产于衡水，史料并无记载，但中山国境内能生产"中山兔毫"的地方除衡水外，谁能找出第二个？在这是与不是之间，就有了点儿传奇色彩。

衡水是董仲舒的故乡，董仲舒在故乡研学讲学，著书立说，甚至书写向汉武帝呈献的"推明孔氏，抑黜百家"的《三策》都是用衡水毛笔书写的；毛苌从鲁地逃往衡水的饶阳县定居，在饶阳筑台讲经，使用的也是衡水毛笔；书法家崔瑗、经学家孔颖达、文学家马中锡等等，都有使用衡水毛笔的经历和故事。衡水毛笔从宫廷到民间，从衡水到中国北方广大的地域，都成为习字和书写的重要工具，成为思想文化传播的使者……那些书中没有提及的历史、文化、文学以至文明的巨大空间里，都可能蕴藏着有关衡水毛笔的奇闻轶事！

传记的传奇色彩不止于满足读者的好奇心，更重要的在于拓展读者的思维空间，启发读者的想象，激励读者探求眼界之外的未知领域。为一款著名地方特产所编写的志书，能给读者这样的馈赠，实在难能可贵。

话说回来，把这部书放在同类志书中比较，无论从立意、体例、结构、内容、语言诸方面，都中规中矩，且堪称优秀。我拿它当作"传记"来评论，是因为它触动了我的文学思维。

2021 年 8 月 12 日

我看师彦伟书法

我与彦伟是同事又是书友，对他了解较多，据我平时印象，他在书法方面最为可贵的至少有三点。

其一，彦伟甘于寂寞，并善于在寂寞中默默历练和求索。他对"书法是寂寞之道"有独到的理解，认为寂寞是书法的一方沃土，而浮躁和喧嚣则是书法的天敌。多年来，彦伟把工作的间隙和生活的空间都利用起来，把其他的个人爱好和生活享受都尽可能舍弃，没有任何侥幸和取巧的心理，只有一个劲地临习和创作。因此我认为，在一定程度上是"寂寞"成全了彦伟，使他的书法有扎实过硬的基本功，有发挥其创作潜力的深厚基础。最近看了他创作的团扇《毛泽东词〈沁园春·雪〉》和条幅《毛泽东诗〈七律·到韶山〉》，更加深了我这方面的印象。

其二，彦伟勤于耕耘，并善于在耕耘中不断收获。他说，既然寂寞是一方沃土，那么这方沃土的价值在于开垦和耕耘。我观察彦伟的耕耘，复种指数很高。他一方面在练，注重用临帖继承前人的优秀成果，打牢传统的书法基础；一方面在创，注重把自己的经验和灵感渗透到书写中去，尽可能让书法作品呈现自己的特有韵味和面目。同时他又在思，注重研究和思考，在此基础上写出不少书法理论文章，他的《书法——迎来一个普"法"新时代》，入编《首届燕赵书法论坛文集》并获得河北省第七届文艺评论优秀奖。

其三，彦伟致力于创新，并能以创新的体会反观对优秀书法传统的继承。他认为入古出新才是书法创作的正路，如果脱离传统的继承，创新会是无源之水、无本之木。所以他把创作看作是现代意识和传统观念的嫁接，是继承了优秀书法传统的现代书家对自身艺术形象的重塑。我以为，自 2009 年以来彦伟连续多次入选全国书法大展，凭借的就是在这种思想观念指导下的精心创作。

我希望彦伟坚守自己的理念和道路，步子更扎实，成果更丰硕。

2014 年 12 月 26 日

简谈手札书法

一、手札书法作品应该怎样体现中国传统文化的内涵？创作时应注意哪些问题？

答：手札就是亲笔书信，是传承了至少两千多年的实用性文体。历朝历代的文人以自己独特的生活体验、人格修为、艺术修养和创造精神为手札这个文体积蓄了博大深厚的中国传统文化内涵。在当今人们已经极少使用书信进行交流的信息化时代，手札作为一种书法作品仍在为一些有传统文化修养的文人所使用，也为一些书家的书法创作所利用。但是，就目前一般情况看，在书家圈内对手札文化的传承，存在一些不可忽视的问题。其一是逐渐改变了手札这种文体的实用性质。作者写一幅手札作品，首先不是用于真实的人际交流，而仅作为一种雅事来把玩。这样的手札往往在内容上脱离现实生活中的矛盾和问题，脱离作者在现实中切身的体验与感悟，尤其是缺少了那种触动心灵的快感和伤痛，缺失了坦露思想和情怀的真实内容。从手札的传承来看，这无疑是其中最大的遗失。其二是忽视了手札作者作为手札文化主体的意识。蕴含在手札中的文化内涵，其实是手札作者人格和学养、精神和性情的外化，缺少了手札作者独特的个人品质，手札的文化品格也就无从谈起。由此可见，手札作者的人格修为、知识修养和精神培育的缺失是手札文化传承问题的根本所在。其三是缺乏手札文字的古汉语语境与现代汉语语境的衔接与转换。在当今时代，应该有一种文言与现代汉语二者结合派生出的既简洁、含蓄、富有诗性，又贴近现代语境的新的手札语言。而当下一般的手札语言，或者是古语的套搬，或者是现代白话的直录，或者是不文不白的杂糅。这是手札传统文化传承的另一个突出问题。

为了使当今的手札书法较好地体现中国传统文化内涵，我们应该努力寻求解决上述问题的途径。在创作手札书法作品时，要坚持几个原则。其一是宜真不宜假，即写真正实用的手札，不要为创作书法作品而编造假书信。其二是宜实不宜虚，就是要实话实说，要与交流对象（受信人）坦诚交流，要坦露自己真实的思想和性情，不要虚情假意，言不由衷。其三是宜雅不宜俗，就是在古汉语与现代汉语的结合点上寻找符合手札文化特征的高雅表述语言和方式，不要用未经锤炼的白话，也不要照搬文言古语。其四是宜活不宜死，就是在内容和形式上，都要立足于时代精神和书法的发展与探索，有所创新，有所突破，尽可能使手札有新的时代气息和现实风貌。

二、手札书法作品的形式感与手札的人文精神怎样加强链接？强化手札书法作品的形式感至手札的人文精神有没有破坏？

答：手札书法作品的形式与手札人文精神的链接有几个融合点。其一，手札文体的格式与手札文字内容要高度融合。要充分运用手札格式的诸要素把作者自己要表达的个性化的思想观点和情感内容融入其中，让常规性的形式容纳个性化的内涵。其二，丰富的笔法与手札意境的创造要高度融合。要把诗性化的语言通过肢体转化为笔锋的正、侧、轻、重、顺、逆，让充满生机的线条体现语言的内涵和韵味。其三，个性化的笔势与个性化表述要高度融合。要从手札作品的第一笔开始，找到与手札内容对应的笔势，并在全篇实现这种个性化笔势的一致和连贯，使作者思想情感的个性得到充分的张扬。其四，情怀的抒写与笔力的掌控要高度融合。要根据情感心性表达的需要轻松自如地使用好笔力，要在二者的结合点上表达书法之力的美感。其五，思想情感的综合性内涵与手札的整体气象要高度融合，使手札作品充满浓厚的书卷气。但必须注意，手札书法作品最忌刻意设计和制作，过分强调形式感，会对手札人文精神造成损害。

三、手札书法作品与册页书法作品的创作方式有何异同，有无关联？

答：手札与册页是不同性质的两种书法作品，前者有文体格式的限制，有实用内容的要求，是一种特定的要素完备、固定的艺术形式，而后者只是一种可以填充任何内容的书法作品装帧的外在形式。二者无实质性的关联。

书写当代文化的痕迹

——访谈录

问："'书法与文学'书法展"是怎样一个创意？

答：2003 年以来，我一直在研究"书法与现当代文学"的课题。书法是在书写文言文的历史进程当中发展成熟起来的，"五四"以后，文言变成了白话，但当代的书法家还是在写古代诗文，不写或很少写"五四"以来的文学作品。在人们的意识当中，白话文不好用书法来表现。我一直在研究书法到底能不能表现当代文学，怎样表现当代文学。我不仅是研究，还通过书法创作来探索尝试，同时也在做理论总结。

2008 年在北京中国现代文学馆举办的"乡村记忆"书法展是我在这方面做的一个尝试，2010 年 3 月在石家庄举办"书法与文学"新作展是这种探索的进一步延伸。

问："乡村记忆"书法展秉持的理念是"以我的书法表现我的文学"，"书法与文学"新作展有什么样的新理念？

答：这次展览的作品包括两部分，一部分是新诗，另一部分是手稿。手稿又有两个类型，一个是"书法与当代文学"的论稿，一个是"闲话书法与文学"，是另一种角度的随笔，讲的是一些历史上文人的故事，每一篇故事都是有关"书法与文学"这个大题目的观点阐述，写了有二十篇，还在继续写。第一篇写李煜，围绕"文如其人，书如其人"；第二篇写朱元璋，谈生活给予文学和书法的东西是不同的；第三篇是文学名篇和书法名帖，讲到了苏轼。这里面涉及的所有问题都是书法和文学两个层面。这些闲话文学刊物可以当散文发，书法刊物可以当随笔发。新诗作品是一种展示，手稿也是一种展示，手稿展示的也是我的理论总结，可以给观众一些思考。

问：是什么在促使您来做这样的研究？

答：中国书法的传统，一开始就跟文学分不开，在很大程度上是文学滋养了书法，是文学在调动书法家的感情，激发书法家的创作灵感。很多书法名帖，像王羲之的《兰亭序》，颜真卿的《祭侄文稿》，苏轼的《黄州寒食帖》等，本身就是书法家本人的文学名作。书法创作要让观众在欣赏书法的同时得到文学的阅读快感。我们不能总是写唐诗宋词。现当代文学家的精短片段，让人们能够记得住、背得下来的名句，都可以成为书法作品极好的创作素材，像"黑夜给了我黑色的眼睛，我却用它寻找光明""她把带血的头颅，放在生命的天平上"等等。

文学实际上也不能失去书法，有些文学作品特别是精短的文字，通过书法来落到纸上，让人欣赏，是沾了书法的光。历史上有很多名帖是信札的形式。现在有好几个朋友还在用毛笔给我写信。写信对语言是一种很好的锤炼，好的书信就是一篇文章，讲究结构、语言和格式，用毛笔来写又是当书法作品来做。书信交流对书法、对文学都有启迪。

问：现在很多东西都在流逝，古代表现爱情、亲情、友情及表现生离死别的诗句，是因为通信手段有限，才产生了那么浓浓的情怀和美丽的文字，现在求速度，主要靠电话和网络交流，很少有人写信了。您花时间整理这些东西，是为书法寻根，还是出于文学的考虑？

答：主要是从书法上考虑，文学方面的问题是附带的。实际上主要是当代书法要表现什么，如何表现的问题。书法要表现当代文学，不是要排斥古代文学，而是有一部分人能关注这件事，能将书法与当代的文学结合起来，既有书法方面的功力，又有文学方面的素养，在当代文学中找到合适的内容进行书法创作，不至于留下遗憾。

社会进入信息时代，人们都用电脑，不写字了。书法首先是练字，不写字就丧失了基础。书法是中国的传统文化，应该有一部分人去练习，去继承发扬，去钻研。书法家不能用现代汉语来表达自己的感受，只能用古代汉语来表达自己的感受，从这个角度说，又是一个具有现实意义的问题。中国历朝历代都能用当代的语言来表达自己的感情，现在用电脑都可以，书法家却不能这样做，从历史的传承和延续上，是一个比较现实的问题。

现在的书法大赛和展览，求"展厅效应"，讲究展览的冲击力、展厅的布置、作品的设计、字的结构，让你一看，"震"你一下，觉得很新鲜，但一瞬间过去之后就再没有新鲜可言了。曾有人这样说过，我看书法展览，在每个作品前停留的时间就是几秒钟，看了前两个字，就知道后面写什么了。书法是在找语言本身所蕴含的东西，因为时代的特点，很多东西都缺失了。技法背后的东西是"情"，任何艺术都讲"情"，在文学当中的情是这么一种，在书法当中是那么一种，都是在抒发作者的一种性灵、感受，要是作者都是在抄古诗词，你不是创作主体，你的"情"在哪里呢？

当代的书法家，要对当代书法的发展有责任感。现在有专业书法家靠书法吃饭，拿着一支笔可以走遍中国，可以卖钱，但如果只注重书写技巧，慢慢将文学方面的素养失去，那书法这种艺术不就死了吗？书法与文学的分离，让书法背后的艺术支撑慢慢消失，是现在这个时代对书法提出的问题。任何艺术的生命力都表现在它的时代性上，能够面对时代，通过实践来回答时代提出的问题，是一种责任。

问：书法与当代文学结合的难点在什么地方？

答：很多人认为现当代文学文字不整齐，不对仗，没有明显的节奏，"的""了"这些字太多，不好处理，实际这都不是问题。《醉翁亭记》里有几十个"也"字，《兰亭序》里有多少个"之"字？那都不是问题。节奏和韵律也不是问题。"五四"以来比较经典的新诗，仔细体会，你也会感受到强烈的节奏和韵律。归根到底还是文学素养的问题。

"刘文谦师生书画展"开幕式讲话

同志们、朋友们：

今天来参加"刘文谦师生书画展"开幕式，感到非常高兴。首先，向文谦先生及其十名弟子表示热烈的祝贺！向来参加本次活动的文学艺术界的朋友们表示诚挚的问候！

我认为，一个地方文学艺术事业的发展和繁荣，要靠几个必备的条件。第一是要有浓厚的艺术氛围。就像庄稼一样，要有适宜生长的气候条件。第二是要有多种多样的艺术交流的平台。因为交流能启迪智慧，能提升境界，能激发创作热情，能优化艺术创造的环境。第三是要有名家的带动和引领。名家就是艺术带头人，不论是大名家、小名家，都能影响和带动一批人。第四是要有发现人才和推出新秀的办法和机制。因为只有人才辈出，新秀涌现，才可能实现持续的发展与繁荣。

从以上几点考虑，我觉得近几年衡水不断举办各种类型的展览，就是我们这个地方文化艺术繁荣的好兆头。因为在当代，展览这种形式，既是一种精心搭建的艺术交流的平台，又是浓厚艺术氛围的很有效的催化剂，还是发现艺术人才的一种渠道，同时它也会使各个门类的艺术名家增加紧迫感和责任感。所以，我们要看到艺术展览活动的综合效应，并给它以鼓励和支持。

今天这个展览，是刘文谦先生与他的十名弟子的联展。从这个展览我们可以了解刘文谦先生这位年逾古稀的老人，是怎样在艺术的园地里默默耕耘，是怎样以自己的德和艺精心培育一代新人，他和他的弟子们秉承了怎样的艺术宗旨，通过他们不懈的努力已经达到了怎样的艺术水准。他们把这些都展示出来和大家交流，这在客观上就起到了营造艺术氛围、促进艺术交流、推进艺术繁荣的作用。

我希望看到，我们衡水市文学艺术的各个门类，都充分认识到党的十七届六中全会为我们创造的新的历史机遇，并采取切实可行的措施抓住和利用好这个难得的机遇，在我们提高自身艺术水平、取得更大成就的同时，也为衡水文化的大发展、大繁荣贡献一份力量。

最后，祝"刘文谦师生书画展"圆满成功！

谢谢大家！

"新诗墨韵"书法展致词

各位领导、各位老乡、各位朋友：

大家上午好！

今天，占用大家宝贵的休息时间请大家到昌平的京泽园来，只是因为一个很简单的想法，就是想借一个名目搞一次朋友聚会，把多年的老朋友请来聚一聚，也把自己仰慕已久、但一直未能登门拜望的新朋友一并请来，一块儿拜会一下。

那么，把大家请了来，总该有个礼物的。思来想去，就准备了一个小礼物。这个小礼物，就是"新诗墨韵"的书法作品展。有这么个展览，请大家来品评一下，也算有了一个交流的话题。

朋友们大概都知道，我这个人平生有两大爱好，一是爱好文学，二是爱好书法。文学与书法已经陪伴了我大半生。而且，在我的头脑里，文学与书法是永远拆不散的亲兄弟。我有一个非常简单的文学观，就是四个字，这四个字就是"记录生活"。如果用一句话来解释，那就是"用个性化的语言，记录被自己心灵感知过的生活"。

我的书法观也很简单，也是四个字，这四个字就是"再现生活"。如果也用一句话来解释，那么这句话就是"用个性化的笔墨，再现文学内容所承载的生活。"

那么，我是怎样处理文学与书法之间的关系呢？也是非常简单的一句话，就是"用文学滋养书法，让书法托举文学"。因此，我除了一边在写文章，同时又在写字之外，还下功夫探究在当今社会背景下，"文学与书法关系

品鉴文汇　刘家科文艺评论集

燕赵文艺名家丛书·文学

的重构"。

今天,大家看到的"新诗墨韵"书法展和送给大家的那本《墨韵新诗一百首》,就是我这种探究的一点成果。另外,在"文学与书法"这个题目之下,我还有几本书将陆续出版。届时,我会逐一赠送各位朋友,请大家品评指教。

今天,我还想告诉大家的是,以我的名字命名的艺术馆现在有两个,一个在衡水,一个在北京。衡水的艺术馆在美丽的滏阳河畔,北京的艺术馆在幽静的京泽园内。我用它把衡水与北京连在一起。今后,朋友们无论在北京还是到衡水,"刘家科艺术馆"就是大家聚会的地点,就是我们创作的基地,就是我们交流的平台,就是我们友谊的桥梁和纽带。

我愿意用这样的平台和纽带,为朋友的健康和快乐贡献一份真诚和热情。在这一点上,京泽园的主人韩汝泽先生和我是同样的想法,他会支持我把这个想法始终贯彻下去。

今天,我非常高兴,因为我真的把朋友们请来了!

今天,我非常感动,因为每一位朋友们都为我带来了一份信任,一份祝愿,一份期待,一份鼓励和支持!

今天,我也很遗憾,因为我无论在个人修养方面,还是在艺术创作方面,都还远远没有达到大家所期待的水准。今后,我将继续努力!此外,由于条件所限,在接待方面会有诸多不周之处,请大家谅解!

最后,祝愿大家健康、幸福、快乐!

谢谢!

2012 年 5 月 26 日

书法国际化的冷思考

对于书法国际化这个提法，我有过一些思考。开始我想得比较简单。那时认为，随着我们经济、政治、社会的发展，中国在世界的地位不断提升，对外经济文化交流也日益拓展和加强。作为我国文化精华和艺术瑰宝的书法，应该在世界文化艺术中占有一席之地。借助书法国际化这样一种思维，加上一些具体的思路和措施，把中国书法推向世界，应该说是一种大胆而积极的举措，会逐步取得一些进展和效果的。

但后来仔细想想，又觉得这个问题不是那么简单。

首先，我开始对书法国际化的可能性产生了怀疑。其一，如果把中国书法推向世界，且达到"化"的效果，那么一个前提就是中国的汉语言文字走向世界，成为在世界范围内被大众接受、使用的语言文字。如果没有这个前提，书法国际化是绝对不可能的。那么，我们得先创造这个前提，然后才可以提书法国际化。其二，如果把中国书法推向世界，那么很重要的一个因素就是要看中国书法自身的艺术魅力和张力。我想中国书法在中国，甚至在东南亚一带，它的艺术魅力和张力是有目共睹的。但任何艺术都离不开它的社会、历史、文化背景，如果没有背景条件，那就失去了它生根发芽的土壤，开花结果更成了一句空话。或许有人用"越是民族的就越是世界的"来说明中国书法国际化的可能性，但仔细考量，问题也并不是想象的那样。中国书法的确具有鲜明的民族特色，较之音乐、绘画、雕塑、舞蹈等艺术形式，它更具有民族性，甚至是中国的汉民族独一无二的东西。如果套用那句名言，中国书法肯定是属于世界的了。但是，我理解"越是民族的就越是世界的"这句话的内涵重点在于强调两个方面，一是强调艺术的民族性，强调它的个性特色，唯其才会有生命力；另一个是强调只有有了民族性的前提，才可能成为世界艺术宝库的重要组成部分，而不是说，一种艺术由于突出的民族特色而成为国际化的艺术。

其次，我对书法国际化的必要性也产生了怀疑。退一步说，如果前述"可能性"的问题不成立，书法国际化是有可能实现的。那么，我们对中国书法提出一个"国际化"的目标，并要努力去推行和落实，有必要吗？

第一，书法国际化有助于中国书法的传承、发展和繁荣吗？中国书法的继承很重要，几千年的艺术实践和理论积淀是极其丰富的，但我们的继承还远远不够。书法的发展主要是让这门古老的艺术跟上社会和时代的脚步，我们应该做些什么，怎么做？我们也缺乏研究，缺乏实践。书法的繁荣是多方面、多层面的，我们有大量的工作可做。但这些，似乎都与书法国际化无关。

第二，书法国际化是加强中外文化交流的当务之急吗？中国书法应该成为中外文化交流的内容之一，但它依然是很难占有一定分量的艺术形式。因为在国际文化艺术交流方面，中国书法并没有和其他民族艺术交流与竞争的平台，它的艺术语言还无法和其他民族的艺术语言对话。

综合考虑，我们现在就中国书法的传承发展和繁荣要研究的问题很多，要做的工作很多，我们的时间和精力都是非常宝贵的，没有必要在书法国际化这样一个不太可能的问题上费太多的脑筋。